나하사

Nahasa

이현 판타지 장편소설

FANTASYSTORY & ADVENTURE

dream
books
드림북스

나하사 4 작은 변화

초판 1쇄 인쇄 / 2011년 10월 31일
초판 1쇄 발행 / 2011년 11월 11일

지은이 / 이현

발행인 / 오영배
편집팀장 / 신동철
책임편집 / 문보람
편집디자인 / 신경선
펴낸 곳 / (주)삼양출판사 · 드림북스

주소 / 서울특별시 강북구 송천동 322-10호
대표 전화 / 02-980-2112 팩스 / 02-983-0660
편집부 전화 / 02-980-2116 팩스 / 02-983-8201
블로그 / blog.naver.com/dreambookss

등록번호 / 제9-00046호
등록일자 / 1999년 3월 11일

ⓒ 이현, 2011

값 8,000원

ISBN 978-89-542-4405-3 (04810) / 978-89-542-4401-5 (세트)

* 지은이와 협의하에 인지는 생략합니다.
* 잘못된 책은 구입한 곳에서 바꾸어 드립니다.

이현 판타지 장편소설
FANTASYSTORY & ADVENTURE

Nahasa

나하사

4 작은 변화

dream books
드림북스

나하사

Nahasa

목차

제1장

화산섬의 마족

해저 화산의 분출로 생긴 섬 중 하오아이의 서남쪽에 있는 섬은 세계에서 가장 큰 활화산이다. 우리대륙에는 섬이 굉장히 많고 당연히 화산섬도 수백 개에 달하지만, 사실상 화산섬이라 하면 곧 이곳을 지칭한다.

늘 뜨거운 연기를 내뿜는 분화구. 검은 재로 덮인 대지. 그 어떤 동물과 식물도 살 수 없는 섬.

그래서 이곳은 끔찍하고 참혹한 지옥의 상징으로도 유명하다.

나하사 일행은 그런 화산섬의 풍경을 찍은 사진 작품 「마계」를 올려다보고 있었다.

어느 사진작가가 희귀한 자연 현상인 화산뢰(火山雷)가 화산섬에 내려치는 모습을 사진으로 남긴 것인데, 작품의 이름을 「마계」라 지었다.

"어떻습니까? 마계의 풍경은 저 사진과 같습니까?"

네라가 키 큰 진을 올려다보았다.

"기억나지 않는군."

"아무리 그래도 이 정도는 아닐 겁니다. 마계도 생명이 사는 곳인데 설마……."

네라는 말을 끝맺지 못했다. 나하사 품 안의 커다란 개구리
가 발끈했기 때문에.

"인간들은 마계를 뭐로 보고 이런 사진 따위에 이름을 붙인
거냐 개굴!"

"구르르무, 진정하십시오. 몰라서 그런 게 아니겠습니까."

"마계는 훨씬 어둡고 삭막하고 눈 뜨고 볼 수 없을 정도로
끔찍한 곳이다 개굴. 쏟아지는 불덩이들이 얼마나 괴기스러운
지 아무것도 모르면서 개굴!"

"……."

구르는 그 밖에도 세상에 마계만큼 흉악하고 징그러운 곳은
없을 거라며 욕처럼 들리는 자랑을 늘어놨다. 중간에 사람이
지나가서 나하사가 얼른 구르의 입을 막았다.

그들은 지금 화산섬과 하오아이의 마법진 경계로 향하는 유
람선 안에 있었다. 마법진 경계에서 화산섬을 육안으로 구경
한 후에 다시 하오아이로 돌아가는 유람선인데, 나하사 일행
은 화산섬 경계에 다다랐을 때 배에서 빠져나가기로 했다. 그
후에는 화산섬까지 날아서 가야 하는데 화산재와 떨어지는 암
석을 피하면서 가야 한다는 게 문제다.

"앉아 있자."

나하사는 뱃멀미가 심해서 이렇게 크고 좋은 유람선이라 해
도 위험했다. 게다가 고소공포증도 있어서 바다 위를 날아야

한다는 부담감 때문에 머리가 아파져 오기까지 했다.

선내 객실로 가는데 진이 우뚝, 멈춰 섰다.

"재미있는 대화를 하는군."

"뭐?"

진이 오른쪽 복도를 보며 말했다. 지금 복도에는 나하사 일행밖에 없었다.

"뭐가 들려?"

마족인 진은 인간보다 훨씬 월등한 청력을 지니고 있다. 뭔가가 들리는 거냐고 묻자 진은 복도 오른쪽 세 번째 문 앞으로 다가갔다. 나하사는 문에 귀를 대보았지만 아무것도 들리지 않았다.

"역시 진 님입니다. 못 하는 게 없으시군요."

"앗, 나하야. 여기 인간들 화산섬에 가나 보다 개굴."

가까이 가자 구르에게도 들린 모양이었다.

"데려가 달라 하면 되겠다 개굴."

"뭐 하는 사람들인데 화산섬에 가는 거지……. 진, 잠깐 문 열지 마 봐."

문손잡이에 손을 대는 진을 나하사가 얼른 말렸다.

"히어링hearing."

나하사는 마법으로 방 안의 대화를 엿들었다.

"계획이 중요해. 화산섬에 있을 수 있는 시간은 짧다고. 길어야 세 시간이니까."

"맞습니다. 그럼 케일러—2루트는 버리고요. KK 쪽으로 가죠."

"KK루트에는 무덤새 서식지가 없잖아. K—11이 제일 적당한 것 같은데."

"K—11은 벌써 열네 번이나 갔었잖아요. 차라리 KL—2는 어때요?"

"KL—2는 무덤새 서식지도 있고 화산이끼와 자갈벌레 서식지도 있으니까… 괜찮은 것 같은데요?"

K하고 L이 뭐 어쨌다고?

사내 둘과 여자 하나가 대화하고 있었는데 나하사는 도통 알아들을 수가 없었다. 어쨌든 화산섬에 머무를 거라는 건 확실했다.

"이제 내릴 때가 됐군. 터키 님은 잠수정 안에 있나?"

사내가 말했다. 목소리를 들어 보니 중년인인 듯했다. 잠수정이란 말에 나하사는 아, 하고 깨달았다. 바닷속으로 들어가려는 모양이구나.

"보수공사를 못 해서 점검 중일 겁니다."

"우릴 기다리고 있을 거예요. 이제 나가죠."

"그래, 다 잘 챙겨라."

부스럭거리는 소리가 들렸다. 나하사는 마법을 해제했다.

"함께 가면 되겠군요."

네라가 말했다. 과연 순순히 데리고 가 줄까…… 하던 나하사는 곧 방법을 찾았다. 소년은 짐을 뒤졌고 타이밍 좋게 문이 열렸다.

"어?"

"개구리?"

열린 문으로 나온 이들은 우락부락한 구릿빛 피부의 중년 사내 하나, 유약한 인상에 안경 낀 남색 머리 청년 하나, 그리고 똑같이 안경 쓴 날카로운 인상의 남색 단발 여성이었다.

"극단인가 보네."

개구리와 마법사 로브를 보고 그렇게 판단한 이들은 문 앞에 있었던 건 우연이라 생각했는지 그냥 지나치려고 했다. 나하사가 저기요, 하며 그들을 붙잡았다.

"저희도 화산섬에 데려가 주세요."

"뭐?"

중년 사내가 돌아보았다. 아무래도 그가 이 일행의 리더인 듯했다.

"우리가 화산섬에 가는 걸 어떻게 알았죠?"

"저희도 데려가 주세요. 올 때는 그냥 알아서 오겠습니다."

중년 사내는 청년과 젊은 여성과 눈을 마주쳤다. 그리고는 피식 웃었다.

"그곳은 전문가들만이 갈 수 있어요. 미안하지만 모험은 나중에 커서 해라."

거절이야 당연히 예상한 바였다.

나하사는 웃음을 되돌려 주며 짐 속에서 그것을 꺼내었다.
이 한 수에 나의 모든 것을 건다!

"헛……!"

"저, 저게…….."

"…다 얼마야…….."

중년 사내 일행이 입을 쩍 벌렸다.

나하사의 히든카드는 바로, 보석 주머니였다.

마법진 경계에 멈춘 유람선에서 잠수정으로 갈아타면서 짧
게 인사했다. 그들은 예상대로 화산섬 연구가였다. 우락부락
한 중년 사내는 켈러 박사, 다른 이들은 조수로 각각 존과 지
나, 보조 마법사의 이름은 터키였다. 그중에서 켈러 박사와 존
은 이바노브 아시오 학교의 화산섬생태학 교수라고 했다.

이제 잠수정 보수공사도 하고 한두 척은 더 만들 수 있겠어!
하면서 켈러 박사 일행은 크게 기뻐했다. 혼자 기다리고 있던
보조 마법사 터키도 마찬가지였다. 그는 혼자서 너무 힘들었
다며 마법사를 한 명 더 의뢰하라고 징징대었다.

"두 개 정도는 헬레나 박사한테 줄까?"

"그분이 우리 많이 도와주셨으니까요. 드리죠."

나하사는 잠수정 구석에서 고추튀김을 먹으며 그들의 대화
를 가만히 들었다.

"나하야, 바깥 구경 좀 해 봐라 개굴. 헤엄치고 싶다 개굴."

"진 님, 물고기가 무척 예쁩니다."

잠수정 벽의 원형 창에 꼭 붙은 구르와 네라가 나하사와 진을 불렀다. 물론 마왕의 부활을 꿈꾸는 매사 무정한 소년과 두건 외에는 관심이 없는 마족은 드래곤이 헤엄치지 않는 이상 무관심했다.

"앗, 나하야. 저 물고기 좀 봐라. 이상하게 생겼다 개굴!"

"뼈밖에 없습니다. 살아 있는 것 맞습니까?"

구르와 네라가 난리를 부리는 것을 화산섬 연구학자들도 들었다. 켈러 박사가 개구리 키메라와 분홍머리 소녀에게 다가갔다.

"아, 운이 좋군요. 이놈은 물고기가 아닙니다. 화산섬 해저에서만 사는 생물로 케일러03이라고 하죠. 케일러 박사가 발견을 했기 때문에 붙여진 이름입니다."

"물고기가 아니면 뭡니까?"

"음, 이건…… 그래, 이 개구리 같은 거라고 보면 됩니다. 마물과 키메라의 돌연변이죠."

……라는 켈러 박사의 설명을 듣는 순간 나하사가 벌떡 일어나 구르에게 달려갔다.

"나는 키메라도 돌연변이도 아니다 개굴! 나는 위대한……읍읍!"

빛의 속도로 구르의 입을 막은 나하사였다.

"하하…… 바닷속에 돌연변이가 사는군요. 참 신기한……

…어?"

나하사는 하하 웃으며 말을 돌리다가 창밖의 케일러03을
보고 눈을 깜박였다.

잠수정 밖에서는 하얀 뼈 덩어리가 떠다니고 있었다.

정말 그냥 뼈 덩어리였다.

"이건……."

놀란 소년은 우와…… 하면서 구르 입 막는 것도 잊고 창에
두 손을 붙이고 찰싹 달라붙었다. 뼈 덩어리들이 방향과 위치
를 바꾸며 이쪽을 보았다. 저건 눈이 없지만 나하사는 '보고
있다'고 느꼈다.

"신기하죠?"

"아."

켈러 박사의 웃음기 담긴 목소리에 나하사가 퍼뜩 정신을
차렸다. 주위를 둘러보니 네라와 구르가 무척 흐뭇한 미소를
띠고 있었다. 언제 왔는지 진도 조금 웃고 있는 것 같았다. 특
히 네라는 처음으로 엄마라고 말한 아기를 보는 듯한 눈을 하
고 있어서 몹시 민망했다.

"그 나이 대답군요."

구르는 개구르르 소리를 내면서 나하사에게 안겼다. 나하사
는 구르가 속으로 웃고 있는 걸 알았다.

"케일러03을 보다니 운이 좋네. 게다가 잠수정을 따라오고
있어. 네가 마음에 들었나 보다."

존이 말했다.

"헬레나 박사는 케일러03을 보고 공룡의 후손이라고 말하기도 하지."

"하하, 연기하는 사람이 헬레나 박사를 알겠어요?"

보조 마법사 터키의 말이었다. 그러나 물론 나하사는 알고 있었다.

"사막섬 연구학자 아닌가요? 헬리나 박사의 따님이시죠."

"오……."

켈러 박사를 비롯한 학자들은 조금 놀랐다.

"어떻게 아는 겁니까? 사막섬에 관심 있어요?"

"네, 예전에 좀 그냥……."

사막섬 경계 밖에 봉인소가 있기 때문에 연구하다가 알게 되었다.

헬레나 박사는 사막섬 연구의 일인자며, 지금까지 대부분의 사막섬 유물을 발견한 헬리나 박사의 하나밖에 없는 딸이기도 하다.

"하하하, 헬레나가 알면 좋아하겠군요."

거친 피부에 듬성듬성 난 수염, 바다 사나이 같은 켈러 박사의 눈에 따스한 기운이 감돌았다.

"헬레나라는 분과 사이가 좋은가 봅니다."

네라가 말했다.

"나쁘지는 않죠. 어렸을 때부터 보아 왔으니까."

"헬레나 박사님은 뭐든지 다 공룡의 후손이라고 주장하는 것만 빼면 참 괜찮은데 말이에요."

"맞아. 대부분의 사막섬 연구가들은 다 그런 식이라서 별로예요."

"그러는 우리도 뭐든지 다 돌연변이라고 하고 있잖나. 아무 것도 모르기는 매한가지야."

켈러 박사는 느긋하게 웃으며 불퉁한 조수들을 달랬다.

"그보다 케일러03을 봐라."

그의 말에 모두의 시선이 창밖으로 향했다. 여전히 뼈다귀들이 떠 있었다.

"웃고 있군."

어딜 봐서?

"이별의 인사를 건네고 있습니다. 나하사 군, 인사해 주세요."

대체 어딜 봐서?

납득은 되지 않았지만 나하사가 일단 손을 흔들자 정말로 뼈 덩어리들은 몇 번 움직이더니 곧 헤엄쳐 떠나 버렸다.

"정말 신기합니다."

네라는 감동 어린 눈이었다.

"저런 생물도 있었다니, 전혀 몰랐습니다."

"그렇죠? 화산섬에만 있는 겁니다."

켈러 박사는 신기해하는 어린 소녀가 귀여운지 흐뭇한 미소를 지었다.

"화산섬에는 흔히 무엇도 살지 못한다고 말하지만, 사실 아주 많은 생물들이 살고 있어요. 그들만의 작은 생태계를 이루고 있죠. 사람 얼굴만 한 고슴도치도 있고 손가락보다 작은 쥐도 있고. 화산거북이는 용암에서도 견디는 알을 낳죠."

"용암에서도 말입니까?"

"네."

네라는 순수하게 놀란 얼굴이었다.

"대단하죠? 그런 척박한 환경에서도 뿌리를 내리고, 알을 낳는다는 게."

"네, 맞습니다. 생명이란 정말 놀랍고 아름다운 것입니다."

소녀는 마치 행복한 꿈을 꾸고 있는 것처럼 기쁜 미소를 지었다.

그리고 웃음은 전염된다는 설을 입증하려는 것처럼 모두가 덩달아 미소 지었으나, 다만 마법사 소년과 두건을 쓴 사내만은 웃지 않았다.

화산섬은 회색 재로 덮인 황량한 섬이었다. 맑고 푸른 하오아이와는 전혀 다른 칙칙하고 삭막한 공간. 그들이 땅에 내려서자마자 머지않은 화산에서 요동치는 소리가 들렸다. 크르릉— 마치 포악한 짐승이 포효를 하는 듯했다.

"오늘의 코스는 무덤새와 뿌리이끼, 화산쥐 조사야. 가다가 바위가 보이면 무조건 조각을 수집해야 하는 거 알지? 두 시간밖에 안 된다고 너무 급하게 하지 말고 천천히 하자!"

"네!"

"넵!"

"그럼 터키 님, 잘 부탁합니다. 나하사 군 일행도 바싹 붙어서 잘 따라오세요. 암석에 맞으면 그냥 뒤지는 겁니다."

켈러 박사가 성큼성큼 걸었다. 구릿빛 얼굴에 발그레 홍조까지 띄우고서는. 소풍 나온 꼬마 아이 같았다. 켈러 박사 일행의 뒤를 나하사 일행도 따랐다.

"시아타민은 어디쯤 있을까?"

"우선 따라가 보자 개굴. 걷다가 동족의 기운이 느껴지면 알려 주겠다 개굴."

나하사는 황량한 주변을 살피며 걸었다. 마다스의 할렘이 생각났다. 이런 곳에 생명이 있다니 믿기지 않았다. 있는 거라곤 검은 화산재뿐인데.

"이쪽으로 떨어지는군."

"어?"

진이 어딘가를 보면서 말했다. 그 시선을 따라가자 화산 불구덩이에서 나온 분출물이 포물선을 그리며 이쪽으로 날아오고 있었다. 표면에 용암이 흐르는 커다란 암석이었다.

"터키 님, 마법을!"

"실드shield!"

마법사 터키가 주문을 외우자 반투명한 우산같이 생긴 것이 그들의 머리 위를 막았다. 암석은 실드에 튕겨져 다른 곳으로 떨어졌다. 나하사는 이런 용도로 마법사를 데리고 온 거구나 하고 납득했다.

"이건 꽤 안쪽에 있었던 것인가 보군요. 이런 행운은 흔치 않습니다. 표면을 긁어 가져가야겠어요."

켈러 박사는 장갑을 끼고는 핀셋으로 암석의 표면을 긁어 담았다.

더욱더 즐거워진 켈러 박사는 콧노래까지 부르며 섬 내륙으로 향했다. 그는 걷다가 바위에 핀 암녹색 이끼를 발견했다. 켈러 박사 일행이 재빨리 다가갔다.

"뿌리이끼야!"

"저번에는 없었는데 새로 생겼네요?"

"뿌리이끼의 서식지는 일정치 않지. 아무래도 뿌리를 옮겨 다니니까 말이야."

네라는 이 섬의 생물들에게 흥미가 생기는지 가까이 다가갔다.

"식물이 움직이는 겁니까?"

"그래요. 화산에서 분출되어 떨어진 암석에 붙어서 자라는 기생이끼인데 암석의 영양분을 다 빨아들이고 나면 다른 암석으로 옮기죠."

켈러 박사는 이끼를 통째로 떼어냈다.

"만약 화산섬에서 길을 잃고 먹을 것이 없다면 이 뿌리이끼를 먹으면 됩니다. 소중한 단백질 공급원이죠."

그러던 그는 곧 무언가를 발견한 듯 소리쳤다.

"이런! 저걸 보십시오, 아니 일단 몸을 숙이십시오."

켈러 박사가 바닥에 바싹 엎드리고는 손짓, 발짓을 다하며 어서 몸을 숙이라고 했다. 나하사는 재가 묻는다며 거부하는 진의 다리를 걸어서 강제로 넘어뜨렸다.

켈러 박사는 그들과 약 15미터 정도 떨어진 곳을 가리켰다. 꿩을 닮은 검은색 새가 있었다.

"무덤새입니다. 오, 우리는 아주 운이 좋군요. 알을 낳고 있어요. 무덤새는 자기 알을 자기가 품지 않습니다. 따뜻한 화산재로 대신하죠. 알을 다 낳으면 바로 날아가 버립니다. 보세요."

무덤새가 날아가자 켈러 박사는 무덤새가 알을 낳은 곳으로 한달음에 달려갔다. 화산 쇄설물로 깨지는 것을 방지하기 위해 무덤새는 굴을 파서 화산재 깊은 곳에 알을 낳았다. 켈러 박사는 손을 넣어 그중에서 한 알을 꺼내었다.

"보십시오. 막 낳은 신선한 알이에요."

켈러 박사는 알을 나하사에게 건네었다. 나하사는 헉, 하고 당황하다가 구르를 머리 위로 올리고는 두 손으로 알을 건네받았다.

"어……?"

"따뜻하죠?"

"……."

아주 따뜻하고 포근했다. 두 손으로 감싸 쥘 만한 이 작은 크기의 알은.

"저도 만지고 싶습니다. 주십시오."

네라가 옆에서 방방 뛰었다.

"저도 만질 겁니다."

"……."

나하사는 주지 않았다. 오히려 꼭 감싸 쥐기만 했다.

"이거 조심해야 해. 떨어뜨리면 깨질걸."

"어차피 아래는 화산재인데 뭘 그럽니까? 좀 줘 보십시오."

"되게 따뜻하네. 언제쯤 태어나는 걸까?"

"왜 말을 돌립니까. 저도 만지고 싶습니다!"

네라와 나하사가 무덤새 알을 가지고 신경전을 벌였다. 구르도 켈러 박사도 그 조수들도 그 모습을 보며 흐뭇하게 웃었다.

"무덤새의 알은 아주 영양분이 많죠. 이 또한 소중한 단백질 공급원입니다."

"헉……."

켈러 박사가 하는 말에 나하사와 네라가 동시에 함께 알을 단단히 잡고서는 켈러 박사에게서 주춤주춤 물러섰다.

이 조그맣고 따뜻한 걸 먹는 거예요……?

커다랗고 동그란 눈이 울먹울먹하는 것을 보며 켈러 박사의 웃음이 진해졌다.

"물론 농담입니다. 자, 따뜻한 곳에 있어야 부화가 되니까 다시 넣어 주세요."

"……"

나하사는 괜히 알을 한 번 더 쓸어 보고는 무덤 속에 넣어 주었다.

그리고 일행은 그 자리를 떠서 다른 곳으로 향했는데 나하사는 자꾸만 무덤새 알이 신경 쓰여서 뒤를 돌아보았다.

"앗!"

그때 바로 그 위로 암석이 떨어지는 게 보였다. 아주 커다랗고 검붉은 암석이었다. 알이 아무리 깊은 곳에 있어도 저 정도 크기의 암석에 맞으면 바로 깨질 것 같았다.

"스탑stop!"

"……!?"

"마법!"

나하사는 모두가 보는 앞에서 마법을 부렸다는 자각도 없는지 헐레벌떡 알이 있는 곳으로 달려가려 했다.

"이봐."

진이 드물게 당황해서는 나하사의 목덜미를 붙잡았다.

"이거 놔, 진! 저 알들을 더 안전한 곳으로 옮겨야 해."

소년이 외치는 소리를 듣고서야 켈러 박사 일행은 아까 전

무덤새 알이 있던 곳 위에 커다란 암석이 멈춘 채 떠 있는 것을 알았다.

"나하야, 어차피 화산섬에 안전한 곳은 없다 개굴. 알을 데리고 다닐 생각이라도 하는 건가 개굴?"

"더 안쪽에 넣어 주면 되지. 저런 커다란 게 떨어지면 다 깨져 버릴 거라고."

커다란 개구리는 어린아이를 달래듯 말했다.

"더 깊은 안쪽에 넣으면 부화했을 때 아기 새들이 밖으로 나오질 못한다 개굴."

"그럼 마법을 걸어 놓으면 되잖아!"

"부화할 때까지 말인가 개굴? 나하, 견딜 수 있나 개굴?"

"으......!"

발버둥 치던 나하사의 움직임이 멎었다. 미련 가득한 눈이 무덤새의 알이 있는 곳을 향하고 있었다.

"하하, 그렇게 걱정할 필요 없습니다."

켈러 박사는 건조해 보이던 소년의 새로운 모습을 발견하고는 따뜻하게 웃었다.

"이런 곳에서 수백 년을 버텨낸 생물이에요. 알아서 해낼 겁니다."

"무덤새의 알이… 부화할 확률은 얼마나 돼요?"

"의외로 높습니다."

소년이 조금 안심했다.

"다만 문제는 태어난 후죠. 먹을 것도 없는 척박한 환경이라 오히려 태어난 후에 죽는 무덤새가 더……."

"박사님!"

조수들이 꽥 소리를 질렀다. 켈러 박사가 굳이 덧붙일 필요 없는 말까지 했다.

나하사의 얼굴은 차갑게 굳어 있었다. 소년은 이젠 걱정은 커녕 너무나 무심한 눈으로 무덤새의 알이 있는 곳을 보고 있었다.

그 따뜻한, 온기가 가득한 조그만 알들이 이런 데서 태어나서 힘겹게 살아가는 것보다는, 그렇게 고통스럽게 사는 것보다는 차라리…….

"생명은 그렇게 쉽게 죽지 않습니다."

무언가 고민 중인 듯한 소년을 가운데에 두고 모두가 침묵하고 있을 때, 네라가 조용히 입을 열었다.

"이 뿌리이끼를 보십시오. 뜨거운 곳에 뿌리를 내리는 건 분명 고통스러울 겁니다. 그런데도 이렇게 살아 있지 않습니까. 이 검은 재 가득한 곳에 알을 낳는 저 새도 분명 힘들게 살아왔을 겁니다. 그래도 또다시 알을 낳잖습니까."

"……."

네라의 눈은 마치 나하사가 지금 무슨 생각을 하는지 다 아는 것처럼 보였다.

"다 각자의 환경에서 살아가기 위해 최선을 다하고 있는 겁니다. 무덤새도 보십시오. 살아 있고 싶어서 당신의 손 안에서 그렇게 따뜻하게 박동하지 않았습니까. 그 작은 껍질 안에서 당신에게 말을 걸지 않았습니까. 살아 있다고…….”

마치 신도용 교과서에나 나올 법한 말이었다.

사실 나하사는 여전히 생명의 아름다움 같은 건 공감할 수 없었다. 여전히 저 무덤새 새끼가 태어나 이런 척박한 환경을 보면서, 태어나길 잘했다고 생각하지는 않을 것 같았다.

나하사는 짧게 주문을 외웠다.

“브레이크break.”

“……!”

그러나 깨어진 것은 무덤새 알이 아니라 그 위에 떨어질 뻔한 암석이었다.

소년 마법사는 이것으로 만족하기로 했다. 무엇도 납득할 수 없지만, 그렇다고 자신에게 저 알을 깨뜨릴 자격은 없는 거니까.

“흥.”

진은 고개를 작게 저으며 팔짱을 꼈다. 나하사의 결론이 만족스럽지 않은 듯했다.

말하는 개구리를 데리고 다니는 마법사 로브의 소년이 진짜 마법을 부렸으니 아무리 해제범 흉내를 내는 극단 단원이라고 우겨도 당연히 의심할 수밖에 없는 상황이었다. 그러나 나하사는 용케 위기에서 벗어났다. 아이돌 음유시인을 지망하고 있다고 하자 켈러 박사 일행은 쉽게 납득한 것이다. 그럴 것 같은 외모라고 생각했다면서.

일행은 이제 화산섬 꽤 안쪽까지 들어왔다. 용암이 끓는 소리가 바로 근처에서 들려왔다.

"잠깐."

여기 또 뿌리이끼가 있다며 말춤을 추는 박사 일행 뒤에서 가만히 서 있는 나하사를 진이 불렀다.

"왜?"

"동족의 기운이 느껴진다."

진이 보고 있는 곳은 화산, 그중에서도 붉은 용암이 치솟아 오르고 있는 분출구였다.

"용암 속에 있다고?"

"가능하다 개굴. 우리에게 마그마는 그냥 좀 따뜻한 물일 뿐이다 개굴."

마족은 천오백 도에서 이천 도의 열까지 견딜 수 있는 신체를 가졌다고 전해진다. 하지만 나하사는 인간이었다. 저 마그마 속에 들어가 사천왕이라는 마족과 대화를 끝낼 때까지 마법으로 버텨야 했다. 마력으로 보아 하루 정도는 충분할 것이다.

"저도 있습니다."

쟤까지 하면 반나절.

나하사는 네라를 흘겨보았다.

"너도 꼭 가야겠냐?"

"전부터 절 자꾸 따돌리려 하는군요. 저는 절대 당하지 않습니다. 저는 어느 쪽이냐 하면 일진 파에 가깝습니다!"

네라가 결연하게 외쳤다. 나하사는 그래…… 하고 끄덕였다. 괜찮다. 도중에 네라한테 건 마법이 풀려도. 죽기밖에 더하겠어?

"일단 가 보자."

힐긋 보니 켈러 박사 일행은 이젠 화산쥐며느리를 발견했다며 깨춤을 추고 있었다. 나하사는 말없이 진과 네라에게 손짓하며 빠르게 뒷걸음질 쳤다. 영문도 모르고 종종종 쫓아온 네라는 켈러 박사 일행이 보이지 않는 곳에서 멈춰 서는 나하사를 보고 눈을 깜빡였다.

"인사 없이 헤어지는 겁니까?"

"아님 뭐라고 해? 우린 저 용암 속에 들어가 봐야겠으니 여기서 헤어져요, 할 순 없잖아."

"그래도 이렇게 없어질 순 없습니다. 걱정할 겁니다!"

네라는 같이 생명 예찬을 한 켈러 박사 일행에게 어느새 정이 든 것 같았다.

"그럼 가서 뭐라고 할까."

"우리는 다른 곳을 둘러보고 오겠다고 하면 되지 않습니까."

"잘도 그냥 보내 주겠다."

화산섬은 아주 위험한 곳이다. 지금도 지면은 흔들리고 하늘은 회색 재가 덮고 있어 시간을 알 수 없는 데다가 언제 또 다시 거대한 용암이 분출하여 땅을 뒤덮을지 모르는 일. 그런 곳에 처음 온 어린애들을 그냥 순순히 보내 줄 리가 없었다.

"정 걱정되면 네가 가서 말하든가."

하며 나하사는 인자하게 웃었으나 네라는 이 소년의 계략을 읽어 버렸다.

"그러는 동안 저 버리고 가려는 것 아닙니까."

"......."

쳇. 아쉽다.

나하사는 이제 실랑이는 이쯤 하기로 했다.

"이제 가자."

"이쪽이다."

진이 마기가 느껴지는 곳을 향해 앞장섰다.

"나는 아직 느껴지지 않는다 개굴. 일단 시커먼스의 말에 따르자 개굴."

구르는 진이 자신보다 더 뛰어난 마족임을 깔끔하게 인정했다.

한 줄로 서서 진을 따르는데 네라는 미련이 남는지 계속 뒤를 돌아보았다. 마치 아까 전 무덤새 알을 두고 올 때의 나하사처럼.

"우리를 찾을 겁니다."

화산에 가까이 갈수록 커다란 암석이 많았다. 나하사는 정말 집채만 한 바위도 보았는데 그 표면에는 시뻘건 용암이 핏줄기처럼 흐르고 있었다.

"땅이 무너졌는데도 우리를 기다리고 있으면 어떡합니까?"

네라는 진심 어린 목소리로 말했다.

"야, 걱정하지 마. 기다리다가 안 오면 그냥 갈 거야."

"아닙니다. 분명 떠나지 않고 계속 기다릴 겁니다."

"설마 땅이 무너져도 그러려고."

나하사는 정말 웃기는 얘길 들은 것처럼 피식 웃었다.

네라는 그 모습을 애잔한 눈으로 보았다. 어딘가 안타까우면서 슬픈 눈으로. 나하사는 발이 푹푹 잠기는 화산재를 보느라 그 모습을 보지 못했다.

"하지만 사나이는 외투를 벗어 주었지 않습니까."

"……"

네라가 나지막히 속삭이는 말에 나하사의 얼굴에서 웃음이 사라졌다.

"용병은 갑옷을 주었지요."

"……"

"그들은 기다릴 겁니다. 우릴 찾을 때까지 떠나지 않을 겁니다."

나하사는 켈러 박사 일행이 있던 곳을 보았다. 물론 이제는 쌓인 화산재에 가려 보이지 않았다. 소년이 머뭇거리자 개구리가 말해 왔다.

"걱정 마라 나하야, 그 인간들 기다리다가 갈 거다 개굴."

"아닙니다. 계속 기다릴 겁니다."

"세 시간보다 더 걸릴 텐데 그걸 기다리겠나 개굴?"

그들은 화산섬에 있을 수 있는 시간은 길어야 세 시간이라고 출발하기 전에 말했었다.

"분명 기다릴 겁니다. 이대로 두고 떠나지 않을 겁니다."

네라가 강경하게 말하자 구르가 한숨처럼 말했다.

"네라야, 현실은 너희의 생각처럼 그렇게 아름다운 곳이 아니다 개굴."

"압니다. 그렇지만 현실은…… 마족의 생각처럼 그렇게 삭막한 곳도 아닙니다."

네라는 의견을 굽힐 여지를 보이지 않았다. 나하사는 눈앞에 살아 움직이는 화산을 두고서도 어쩐지 추워져 구르를 품에 안았다.

"저 사람들이 그냥 가 버린다고 해도 그건 삭막한 게 아니야."

"우리를 두고 가는데……!"

"그냥 그건 '현실적'인 거야. 그 용병이 좀 이상한 거였어."

"……나하사."

네라가 아주 안타까운 음성으로 나하사의 이름을 불렀다.

네라가 이름을 부르는 일은 잘 없었기 때문에 오히려 나하사는 그 부름에 정신을 차렸다.

"더 이상은 시간 낭비야. 정 싫으면 넌 그냥 여기 있어. 진, 가자."

나하사는 못마땅하게 이쪽을 보고 있던 진에게 말했다. 진은 길도 모르면서 앞서 걷는 소년의 뒷모습을 보다가, 안쓰러움으로 가득한 청록색 눈의 소녀를 일견했다.

"……"

그는 마치 '이것이 현실이다'라고 말하는 듯한 승리자의 미소를 띠고는 뒤돌아 걸었다.

그러나 네라는 진의 시선은 전혀 상관없었다. 소녀의 청록색 눈은 두 마족에게 둘러싸인 인간의 아이를 향하고 있었다. 인간의 또래 친구가 필요한 어린 소년을.

"바오 · 얀 · 살라 · 완."

용암의 열기에 녹아내리지 않기 위해 고대마법을 외웠다. 네라와 나하사의 주위에 투명한 막이 펼쳐졌다.

"악, 뜨거워. 뜨겁다 개굴! 구워지겠다 개굴!"

"…살라 · 완."

진은 저 끓어오르는 용암이 아무렇지 않은가 본데 구르는 통통 튀어 오르며 비명을 질렀다. 나하사가 구르에게도 마법을 펼쳐 주자 구르는 뜨거운 한숨을 내쉬며 누가 묻지도 않은 말을 했다.

"내가 개굴족이라서 그렇다 개굴. 절대로 시커먼스보다 약한 거 아니다 개굴."

"네, 압니다."

이 귀여운 녀석. 나하사는 구르를 안아 들었다.

이제 저 용암 속으로 뛰어들어야 한다. 분명 마법벽이 있으니 안전할 걸 알지만 그래도 겁이 난다는 점은 부정할 수 없었다. 3미터 넘게 치솟아 오른 용암이 나하사의 마법벽에 부딪쳐 양옆으로 흘렀다. 나하사는 뒤로 물러섰다. 으아⋯⋯.

"진짜 이 아래에 있는 거 맞아?"

"날 못 믿나."

"그런 건 아니지만⋯⋯."

진을 못 믿어서가 아니라 저 용암 속에 들어가야 한다는 현실을 차마 받아들일 수가 없었기 때문이다. 재촉하는 진에게 나하사는 잠깐 기다려 달라고 하고는 후—하하 후—하하 저도 모르게 라마즈 호흡을 시도했다. 그 모습을 한심하게 보던 진이 몸소 앞으로 나갔다.

"귀찮게 하는군."

진은 플라잉flying이란 시전어 없이도 용암 위에 둥둥 떠 있더니 윙윙거리는 모기를 쫓듯이 손을 허공에 한 번 휘저었다.

"⋯⋯!"

"개굴!"

나하사와 구르는 믿을 수 없어 눈을 크게 떴다.

진의 손짓과 함께 용암이 쩌억, 갈라진 것이다.

"어떻게……."

나하사는 입을 다물지 못했다. 마그마가 양옆으로 갈라져 가운데로 지나가라고 길을 터 준 것 같다.

"오, 시커먼스 제법이다 개굴."

"아니 이건 제법 정도가 아니라……."

"기적입니다!"

아까부터 축 처져 있던 네라가 급 초롱초롱 눈을 빛냈다.

"진 님의 기적입니다! 분명 진 님의 외모에 감탄한 마그마가 스스로 길을 터 준 것입니다. 아아, 자연마저 감동시키는 진 님의 외모라니!"

네라의 기적 발언이 오히려 진의 능력을 퇴색시켰다.

"더 이상 시간 낭비하지 말고 가지."

진이 훌쩍 마그마가 터 준 길로 훌쩍 뛰어내렸다. 설마 진이 다 통과하고 나면 마그마가 다시 길을 막을까 봐 나하사도 재빨리 그 뒤를 따랐다.

어느 정도 내려가자 진이 멈춰 섰다.

"저곳이군."

진이 오른편을 보았다. 그의 시선을 따라 나하사와 구르, 네라도 마치 폭포 줄기 같은 붉은 마그마를 향해 일제히 고개를 돌렸다.

결국 저기를 통과해야 하는 건가. 나하사는 혹시나 어떻게 해 주지 않을까 싶어 진을 보았다.

"······."

"······."

소년 딴에는 그냥 무심히 본다고 본 것인데 진은 어린 인간의 안에 담긴 기대감을 고스란히 읽었다.

잠깐 고민하던 그는 천천히 손을 들고 용암을 향해 손바닥을 폈다. 그러자 아까처럼 마그마가 갈라지면서 크지 않은 넓이의 동굴이 보였다.

"대체 진 님은 못 하는 게 뭡니까? 용모도 훌륭하시고, 외모도 아름다우시고······."

"얼굴도 봐줄 만하다 개굴."

결국 진의 장점은 얼굴밖에 없다는 거잖아?

나하사가 네라와 구르를 한심하게 생각하며 들어가려는데 이상하게 진이 움직이지 않고 있었다. 왜지? 하고 올려다보았는데 진이 자신을 지그시 보고 있었다.

마치 무언가 말을 기다리는 것처럼.

나하사는 혹시나 싶어서 조심스레 입을 열었다.

"······넌 참 잘생긴 것 같아."

"흥. 당연한 소릴."

아무래도 정답인가 보다. 두건을 쓰고 있지 않아 긴 머리를 그대로 늘어뜨린 진은 새침하게 머리칼을 날려 주고는 동굴로 들어갔다.

화산 분출구 속은 드래곤 산맥 어머니나무의 나무동굴을 떠오르게 했다. 나무껍질, 뿌리 같은 것이 분출구 벽면에 붙어 있어서 평범한 산봉우리에 들어온 것만 같았다. 나하사는 비록 어둡고 음산한 곳이지만 이제 드디어 바로 그 사천왕이란 마족을 만날 수 있으리라는 설렘에 콧노래를 흥얼거렸다.

"왜 이칼리노가 나옵니까?"

"어?"

"방금 그 노래에 이칼리노가 나오지 않았습니까?"

나하사는 네라의 물음에 눈을 깜빡이다가 깨달았다. 방금 흥얼거린 것은 러브남매의 노래인데 후렴 부분이 이칼리노를 찬양하는 내용이었다.

"신을 믿을 마음이 생긴 겁니까?"

네라가 청록색 눈을 반짝였다. 나하사가 뭐라 부정하기도 전에 구르가 떽 소릴 질렀다.

"나하는 그런 인간이 아니다 개굴!"

그런 인간이 뭔데?

"나하를 뭐로 보고 그런 말을 하는 거냐 개굴. 우리 나하는 신 같은 거 모르고 사는 사람이다 개굴!"

"아니면 아닌 거지 왜 소리는 지르고 그럽니까!"

"네가 더 시끄럽다 개굴!"

"당신이 더 시끄럽습니다!"

"둘 다 시끄럽거든?"

나하사는 구르의 발을 잡고 허공에서 흔들었다. 개구리의 발은 신축성이 좋아서 나하사는 종종 이렇게 대롱대롱 구르를 흔들면서 놀고는 했다.

"앗, 나하아아아아아아 미안하다 개굴. 어지럽다 개구르르르 꾸에에에엑."

"그러니까 이제 좀 조용히 해, 둘 다."

엄살이 더 시끄러워 손을 멈추고 다시 안자 구르가 나하사의 가슴팍에 찰싹 달라붙었다.

"나하야 조심해라 개굴. 언제 내가 나하 자고 있을 때 발목만 들고 대롱대롱할 거다 개굴."

"어이구, 그것참 무섭네요."

아주 귀여운 협박이었다. 구르는 불퉁해져서 볼을 빵빵하게 부풀렸다. 이 모습을 보면 나하사는 꼭 양 볼을 꼬집어 주고 싶었다. 슬금슬금 다가오는 손길을 눈치챈 구르가 잽싸게 볼에서 바람을 뺐다.

"치사하게."

이번엔 나하사가 불퉁해졌다.

"나하 볼이야말로 조물조물 하고 싶다 개굴."

"한번 해 봐. 사지를 늘려 줄 테니까."

"내가 인간 모습이 되면 나하는 허리만큼도 안 올 거다 개굴."

"오호, 인간형이 되면 키가 커집니까?"

이런 데만 관심이 넘치는 네라가 눈을 초롱거리며 물었다.

"당연하다 개굴. 시커먼스보다도 크다 개굴."

"진 님을 그렇게 부르지 마십시오. 아무튼 꼭 보고 싶군요. 일단 키는 합격점입니다."

"진보다 크면 네라 넌 진짜 허리에도 안 닿겠네."

나하사는 무관심한 척하고 있지만 분명 귀를 기울이고 있을 진에게 말을 걸었다.

"진, 네가 키가 몇이었지?"

"183. 대빵 크다."

"…어, 그래. 대빵 커서 좋겠다."

자기 자랑할 생각에 흥분해서 '아주'라는 뜻의 고대어를 말해 버렸다. 진의 키 언급 이후에 당연히 이어진 네라의 진 자랑과 구르의 투덕거림에 종종 시끄럽다고 추임새 넣어 가며 걷고 있을 때, 드디어 막다른 곳이 나왔다.

아주 오래돼 보이는 나무문.

생뚱맞게 여느 집에 있을 법한 문이 나와서 나하사는 잠시 이곳이 화산섬의 화산 분출구 속이라는 것을 잊을 뻔했다.

"이 안에 있는 거야?"

"그래. 기다리고 있군."

역시 이미 자신들을 눈치챘나 보다. 과연 사천왕. 나하사는 심호흡을 하며 문고리에 손을 댔다. 문을 열기 전에 구르가 조용히 속삭였다.

"나하야, 조심해라 개굴. 우리 고위마족은 인간의 정신을 지배할 수 있다 개굴."

"그래, 알아."

인어 여왕의 언령과 드래곤 로드의 진안과는 또 다른 정신 지배술.

모든 마족에 관한 책이 그것을 경고해 왔다. 나하사는 역시 들어가기 전에 미리 방어 마법을 펼쳐 놓는 편이 좋지 않을까 고민했다.

"별걱정을 다 하는군."

소년이 문고리에 손을 떼고 적당한 고대마법을 고르는데, 진이 가당찮다는 듯 비웃었다.

"이런 식으로 시간 낭비하지 말지."

"넌 마족이라 상관없겠지만 난 인간이잖아. 미리 대비해 놓는 게 좋아."

"걱정하지 마라. 저 안쪽에 있는 것은."

진은 나하사가 어, 하며 말릴 새도 없이 문고리를 잡고 주저 않고 돌려 버렸다.

"나보다 약하다."

그리고 보인 것은,

거대한 마법진 위에 고요히 앉아 있는 백발의 노파.

나하사의 은인이었다.

나하사는 눈을 감았다가, 천천히 다시 떴다. 그 사람이었다.
타들어 가는 벽난로 앞 삐걱거리는 흔들의자에 앉아 고요히
고서를 보고 있는 그 사람.

눈이 나빠져서 책을 볼 때는 늘 저렇게 미간에 주름이 잡혔
었다. 집중력이 뛰어난 사람이라 한번 책을 잡으면 반나절이
지나도록 손에서 놓지 않았다. 나하사는 옆에서 저 사람의 돋
보기안경을 들고 이걸 줘도 될까, 방해하는 건 아닐까 망설이
고는 했다. 그러면 언제나 저 사람이 먼저 눈치를 채 주었다.
옅게 웃으면서,

"뭐 하고 있니? 이리 오렴."

하고 언제나 먼저 말을 건네주었다.

나하사는 마음속으로 은인의 이름을 부르며 다가갔다······
아니, 다가가려 했다.

"고작 이 정도인가."

어깨를 쥐어 잡는 강한 힘과 함께 와장창, 깨어지는 소리가
들렸다. 유리 깨지는 소리 같지만 나하사는 알 수 있었다. 이
것은 마법이 파쇄(破碎)되는 소리.

나하사는 눈을 깜박였다.

어깨를 잡은 손의 주인은 진이었다.

"이런 허상이 통하다니."

진이 혀를 찼다. 나하사는 아래를 내려다보았다. 오른쪽 발이 반쯤 허공에 떠 있었다. 그 밑에서는 붉은 마그마가 집어삼킬 듯 끓어오르고 있었다.

"한 걸음만 더 가면 추락이었습니다."

네라가 침을 꿀꺽 삼켰다.

"나하야, 괜찮나 개굴."

구르가 조심스레 물어왔다. 나하사는 대답 대신 앞을 보았다.

섬처럼 떠 있는 마법진. 그 중앙에 있는 것은 흔들의자에 앉은 그 사람이 아니라 뿔이 두 개가 달린 하얀 눈의 마족.

"진, 네가 마법을 깬 거야?"

"그렇다. 네놈이 고작 이 정도에 당하리라고는……."

발끈해서 말하던 진이 말을 멈추었다. 그는 소년의 무채색의 얼굴을 보았다.

"하……."

암녹색 눈동자에 담긴 아주 희미한 원망. 진은 드물게 말문이 막혀 어이없는 숨만 내쉬었다.

이 인간의 아이는 알고 있었던 것이다.

눈앞에 펼쳐졌던 것이 허상임을 알고 있었던 것이다.

침묵이 감돌고 있을 때 나하사가 나직이 주문을 외웠다.

"플라잉flying."

소년은 마그마 위를 날았다. 진도 눈을 가늘게 뜨며 허공을 날아 마법진 위로 올라섰다.

가볍게 착지한 나하사는 마족을 보았다. 가까이서 보니 아주 장대한 체구였다. 이마에는 염소 뿔 같은 것이 두 개 났고 흰 눈에는 실핏줄이 돋아 있었다. 몸은 푸른 털이 덮고 있었는데 무척 튼튼하여 팔뚝이 웬만한 사내의 허벅지 굵기는 될 것 같았다.

그러나 그런 것보다, 가장 먼저 눈에 들어온 것은 심장.

가슴 부분의 가죽이 벗겨져 있어서 붉은 심장이 뛰고 있는 것이 훤히 보였다.

"마계의 남천(南川)을 다스리는 시아타민 님이다 개굴."

나하사는 반갑게 인사하고 싶은 마음은 없었다. 그런 허상을 보여 주는, 악질적인 마족에게 좋게 대하고 싶지 않았다. 나하사가 막 마족을 향해 입을 열 때였다.

"왜 전 안 데리고 갑니까!"

건너편에 혼자 남겨진 네라가 날카롭게 소리쳤다.

"진지한 분위기 풍기면서 절 따돌리려는 속셈인 거 모를 줄 압니까!"

"야, 네라."

"설마 저보고 이 넓이를 점프하라는 건 아니겠고 빨리 저도 그쪽으로 보내 주십시오!"

"……플라잉flying."

네라가 분홍치마를 다소곳이 감싼 채로 공중을 날아 건너왔다.

"상황 파악 좀 해라, 이 네라야."

"제 성은 이가 아닙니다. G입니다."

네라는 마족을 보더니 노골적으로 눈살을 찌푸렸다.

"몹인 줄 알았네. 징그럽게 생겼군요. 고위마족이라 기대했더니. 심장 내놓은 패션은 특히 저질입니다."

글쎄, 일부러 내놓은 건 아닌 것 같지만…….

나하사는 헛기침을 하며 다시 분위기를 잡았다.

"시아타민, 단도직입적으로 말할게. 나는 마왕의……."

"그 분홍에 핑크는 징그럽군. 눈 색에 맞춰서 청록색 가방을 하나 들고 다닌다면 모를까."

"……."

함께 진중한 분위기 형성 중이라고 생각했던 남천의 지배자가 네라의 패션을 비아냥거렸다.

설마 저 심장 진짜 패션 삼아 내놓은 건가?

"물론 내 가슴은 패션이 아니지만. 인간이 날 봉인하면서 이렇게 만들어 놓은 것뿐이지만."

"그럼 그 심장에 새겨진 마법진에 하트 모양은 뭡니까?"

네라의 날카로운 지적에 나하사가 눈을 크게 뜨고 보았다. 심장에는 깨알 같은 문자로 마법진이 그려져 있었는데 양옆에 하트 모양 문신이 새겨져 있었다.

남천의 지배자, 시아타민은 그, 그것은…! 하면서 당황하더니,

"인간이 해 놓은 것이다."

발뺌해 버렸다.

"하, 인간에게 몸을 농락당하다니."

진이 차갑게 말했다.

"자살해. 유서에 내 이름 쓰고."

얘는 왜 보는 마족마다 죽으래?

"다들 그만 좀 해. 더 중요한 얘기가 있잖아."

나하사가 목소리를 깔자 모두의 시선이 모였다. 소년은 진지한 눈으로 시아타민을 보았다.

"심장이 하트 모양이라고 하트 문신을 하다니 좀 촌스러운데 차라리 귀엽게 별 모양이 어떨까?"

"……."

"……."

아, 이게 아니지.

이미 분위기는 날아갈 것처럼 가벼워졌으나 나하사는 다시 헛기침을 했다.

"지금 이게 문제가 아니라 우리는 마왕……."

"그대가 바로 불길을 제어한 자인가?"

시아타민은 소년의 말은 무시하고 그 옆의 검은 머리의 사

내를 보고서는 호오, 하며 턱을 쓸었다. 나하사는 빨리 마왕 얘기나 하고 싶은데 진도가 안 나가서 답답했다. 그런데 의외로,

"마왕님과 비슷한 분위기군."

시아타민이 전혀 다른 화제에서 생각도 못 한 이야기를 하며 마왕을 언급했다.

나하사와 구르가 동시에 진을 휙 돌아보았다. 결 좋은 검은 장발. 새카만 눈동자, 날카로운 콧대. 고혹적일 만큼 잘생겼으나 얼음이 뚝뚝 떨어질 것 같은 차가운 얼굴.

"마왕이 인간의 형체였단 말이야?"

"물론 아니다."

나하사의 혼잣말에 시아타민이 즉시 부정했다.

"영광스럽게도 먼발치에서나마 마왕님을 뵌 적이 있지. 그분은 마치 밤 같은 분이야."

밤? 그 밤?

나하사가 눈앞 허공에 작은 손을 들어서 오므려 보였다.

"마왕이 이만하다고?"

"아니다!"

감히 마왕님을 향한 불경한 소리에 시아타민이 꽥 소리 질렀다.

"그 밤이 아니다. 하늘을 말하는 것이야. 깊고 어두운……

그래. 어둠 그 자체라 할 수 있겠군."

말하던 시아타민이 어깨를 부르르 떨었다.

"먼발치에서 보았을 뿐이나 그 깊은 어둠은 감당이 안 되더군. 인간 따위는 그 앞에 서면 바로 잠식당할 것이다."

나하사는 시아타민의 말을 곱씹었다. 어둠 그 자체……. 그래서 마왕이 부활하면 세계가 멸망한다는 전설이 있는 거였나.

"그럼 진이 마왕과 비슷하다는 게 그냥 검은 머리라서 그런 거야?"

나하사가 묻자 남천의 지배자는 비릿한 비웃음을 지었다.

"인간은 아직도 외형에만 집착을 하는군. 어리석어."

"그 심장 패션은 외형에 집착한 결과가 아니고?"

"분명 나는 분위기가 비슷하다고 말했다. 그건 뭐라 명확하게 표현할 수 없는 부분이지."

"왜 내 말은 무시해?"

듣고 싶은 것만 듣고 하고 싶은 말만 하는 게 딱 진 같은 마족이었다. 조금 대화를 나누고 나자 들어오기 전에 느꼈던 압박감과 약간의 공포심이 모두 사라졌다.

"못 보던 마족인데, 내 힘을 제어한 걸 보면 설마 태어난 마족은 아니겠고. 그대는 누구지?"

시아타민이 진에게 물었다. 아지트에서처럼 도리어 나는 누구지? 하고 물을까 봐 나하사가 얼른 대신 답했다.

"드래곤 산맥에 봉인됐던 마족이야. 이름은 진."

"뭐……?"

시아타민이 눈을 크게 떴다.

"드래곤 산맥……!"

시아타민이 한 걸음 다가왔다. 흥분한 듯 입에서 뜨거운 숨까지 내뿜었다. 그러든 말든 진은 팔짱을 낀 채 생각에 잠겨 있었다. 시아타민은 몹시 놀란 얼굴이었다.

"어떻게 그곳에서 풀려난 거지? 설마 쥬피터 님이……."

"나하가 봉인을 해제했다 개굴."

개굴족의 자랑스러움이 담긴 말에 시아타민은 더더욱 놀랐다. 그동안 얼마나 많은 마족이 그 봉인을 깨기 위해 목숨을 바쳤던가. 그 무지막지하게 마력을 소모시키던 고대의 마법진을 이 인간의 어린아이가 해제했다고? 믿기도 어려울뿐더러 설마 그게 사실이라고 해도…….

"쥬피터 님이 가만두지 않았을 텐데……."

"그분은 우리를 돕기로 했다 개굴."

"그분을 뵌 것인가!?"

계속 그가 놀랄 일만 일어났다. 열린 가죽 안에서 붉은 심장이 쿵쾅쿵쾅 터질 듯 박동했다. 그 흉포한 드래곤 로드가 저들을 돕기로 하고 봉인의 해제를 눈감아 주었다니. 시아타민의 실핏줄 선 눈이 검게 가라앉았다. 그는 제일 처음 물어야 했던 것을 이제야 입에 담았다.

"이곳엔 무슨 일로 온 거지?"

그들은 마법진 위에 앉았다. 나하사는 간략하게 사정을 설명했다. 자신들은 마왕을 부활시키려 하고 있고, 드래곤 로드는 이 일을 도와주기로 했다, 관련 정보를 찾던 중 하오아이 마족의 은거지에서 이블레아 카틀로프를 만났고, 그녀가 남천의 지배자 시아타민을 만나 보라고 해서 이곳으로 왔다…….

용사단의 결성이나 해제범으로 불리고 있다는 것 등은 모조리 생략했다.

"그렇군. 그런 일들이 있었어……."

시아타민은 얼이 빠진 듯 중얼거렸다.

"밖은 아주 시끄럽겠군……."

남천 지배자의 입에서 흘러나오는 밖이라는 단어는 아주 쓸쓸한 느낌을 주었다.

나하사는 시아타민이 용사단과 해제범을 아예 모르고 있는 것을 이해했다. 지금 앉아 있는 이 마법진을 본 순간부터 알았다. 이것은 봉인 마법진. 봉인 대상은 바로 저 시아타민. 정확히는 그의 심장이기 때문에.

"그녀는 여전한가?"

문득 침묵을 뚫고 시아타민이 물어 왔다. 나하사는 순간 이해를 하지 못했다.

"그녀라니?"

"그분은 괜찮습니다."

누구를 말하는지 아는 것처럼 네라가 불쑥 답했다.

"조금 쓸쓸해 보였지만 그래도 건강하십니다."

어째서 마족의 사천왕 중 하나가 대뜸 묻는 그녀를, 신을 모시는 네라가 알고 있는 거지?

"양 팔다리 없는 녀석이 건강해 봤자지."

의아해하던 나하사는 곧 이어진 시아타민의 말 덕분에 깨달았다.

이블레아 카틀로프를 말하는 거구나.

"분홍, 너는 뭐하는 놈이지?"

"저는 네라입니다. 네라.G입니다."

"재수 없는 냄새가 나는데."

시아타민의 코가 벌름거렸다. 상체를 앞으로 쭉 빼고서는 진짜 구린내라도 나는지 미간을 찌푸렸다. 네라는 허리를 꼿꼿이 세우고 아무렇지 않은 얼굴을 하고 있었지만 옆에서 지켜보는 나하사는 괜히 초조해졌다.

"마족이 아니군. 흑마법사도 아니고."

"그렇게 얼굴을 들이밀지 마십시오. 토할 것 같습니다."

"나야말로 토할 것 같아. 냄새가 너무 역겹잖아. 입 좀 벌리지 마라."

"콧구멍 정돈 좀 하시지 그럽니까. 털이 여기서도 보입니다."

"윽……!"

네라의 코털 발언이 치명적이었는지 시아타민이 무척 당혹해하며 커다란 손으로 코를 틀어막았다. 그러나 곧 그는 침착하게 변명했다.

"인간이 해 놓은 것이다."

세상 그 어떤 인간이 마족의 코털을 무성하게 만들기 위해 마법을 쓴다냐!?

어이가 없는 나하사의 옆에서 진이 차가운 마기를 내뿜었다.

"인간들이란."

하고 중얼거리는 걸 보니 시아타민의 허접한 변명을 믿어 버린 게 분명했다.

"아무튼 그 녀석이 아직 멀쩡히 살아 있다 이거지."

시아타민이 송곳니를 드러내며 씨익 웃었다.

"내가 이 봉인에서 풀려날 수만 있다면 당장 그녀에게 갈 텐데 말이야."

무척 달콤하고 로맨틱한 내용이었으나 나하사는 오히려 소름이 끼쳤다. 좋은 의도로 하는 말이 아님을 직감적으로 느낀 것이다.

"그 역겨운 삶을 당장 끝내 주고 싶군."

역시나. 음산한 발언에 진이 반색했다.

"흠. 그나마 생각이 바로잡힌 마족이 있었군."

"그야 당연한 것 아닌가? 요즘 녀석들은 물러 터졌어. 마족의 긍지가 없다고."

"게다가 인간들의 감시를 받는 것 같더군. 왜 안 죽는 건지 이해가 안 돼."

"그대가 대신 소멸시켜 주지 않겠나? 나는 여기에 묶여서 움직일 수가 없거든."

시아타민이 진지하게 말했다. 그러나 쿵짝이 맞는 듯 잘 주고받던 진이 그를 배신했다.

"너부터 죽어."

"……."

시아타민이 조용히 고개를 돌렸다.

"그래서 마왕님에 관한 정보를 위해 나를 찾아온 거군."

돌고 돌아 어쨌건 본래의 화제가 나왔다. 시아타민은 팔짱을 끼고서 심각한 얼굴로 자기 혼자 수긍하며 고개를 끄덕였다.

"확실히 나는 어엄청난 정보를 알고 있지. 얼마나 엄청나냐면 진짜 엄청 엄청나. 여기 봉인된 것도 그것 때문이거든."

"오오, 그런가 개굴! 어서 말해 줘라 개굴!"

"나도 당장 말해 주고 싶은데 말이야. 사실 이건 비밀인데 나는 뇌를 넣었다 뺐다 할 수 있어."

"오옷, 대단한 능력이다 개굴. 역시 사천의 왕이다 개굴!"

구르가 감탄하며 촐싹거렸다. 시아타민은 여전히 더없이 진중했다.

"그런데 모처럼 뇌를 꺼내서 어느 햇볕 좋은 곳 바위 위에 널어놓고 말리고 있을 때 여기에 봉인됐단 말이지. 그러니까 일단 나를 봉인에서 풀어 주면 뇌를 다시 넣고 정보를 알려 주마."

"그렇게 안타까울 수가! 나하야 들었나 개굴. 얼른 봉인을 해제해 줘라 개굴!"

"……."

"나하야, 왜 그러나 개굴? 왜 고지식하고 단순한 거북이라도 보는 듯한 눈으로 나를 보나 개굴?"

나하사가 순진한 개구리를 품에 안고 시아타민을 노려보았다.

"이게 어디서 약을 팔아? 그런 식으로 거래할 생각이면 난 그냥 갈 거야."

"이래서 인간은 안 되는 거다. 뇌 하나 마음대로 넣다 뺐다 할 수 없는 하등종족이란."

시아타민이 푸른 털, 아니 푸른 갈기를 찰랑거리며 고개를 저었다. 그의 자신감 넘치는 표정에 나하사가 조금 움찔했다.

하긴 말하는 개구리와 닭도 있는데, 뇌를 넣었다 뺐다 하는 마족도 진짜 있을지도 모른다.

"확인해 보면 되겠군."

진이 나지막하게 중얼거렸다.

"어떻게 확인하는데?"

"머리통을 갈라 보면 되는 거 아닌가."

헉…… 모두가 숨을 들이켰다.

평온하게 잔인한 말을 내뱉은 진은 바람처럼 움직여 어느새 시아타민의 뒤에 서 있었다.

"자, 잠깐!"

"야!"

당황한 마족과 인간이 만류하기도 전에 진이 날카로운 마기를 일으켰다.

"꾸엑!"

민망한 비명과 함께 두부가 갈라지듯 마족의 머리가 두 쪽으로 갈라졌다.

갈라진 머리통 안쪽에서는 검은 마기가 흘러나와 얼굴에 번져 갔다.

"……!"

나하사는 혐오감이나 징그러운 것도 느끼지 못하고 기겁해서 벌떡 일어섰다.

"미쳤어? 죽이면 어떡해!"

그러자 시아타민 또한 머리가 갈라진 채로 벌떡 일어섰다.

"이 정도로는 죽지 않는다!"

"헉, 시체가 말을 해!?"

"누가 시체냐, 이따위 상처쯤은……."

시아타민이 우람한 두 팔을 들어 갈라진 머리통 좌우를 잡고 꾸욱 붙였다. 경계가 대충이라도 맞자 물방울과 물방울이 섞이듯 머리통도 서로를 향해 붙어 갔다.

"역시 사천왕이다 개굴. 대단한 능력이다 개굴."

갈라진 머리를 순식간에 붙여 버린 마족을 보고서 구르는 감탄했고 나하사는 입만 뻐끔거렸다. 시아타민이 약간 떨리는 목소리로 말했다.

"이놈이야말로 대단하군. 아무리 방심했다지만 이렇게 순식간에 내 머리를 자르다니."

"그, 그래. 진, 갑자기 그러면 어떡해? 죽으면 어쩌려고!"

나하사가 버럭 소리를 지르자 진이 쳇, 하며 대놓고 아니꼬운 얼굴을 했다.

"다음번에는 확실히 끝내 주지."

진짜 그게 목적이었냐…….

"아무튼 밝혀졌으니 된 거 아닌가. 이 녀석은 뇌가 없다."

"어? 그랬어?"

마족의 신체에 대해 잘 모르는 나하사는 고개를 갸웃했다. 그리고 보니 검은 마기만 가득했지.

"그럼 뇌를 꺼냈다 넣었다 한다는 게 사실이란 말이야?"

"아니다 개굴. 그건 거짓말이다. 원래 뇌가 없는 분이셨다 개굴."

"그렇군요. 무뇌족이었군요."

마족의 경이적인 신체 능력을 보고서 자존심 상한 듯 찌푸리고 있던 네라가 급 반가운 듯 말했다.

"맙소사. 뇌가 없다니. 하물며 지렁이조차 뇌가 있는데! 정말 대단하십니다. 세상 어느 누가 머리통이 액세서리인 생명이 실제로 존재할 거라 생각하겠습니까? 당신은 기적입니다. 와우, 원더풀."

듣는 나하사가 부끄러울 정도의 비아냥거림이었다.

"나의 매력 포인트가 이렇게 공개될 줄은 몰랐군. 더 뜸들인 후에 드러내려고 했는데."

그러나 시아타민은 뿌듯한 얼굴을 하고서 진심 어린 행복한 미소를 지었다. 나하사는 그 모습을 보며 내심 고개를 끄덕였다. 무뇌족 맞구나.

"그래서 마왕에 대한 정보는?"

뇌를 넣었다 뺐다 한다는 게 자기 자랑의 일환임을 알았으니 이제 본론으로 돌아가야 할 차례였다.

"그나저나 정말 대단해. 날 잠시나마 소름 끼치게 할 정도의 능력자라니."

시아타민이 진을 보며 말했다.

"게다가 마왕님과 비슷한 분위기군."

"……."

"……."

나하사가 지끈거리는 관자놀이를 눌렀다. 정말로 뇌가 없구나.

"그 얘기 이미 다 했거든?"

"그랬나? 나이가 드니 건망증이 심해져서."

"밤 같다는 것까지 했잖아. 마왕의 봉인에 대해 아는 거 있으면 그거나 말해."

"굉장히 아름다운 분이셨다는 것도 말했나?"

"아, 외양 묘사 같은 건 필요 없으니까…!"

나하사가 발끈해서 소리 지르려는 찰나, 잠깐, 하는 낮은 목소리가 들렸다.

시아타민의 머리통을 아무렇지도 않게 갈라 좌중을 경악하게 한 진이 평소보다 더욱 짙은 검은 눈으로 낮게 말하고 있었다.

"혹시 마왕은 내가 아닐까?"

"……."

"마치 밤 같고, 어둠 그 자체고, 굉장히 아름답다지 않나."

진이 어깨를 으쓱하며 훗, 웃었다. 유려하게 곡선을 그리는 입매는 경이적일 정도로 아름다웠다. 물론 나하사에게는 '나밖에 더 있어?' 하는 과도하게 자신감 넘치는 어린애로밖에 보이지 않았지만.

"그럴지도 모릅니다. 진 님은 봉인 전의 기억이 없다고 하셨잖습니까."

그리고 그 어린애의 추종자 네라가 눈을 반짝이며 흥분해서는 맞장구쳤다.

"마족들이 생각이 있다면 이렇게 아름다운 분을 섬기지 않을 리가 없습니다."

"음."

"게다가 남천의 지배자인 패션 루저 마족을 한순간에 제압할 정도니 분명 마계에서도 한 자리 차지했을 거 아닙니까!"

"그렇지."

또 시작이네⋯ 하던 나하사도 뒤이은 말에는 표정을 조금 굳혔다. 아무리 봉인된 상태라지만 사천의 왕을 한순간에 두 쪽 낼 실력이면⋯⋯.

"크하하하!"

그러나 가만히 듣고 있던 시아타민이 큰 소리로 웃는 바람에 생각은 이어지지 못했다.

"크크크, 재미있어. 아주 재미있어! 푸하하하."

"⋯⋯."

대놓고 비웃는 태도가 무척 재수 없었다.

"왜 조용해진 거지? 계속해라. 크크크크, 하하하하."

"⋯⋯날 말리지 마라."

진이 스산하게 말하고는 바로 손을 뻗어 마기를 날렸다.

"크하하하크크크큭꾸에에엑!"

이번에는 두 개의 뿔이 잘려 나갔다.

"아, 안 돼. 내 차밍 포인트가⋯⋯!"

시아타민이 뿔을 품에 꼭 껴안고 오열했다.

"무슨 짓이냐! 이건 붙는 데 한 달이나 걸린단 말이다!"

"어차피 보여 줄 사람도 없으면서."

"……! …으윽……!"

나하사의 잔인한 말에 시아타민이 털썩 주저앉았다.

차밍 포인트를 잃고 쭈그러든 마족의 주위를 나하사와 구르, 진, 네라가 빙 둘러섰다.

"이제 진짜 말해. 마왕에 대한 정보."

"거짓말까지 하면서 자꾸 말 돌리는 것 같아 수상하다 개굴. 아는 게 없는 거 아닌가 개굴?"

마물족 구르가 바닥에 뛰어내려 사천왕의 발등을 툭툭 쳤다. 예전이었다면 당장 소멸되어도 마땅한 무례한 행동이지만 지금은 당사자인 시아타민조차 우울하게 뿔의 단면을 쓰다듬을 뿐이었다.

"내가 무엇을 알고 있는지 알면 그런 말 못 할걸."

"제발 그러고 싶다. 빨리 말해 봐."

"충격받을 텐데."

"아, 진짜!"

"소멸되셨다."

"그래, 그렇게 말하면…… 어?"

시아타민이 너무 평온한 목소리로 말해서 대수롭지 않게 넘어갈 뻔한 나하사가 그대로 숨을 멈췄다.

"소멸되셨다고."

시아타민이 다시 한 번 말했다. 무척 담담한 목소리였다. 그러나 나하사는 담담할 수가 없었다. 발밑이 꺼지는 느낌이었다. 아주 아득한 나락으로 떨어지는 것 같았다.

"……방금 뭐라고?"

나하사는 저도 모르게 뒤로 주춤 물러섰다. 반대로 구르와진은 한 발짝 앞으로 나섰다.

"잘못 들은 것 같다 개굴. 다시 말해 봐라 개굴."

"소멸이라고?"

급격히 가라앉은 차가운 분위기 속에서 시아타민은 여전히 뿔의 단면을 쓰다듬고 있었다. 오랜 시간 반복해 온 일과라도 이야기하는 것처럼 담담한 얼굴이었다.

그는 뿔을 품에 안고 일어나 얼어붙은 관객의 반응을 천천히 구경했다.

"그녀도 너희와 같은 반응이더군. 놀랄 것 없어. 사실 봉인이나 소멸이나 우리에게는 똑같아. 마계로 돌아가지 못하는 것에는 변함이 없으니까."

"자, 잠깐."

나하사는 시아타민의 이야기를 따라갈 수가 없었다. 어린 마법사는 혼란스러움에 머리를 감쌌다. 와중에도 시아타민의 태평한 설명은 계속되었다.

"봉인된 지 이천 년이 지났는데 아직도 깨어나지 않으셨다고? 그때 마왕님을 봉인한 것이 어떤 놈인지는 몰라도 이천 년이나 그분을 가둘 힘이 있을 거라고는 믿어지지 않는군. 그 잔 라이언조차 나를 봉인하지 못했는데 말이야."

"……그건 추측일 뿐이잖아."

"새로 태어나는 마족이 있다는 게 그 증거야. 우리의 생과 사(死)는 마왕님이 주관하시지. 그분께서 허하지 않은 생명은 태어날 수 없어. 당연히 그분이 봉인된 지금 허락된 생명이 있을 리가 없고. 그런데도 태어난 마족이 있다는 것은 그분이 통제 능력을 잃었다는 것. 그리고 마왕의 생과 함께하는 권능이 없어졌다는 건 즉…… 소멸하셨다는 거지."

"그런……."

나하사는 머리를 부여잡은 채 주저앉았다. 시아타민의 말을 받아들이지 못하는 건 구르도 마찬가지였다.

"소멸 소멸 하지 마라 개굴. 마왕님은 그렇게 당하실 분이 아니다 개굴!"

"흥분하지 마라 개굴족. 어차피 달라지는 건 없다니까? 마계에 가지 못하는 건 똑같아."

"같지 않다 개굴! 마왕님은 우리의 구심점이고, 이블레아 님이 그렇게 되시고도 살아가려는 이유다 개굴. 그걸 사천의 왕이나 돼서 왜 모르나 개굴!"

구르가 소리쳤다. 검은 마기를 뿜어내며 흥분한 모습은 날

개 협곡에서 이성을 잃었을 때를 떠올리게 했으나 아무도 말리지 않았다.

시아타민은 이런 상황이 익숙한 듯 표정 하나 변하지 않았다.

"사천의 왕이기 때문에 이성적으로 상황을 보는 것뿐이야. 쓸데없이 감정적인 것보다 냉철하게 현실을 봐야지."

"그게 어떻게 현실을 보는 건가 개굴! 모두 그냥 추측일 뿐이잖나 개굴!"

"그러니까 마족이 태어나고 있다는 게…… 아, 됐어. 언제나 이런 식으로 흘러가지. 믿고 싶지 않으면 말아라. 애초에 물어본 건 네놈들이면서."

시아타민은 설레설레 고개를 젓고는 팔짱을 꼈다. 사천의 왕과 구르르무가 입을 다물자 순식간에 싸늘한 침묵에 휩싸였다. 나하사는 무릎을 꿇은 채 고개를 숙이고 있었고 네라는 착잡한 얼굴로 그들을 지켜보았다.

한참의 시간이 흐른 후 먼저 입을 연 것은 구르였다.

"그럼 이블레아 님은 고작 이런 정보를 위해 우리를 여기에 보낸 건가 개굴."

"으음."

시아타민이 턱을 쓸었다.

"그녀는 마왕님이 봉인되신 것뿐이라며 끝내 내 말을 거부했지. 그러나 네 녀석들을 내게 먼저 보낸 걸 보면 속으로는 어느 정도 믿고 있는지 모르겠군."

"그만하십시오."

마족들의 대화에 끼어들지 않으려 했던 네라가 시아타민의
말을 끊었다. 네라는 걱정스러운 눈으로 나하사의 작은 등을
바라보았다. 이 상황에서 자신이 할 수 있는 말은 없었다. 위
로를 할 수도 없었다. 네라는 시아타민에게로 눈을 돌렸다. 태
연한 눈을 하고 있지만 왕의 소멸을 운운하는 저 마족도 마음
이 편하지는 않을 것이다.

그때 계속 무언가를 생각하던 진이 조용히 입을 열었다.

"딱히 상관없군."

"진 님?"

진은 여유를 되찾은 건지 희미한 미소까지 띠고 있었다. 그
모습이 무척 이상하게 생각된 네라가 그에게 물었다.

"진 님은 저 아이만큼이나 마왕의 부활을 바라고 있지 않았
습니까?"

"마왕 따위 관심 없어. 마계의 문만 열리면 된다."

진은 고개를 숙인 채 들지 않는 어린아이를 잠깐 보았다가
시아타민에게로 시선을 돌렸다.

"마왕이 죽으면 끝인가? 후대의 마왕 같은 건 없나?"

"뭐?"

"두 번째 마왕이라든가."

"……두 번째?"

이번에는 시아타민이 혼란에 빠졌다. 마계의 사천왕에게 있어서는 마왕의 소멸보다 두 번째 마왕이 더욱 경악할 소리였다. 모든 마족이 생길 때부터 마왕은 언제나 그분이셨고, 그것이 너무나 당연했기 때문에 진이 하는 말을 이해할 수가 없었다.

"지금 무슨 소리를 하는 거냐. 마왕님은 언제나 한 분이시다."

"죽었으면 다른 왕이 생겨야 할 것 아닌가."

"다, 다른……이라니 어떻게 그런 불손한 말을!"

"어차피 없는 놈인데 뭐 어때."

시아타민이 입을 쩍 벌렸다. 고결한 분위기와 어두운 아름다움이 마왕님과 닮아서 좋게 봤었는데 저런 발언을 할 줄은 몰랐다. 감히 마왕의 소멸을 추측한 자신보다 훨씬 더 골 때리는 놈이었다.

"이제 가지. 어차피 이 녀석이 아는 건 이게 끝인 모양인데."

진이 여전히 고개를 숙이고 있는 나하사를 보며 말했다. 그러나 아이는 말이 없었다.

구르가 통통 뛰어 나하사의 뒤통수 위로 올라갔다.

"나하야."

그래도 아이는 반응이 없었다. 진과 구르, 네라가 서로 시선을 교환했다.

"나하야. 괜찮다 개굴. 증거도 없는 말에 현혹되지 마라 개굴."

"······."

"다 말뿐이다 개굴. 봐라, 나하야 마왕님이 정말 그렇게 되셨다면 쥬피터 님이 같이 다니자고 했겠나 개굴."

마왕이 소멸했다는데 오히려 마족이 인간을 위로하는 이상한 풍경이었다.

구르는 나하사의 귀를 지나쳐 조그만 얼굴에 척 달라붙었다. 앞다리로 눈꺼풀을 짚었고 뒷다리는 입가에 얹었다.

"나하야!"

"윽."

개구리가 사지를 벌리고 얼굴에 달라붙자 불편해진 나하사가 구르를 잡아들었다.

"뭐하는 짓이야."

구르는 나하사의 손가락에 매달려 버둥대며 말했다.

"우울해하지 마라 개굴. 이성적인 나하가 저런 말 한마디에 축 처지는 건 말도 안 된다 개굴."

그 말에 나하사는 피식 웃었다. 아이는 구르의 통통한 배를 쿡쿡 찔렀다.

"누가 축 처져. 멋대로 해석하지 마. 그냥 생각하고 있었을 뿐이야."

"생각?"

"응. 마족들에 대해서."

나하사는 구르를 대롱대롱 든 채로 일어섰다.

심장이 봉인된 마족은 팔짱을 낀 채 내려다보고 있었다. 화산섬은 오백 년째 불타오르고 있는 화산이니 아마 저 마족의 봉인 기간도 그쯤 되지 않았을까.

나하사는 마족의 은거지에서 만났던 삼안의 마족의 말을 떠올렸다.

'많이 약해지셨어. 친우를 모두 잃으시고 혼자 남았으니까.'

그리고 이블레아의 말도.

'나는 잘 모르겠소. 마왕님 부활이 좋은 일인지······. 돌아간 그곳이 정말 우리가 기억하고 있는······ 이천 년 전의 마계일지······.'

나하사는 시아타민의 실핏줄이 터진 눈을 바라보았다. 마족이 아니라서 그런지 저 눈빛이 무슨 감정을 안고 있는지 읽을 수가 없었다. 그러나 한편으로는 왠지 알 것도 같았다. 거친 푸른 갈기와 낙인처럼 찍혀 있는 심장의 상흔에서 느껴지는 것.

나하사는 한숨처럼 말했다.

"그만 가자. 더 얻을 정보도 없으니까."

"오옷! 맞다 개굴. 얼른 이런 어두침침한 곳 떠나자 개굴!"

"좋습니다. 생각보다 오래 있지 않았군요."

나하사는 시아타민에게 아무 말 없이 뒤돌아섰으나 구르와 네라는 친절하게 마족의 앞으로 가서 꾸벅 고개를 숙이며 인사했다.

"그럼 우리는 이만 가겠다 개굴. 반드시 마왕님을 부활시켜서 이곳에서도 풀어 줄 테니 걱정 말고 있어라 개굴."

"아니, 이미 소멸하셨다니까."

"뿔 잘 붙이십시오. 나중에 이블레아 님을 만나게 되면 안부 전해 드리겠습니다."

"벼, 별로 안 그래도 되는데 정 하고 싶다면 그러든가."

나하사는 봉인 마법진의 경계에 서서 그 모습을 지켜보기만 했다. 신을 믿는 인간과 마물족이 사천의 왕에게 저렇게 다정하게(나하사의 시선으로는) 인사를 건네리라고는 그 어떤 사람도 생각지 못할 것이다.

진은 쿨하게 아무 말도 없이 우아하게 걸어와 옆에 서고는 흘깃 내려다보았다.

"봉인 풀어 주는 게 어때."

"뭐?"

나하사가 놀라서 그를 올려다보았다.

"저 가죽 뜯긴 놈, 여기에 봉인되어 있는 게 아닌가. 해제해 주지그래?"

"너……."

나하사는 어이가 없었다. 진이 이 정도 마법진을 못 알아볼 바보도 아니고 분명 알고 하는 말일 터였다.

"야."

"저런 꼴로 살게 두는 것보다는 마족답게 사라지는 편이 낫지. 분명 저놈도 이런 식으로 생을 연장하는 게 구역질 날 것이다."

"그건 너한테나 그렇······! ······고개 좀 숙여 봐."

나하사는 꽥 소리를 지르다가 즐겁고 오순도순하게(나하사의 시선으로는) 신관과 마물족과 마족을 의식해서 목소리를 낮추었다.

"시아타민도 내가 이 봉인을 깰 수 있다는 걸 알 거야. 그런데 해제해 달라고 말을 안 하잖아."

"뇌 운운하면서 하지 않았나."

"그거야 그냥 농담이겠지. 지금은 안 하고 있잖아, 지금은."

전혀 이해가 안 되는지 진이 눈썹을 찌푸렸다. 나하사는 이 검은 머리 마족의 성격을 떠올리며 인내심을 가지고 아주 당연한 사실을 설명했다.

"본·인·이 죽고 싶어 하지 않으니까 나도 해제하지 않겠다는 거야."

"너무하는군."

"진짜 너무한 게 누군데?"

"도리도 없는 인간이야."

"지금 니 얘기 하냐?"

"그렇다면 내가 직접 소멸시켜 주지."

진은 더 이상 대화할 필요가 없다는 듯 성큼성큼 시아타민에게 걸어갔다. 나하사가 재빨리 그의 뒷덜미를 잡아챘다.

"너무 극단적으로 행동하지 마."

"무슨. 나는 지극히 이성적이다."

"진, 너는 너무 오래 봉인되어 있었어. 예전이야 어땠을지 몰라도 이 시대는 살아 있는 것이 가장 중요한 시대야. 마족이기에 더더욱. 너도 이제는 이 시대의 마족을 이해하고 적응할 필요가 있어."

"적응? 내가?"

진은 아주 우스운 말을 들은 것처럼 코웃음을 쳤다.

"이 시대가 나에게 맞추어야 하는 거다."

"……."

나하사는 잠시 할 말을 잃었다.

얘는 대체 기억도 없는 놈이 어디서 나온 자신감일까?

"더 이상 날 말리지 마라. 너라도 가만두지 않겠다. 나는 저놈을 반드시 소멸시켜야겠어."

"여기서 한 발짝이라도 내딛으면 재워 놓고 마그마 속으로 던져 버릴 줄 알아."

"—하지만 그건 다음 기회로 미루도록 하지. 귀찮으니까."

진은 표정 변화 하나 없이 다시 도도하게 봉인 마법진의 경계로 걸어갔다. 그리고는 가뿐하게 허공을 뛰어넘고서는 안

갈 거냐? 하고 재촉까지 했다.

"구르, 네라. 이만 가자."

나하사도 개구리와 신관을 부르고 비행마법으로 허공을 날아 마법진 위를 벗어났다. 구르는 자신의 힘으로 허공을 뛰어넘었고 네라는 물론 나하사의 마법으로 허공을 날았다.

"마왕님이 부활하면 모시고 여기 오겠다 개굴. 기다려라 개굴!"

"글쎄, 마왕님은 안 계시다니까!"

"나중에 약속한 보라색 타투 잉크 가지고 오겠습니다. 안녕히 계십시오!"

"그때는 청록색 액세서리 하나쯤 꼭 하고 와라!"

시아타민과 구르, 네라는 절친한 친구와 이별하는 것처럼 손을 흔들었다.

나하사는 그 모습을 보며 한숨을 쉬었다. 남천의 왕이야 뇌가 없다고 하니 놔두더라도, 마왕이 소멸했다고 말해서 찬물 끼얹은 것처럼 싸늘해졌을 땐 언제고 이렇게 방방 뛰면서 작별을 고하는 구르와 네라가 한심했다. 자신은 지금 머릿속이 복잡하고 혼란스러워서 간신히 서 있는데 말이다.

"인간의 마법사여!"

시아타민이 마법진의 중간에 서서 나하사를 불렀다.

"왜?"

"재미있는 말을 하더군. 살아 있는 것이 가장 중요한 시대라······."

"······."

"설마 이 내가 인간 따위에게 위로를 받을 줄이야."

나하사는 순간 비슷한 말을 최근에 들은 것 같은 기분이 들었다. 그러나 곧 떠올리기를 그만두었다. 지금은 머릿속이 포화 상태였다.

"위로할 생각은 전혀 없었으니까 멋대로 위로받지 마."

나하사의 말에 시아타민이 크큭 웃었다. 그 웃는 모습을 마지막으로 나하사는 오래된 나무문을 열었다.

끼익, 조용히 문이 열렸고 그들이 걸어왔던 화산의 검은 암석 동굴이 나타났다. 나하사가 나무문을 다시 닫으려는 순간이었다.

『너는 드래곤의 로드를 다시 만나야 할 거다. 가장 먼저 마왕이 소멸되었다고 말한 분이니까.』

"······!"

시아타민이 작게 말하고 있었다. 소리 내서가 아니라 생각으로 직접.

"나하야?"

나하사가 갑자기 행동을 멈추자 구르가 의아하게 물어 왔다. 나하사는 답 없이 가만히 멈추어 그의 말에 집중했다.

『그분은 이렇게 말씀하셨지.』

시아타민은 나하사의 마음속에 그때의 영상을 불러일으키

며 잔잔히 말을 이었다.

『이 산맥의 신전에 봉인된 것이 마왕님이 아니라면 마왕님은 소멸되신 것이라고.』

그들이 막 봉우리에서 나오자마자 화산이 심하게 요동치기 시작했다. 뜨거운 용암이 더 이상 녹일 것도 없는 회색 재뿐인 섬으로 계속해서 흘러갔고 검은 화산암은 불길과 함께 섬의 곳곳에 둥근 궤적을 남기며 추락했다.

"이런 무서운 광경을 편하게 보고 있으니 기분이 묘합니다."

나하사 일행은 안전한 마법 공간 속에서 공중을 날아가고 있었다. 플라잉flying과 고대마법 '엘·르기·에'를 동시에 시전해 만든 공간이었다. 작게나마 물리적 타격을 받지 않는 마법 공간을 만들었다는 게 얼마나 엄청난 일인지 모르는 구르는 나하사의 머리 위에서 통통 튀어 오르며 좋아하기만 했다.

"불타고 있다 개굴. 고향이 떠올라서 기분이 좋다 개굴."

"으음. 과연 마계는 엄청난 곳이군요."

"맞다 개굴. 정말 엄청난 곳이다 개굴."

둘의 엄청난이란 단어의 의미가 서로 다른 것 같지만 물론 나하사는 지적하지 않았다.

"그 무덤새인가 하는 동물의 새끼 안전할까 모르겠다 개굴."

"괜찮을 겁니다. 생명은 그렇게 쉽게 죽지 않습니다."

말을 꺼낸 건 구르인데 네라는 가만히 있는 나하사를 의식하며 말했다. 저도 모르게 무덤새 알이 있던 방향에 시선을 두던 나하사는 머쓱해져서 고개를 돌렸다.

"아까는 뭘 그렇게 속닥거렸냐 개굴?"

"속닥?"

"다 봤다 개굴. 시커먼스랑 요렇게 얼굴 가까이하고 뭔 말을 주고받았나 개굴!"

구르가 머리 위에서 혼자 흥분하더니 이마에 앞다리를 붙이고는 쏘옥 고개를 거꾸로 내밀었다. 나하사는 구르의 목덜미를 잡고 흔들었다.

"우리 사이에 비밀 만들면 안 된다 개굴."

"듣기 거북한 소리 하지 말아 줄래?"

"에잇. 놔라 개굴! 나하는 좋은 개구리밥만 있으면 되는 가벼운 사람이다 개굴."

욕인지 칭찬인지 모르겠다.

나하사는 구르의 동그란 배를 간질이며 한숨을 쉬었다. 시아타민을 만난 후로 계속 마음이 무거웠다.

마왕이 소멸했다고 생각하지는 않지만 그래도 혹시 그게 사실이라면. 그게 진짜라면.

"해변에 다 왔습니다. 그분들이 기다리고 있을 겁니다."

네라가 들떠서 말했다. 나하사는 무심코 해변가를 보았다. 남천의 지배자와 있었던 시간은 생각보다 짧았지만 켈러 박사가 말했던 섬에 있을 수 있는 시간인 두 시간은 훨씬 넘었다.

그러니 아무도 없는 게 당연했다.

"흠, 보이지 않는군."

해변에 도착해 내려섰을 때 진이 흐뭇하게 말했다.

그 반응을 깔끔하게 무시하며 네라는 주변을 두리번거리며 켈러 박사 일행을 찾았다.

"길이 엇갈린 겁니다. 아직 섬 안에 있는 거라면 우리끼리 떠날 순 없습니다."

"이미 갔나 보다 개굴. 근데 나하는 어떻게 바다를 건너나 개굴? 나는 바다 따위 헤엄치면 그만이다 개굴."

"마법으로 가야지 뭐. 진, 너는 알아서 따라와."

안 그래도 지금까지 두 마법을 동시에 쓰고 있었으니, 하오아이까지 플라잉마법으로 날아가면 바로 뻗어 버리겠지만 어쩔 수 없었다. 그러나 네라는 단호하게 거부했다.

"그분들과 함께가 아니라면 저는 가지 않겠습니다!"

"그러든가."

"……."

물론 나하사는 그런 협박에 연연하지 않았다.

"플라잉flying."

정말로 네라만 두고 가려는 듯 가볍게 주문을 외우고 공중으로 떠오르자 네라가 다급하게 나하사의 옷자락을 잡았다.

"너무하는군요. 삼세번은 아니더라도 한 번쯤은 권유할 수 있잖습니까."

"뭐하러? 너는 섬 어딘가에 있을 박사 일행하고 같이 오면 되잖아."

"저 혼자 있으면 그분들이 여길 떠나겠습니까? 제 일행은 그 먼 거리를 마법으로 가뿐히 날아갔으니 걱정 말라고 할 수는 없잖습니까."

"……야, 너 진짜로 그 사람들이 아직 있을 거라 생각하냐?"

나하사가 진동하는 땅 위에 내려서며 물었다. 네라는 순진하게 청록색 눈망울을 빛내며 끄덕였다.

"저는 그분들의 인간성을 믿습니다."

"인간성은 무슨……. 안 기다렸다고 실망하면 오히려 그게 비인간적인 거 알지?"

"어째서 그렇습니까? 사람이 사람을 믿는 건 당연한 거 아닙니까?"

네라는 가끔 사람의 선행을 너무 극단적으로 추구하는 모습을 보였다. 이칼리노교의 나이 어린 신관이라서 그런지 마다스의 할렘에서 살아온 소년과는 사상 차이가 컸다.

"말이 안 통하는군. 무시해라."

진이 나하사의 어깨에 손을 올리며 말했다.

"듣고 싶은 것만 듣는 위선적인 부류를 상대할 필요는 없다."

"그런…… 진 님!"

네라가 버럭 소리를 질렀다. 진심으로 화난 듯해서 나하사는 내심 놀랐다.

"아까는 얼굴 가까이 대고 속삭이더니 이제는 다정한 스킨십까지 하시는 겁니까? 제가 이 아이보다 뭐가 못났습니까! 제가 이 짜리몽땅보다 키가 작습니까, 손이 작습니까, 발이 작습니까!"

그거였냐!?

아니, 것보다 키도 손도 발도 다 작은 거 맞잖아?

"네라야 시끄럽다 개굴. 우리 나하 놀라겠다 개굴."

"구르르무도 너무 아이를 싸고돌면 안 되는 겁니다. 그러니까 애가 이렇게 사람도 안 믿고 비뚤어진 거 아닙니까."

"닥쳐라 개굴. 집안일에 관심 없을 때는 언제고 이제 와서 그런 말 해 봤자 늦었다 개굴!"

"그거야 저도 여러 가지로 바빴으니까 어쩔 수 없는 거 아닙니까. 진 님, 뭐라고 좀 해 보십시오!"

"흥, 이놈의 집구석은 언제나 이런 식이지. 나는 떠나겠다."

"진 님! 어디 가십니까, 진 님!"

"나도 가겠다 개굴. 나하야 얼른 가자 개굴!"

"이게 다 나하사 당신 때문입니다. 당신이 바르게 잘 자랐으면 되는 거 아닙니까. 뭐라고 말 좀 해 보십시오!"

"……."

이건 대체 어디의 콩가루 집안인가. 이 셋의 대화는 언제나 이런 식으로 흘러가서 이제는 당황스럽지도 않다.

만담을 구경할 용의는 있었지만, 다만 용암 범벅의 화산암이 쿵쿠궁 떨어지는 해변이라는 지금 이 장소는 부적절했다.

"가자. 진, 벌써 저기까지 혼자 가고…… 어?"

네라와 구르의 실랑이를 말리며 진이 날아간 하늘 저편을 보는데, 수평선에서 무언가 어른거리는 것이 보였다.

"저게 뭐지?"

처음에는 보일 리 없는 하오아이인 줄 알았다. 화산재와 연기가 심해서 잘은 알아볼 수가 없었지만 그 무언가가 가까이 다가오고 있는 것만은 분명했다.

"앗, 나하야. 저기에 아까 그 인간들이 타고 있다 개굴."

"어?"

"손 흔들고 있다 개굴. 다른 인간들도 많이 있다 개굴!"

"뭐라고?"

구르가 폴짝 뛰면서 하는 말에 눈을 크게 뜨고 보았다. 그 물체는 커다란 배였는데 닻에 크림 신전의 상징인 곰과 호랑이가 그려져 있었다.

"저거…… 크림 신전의 수중구급선 같은데."

"수중구급선?"

"크림 신전?"

구르와 네라가 각기 다른 단어에 반응했다. 나하사는 손짓으로 다급히 진을 부르며 설명했다.

"물 위의 성이라고도 불리는 희귀한 배야. 오직 사람을 구하기 위해서만 움직이지."

우리대륙의 해양 기술은 본래 수준이 낮았다. 대륙 동쪽에는 움직이는 소용돌이가 있고 북쪽은 북국의 땅이 가로막고 있으며, 남쪽 지대는 드래곤이 지배하고 있기 때문에 배를 타고 떠날 수 있는 곳은 서쪽밖에 없었다. 그렇기에 우리대륙은 해양 기술보다는 비행 기술이 훨씬 발달해 있었다. 하지만 현재는 원대륙의 기술이 들어온 후 그나마 나아져 저런 커다란 선적도 만들 수 있게 되었다.

"크림 교단에서 만든 겁니까?"

"응. 원인과 드워프의 힘을 빌려서 만들었다고 하던데. 대륙에 단 여섯 척밖에 없는 거야. 크림 교단 것만."

"이칼리노교에는 구급선이 없습니까?"

"네가 더 잘 알지 않아?"

"……저는 전혀 모릅니다. 들은 적이 없습니다."

"이칼리노는 아무래도 원인 배척 사상이 강하니까 원인의 기술 없이는 절대로 만들 수 없는 건 건들지도 말자는 걸 거야."

나하사가 설명을 하는 사이 진이 공중에서 내려와 옆에 섰다. 크림 교단의 구급선 또한 빠르게 다가오고 있었다.

"아까 그 근육 인간이 막 소리 지른다 개굴. 욕하는 것 같다 개굴."

"여기서는 나도 들려. 대체 왜 저러는 거지?"

갑판 위, 신관의 마법진 보호막 안에서 켈러 박사 일행이 큰 소리로 고함치고 있었다.

"야, 이 새X들아! 대체 어딜 갔다 온 거냐!"

"X나 아무것도 모르면서 멋대로 싸돌아다니면 어떡해, 병X 들아!"

"그 자리에 딱 가만히 있어라, 움직이지 말고!"

욕도 섞여 있고 거친 어조였으나 내용은 그것과는 전혀 달 랐다. 배가 정박하자마자 켈러 박사 일행과 구조대원들이 달 려와 혼을 냈다. 나하사는 그냥 얼떨떨하게 눈만 깜박였다. 머 리를 쥐어박혀도 화가 나지 않았다.

그들은 걱정했다는 표현을 여러 방식으로 하는 것뿐이었다.

"결국 우리를 걱정한 거니까 제가 이겼습니다."

"어쨌건 기다리지 않고 떠났지."

"그래도 다시 돌아왔잖습니까."

"먼저 섬을 나갔다는 것은 분명하다."

"자기들 힘으로 안 되니까 구급선을 요청하러 간 거잖습니 까."

"정말로 걱정했다면 누군가는 남았을 것이다."

"이 활화산에 다시 돌아왔다는 것 자체를 생각해 보십시오."

"……얄리리후투 토트레 지빵지빵."

"아앗, 치사합니다! 이럴 때만 고대어라니! 도망치는 겁니까?"

"움빠움빠두비두바."

"우욱…… 대체 지금 뭐라고 하시는 겁니까? 그냥 저 놀리는 거 아닙니까? 고대어 맞습니까?"

"호롤루로룔루로루."

"우으으으으, 진 님 너무합니다!"

"짜렐리레리오……."

"진 님, 정말……!"

네라가 진이 사용한 고대어의 뜻을 물어 왔다. 나하사는 뱃멀미를 핑계로 답해 주지 않았다. 전부터 고대어가 고대어가 아닌 거 같다고 생각해 왔다며 구르가 진과 네라의 싸움에 끼어들었다. 거기에 켈러 박사 일행이 다시금 화를 내면서 다가왔고, 개구리 키메라가 신기한 구조대원들도 한 마디씩 거들면서 순식간에 시끌벅적해졌다.

나하사는 그들과 멀찌감치 떨어져 있었다.

넘실거리는 파도를 보니 바로 머리가 어지러워졌다.

오늘 무척 많은 일이 있었다. 하루가 너무 길었다. 충격적인 말을 두 번이나 들었다. 나하사는 다시금 되뇌었다.

분명 충격적인 일이다.

마왕이 소멸되었다는 말도, 드래곤 산맥 신전의 봉인에 대한 말도…… 분명 큰일인데, 충격적인 일인데.

지금의 자신은 이상했다. 머릿속에는 온통, 대륙에 단 여섯 척뿐인 구급선을 부르고서 잔뜩 욕을 퍼붓던 켈러 박사 일행 밖에 남아 있지 않았다.

이건 좋지 않았다. 좋지 않은 일이었다. 오직 마왕의 부활만을 생각해야 하는 소년에게 있어서는.

소년은 바다를 내려다보았다.

어차피 운명은 정해져 있었다.

이렇게 가까이 있어도 자신은 절대로 저 바다가 될 수 없었다.

제2장

백양의 용사들

대륙을 지배하는 왕국 이바노브 아시오의 추수감사절. 황금의 섬은 그 어느 때보다 화려하고 성대한 추수감사절 축제를 보냈다. 파티를 좋아하는 지금의 황제가 즉위한 후로 추수감사절 축제는 매년 더욱더 사치스러워지고 화려해졌다. 이칼리노에게 감사를 드리는 경건한 예배로 시작하는 이바노브 아시오의 추수감사절 축제 기간은 거의 한 달간 진행된다. 각지에서 온 유명한 사람들이 대거 참석하는데 그들은 왕족과 귀족에서부터 신관, 학자와 기사, 이바노브 아시오 학교의 학생들과 마법사의 탑의 마법사, 음유시인 등 각종 분야에서 이름을 떨치는 사람들이다. 게다가 인간에 국한하지 않고 엘프, 드워프, 오골족, 심지어 마족과 키메라까지 이바노브 아시오의 황금의 섬에 초대받아 축제를 즐길 수 있다. 검사들은 서로의 검을 겨루고, 학자들은 서로의 지식을 나누며 음유시인들은 공연과 연극을 선보인다. 이바노브 아시오의 추수감사절 축제는 학문의 장이기도 하고 대련의 장이기도 하고 예술의 장이기도 했다.

대륙섬 내 대(對) 해제범용으로 만들어진 비밀 회의실도 모처럼 가득 찼다. 다만 이곳에 모인 이들은 추수감사절 축제를 맞이해서가 아니라 갈수록 심각해지는 봉인 해제 사건의 토의를 위해 모인 것이었다. 말 타고 한바탕 대련을 해도 될 정도로 넓은 회의실 중앙 테이블에 앉아 있는 인물들은 단 여섯뿐이었다. 그럼에도 회의실을 가득 채운 듯한 오오라를 뿜어냈다.

바로 백양의 용사들이라 불리는 그들이었다.

오전.

"그럼, 간단하게 정리를 해 보겠습니다."

래이 줄이 자리에서 일어났다. 통통한 체격에 인자한 인상, 갈색 머리카락. 얼핏 평범한 아저씨로 보이지만 그는 이칼리노의 대신관 자리를 앞두고 있었다.

"조사 결과 해제된 봉인소가 상당히 많더군요. 특히 소냐르에서. 일단은 주요봉인소만 말씀드리겠습니다. 제일 처음 깨진 곳은 미힐의 주요봉인소입니다. 인어족 여왕이 봉인되어 있었지요. 그 이튿날은 바다의 섬의……. ……다른 건 다 제쳐놓고 지금으로서는 드래곤 산맥 절대보호봉인소에 무엇이 봉인되어 있었는가 하는 점이 최대 관건으로 보입니다."

"어, 잠깐 아저씨."

래이 줄의 말을 누군가 가로막았다. 어린 목소리의 주인은 하늘색 머리카락에 귀고 눈썹이고 입술이고 할 것 없이 덕지 덕지 피어스를 단 십 대 소년이었다.

"그거 딱히 안 중요하다니까."

"그걸 씬 군이 어떻게 압니까?"

"아, 내가 만났다고 그 녀석을. X, 몇 번을 말해."

"그러니까 '쓰잘데기 없는 것'이라고 한 말을 믿는 겁니까?"

"그래! 그 새끼가 몇 번이나 강조했다고. 야, 아저씨. 내 말 못 믿냐? 빡치게 하네."

"······알겠습니다. 이 부분은 넘어가죠."

래이 줄은 웃는 낯으로 넘어갔다. 대마법사 안 노르의 늦둥이 외아들 씬 노르의 성격은 본래 유명하니 여기서 새삼스럽게 발끈할 필요는 없었다. 무엇보다 여기서 시간을 끌면 정의에 불타는 다른 화끈한 처자가···

"씬 노르! 손윗사람한테 무슨 말버릇이야? 볼따구 한번 시원하게 맞아야 정신을 차리지!"

······하면서 달려들 게 뻔하기 때문이다.

"노출증 아줌마는 닥치고 있어."

래이 줄이 이마를 덮었다. 망했다. 저런 말에 가만있을 여자가 아닌데.

"아·줌·마······ 너 내가 그 아줌마 소리 그만하랬지!"

노을빛 단발의 크림 신관은 씬 노르만큼이나 불같은 성격인 것이다.

"너 진짜 한 대 맞을래? 어?"

"때려 봐 때려 봐! X, 나이 많으면 다냐?"

"당장 따라 나와라, 씬 노르. 오늘 누나한테 먼지 나게 맞자!"

"허, 쫄 줄 알고? 좋아, 노출증 아줌마, 한 판 붙어!"

"자, 잠깐만요. 그만 좀 하십시오!"

씬 노르와 사루비아가 벌이는 일촉즉발의 상황을 말리는 건 래이 줄 하나였다. 그들 말고도 세 명이나 테이블에 앉아 있었으나 래이 줄은 다른 이들에게 도움을 구하려는 그런 어리석은 행동은 하지 않았다.

"하하, 둘 다 사이가 좋군."

"둘 다 나가서 싸워. 그런 상스러운 말들에 내 섬세한 고막이 상처받으면 어쩔 거야?"

"……."

훈훈하게 웃고 있는 니스너 실 누소즈, 거울을 보며 귓구멍을 살피는 노와 더 그레이트, 묵묵하게 차만 마시는 지바이 다원.

저 셋이 싸움을 말리려는 노력을 할 리가 없었다.

래이 줄은 한숨을 쉬었다. 이들과 만나기로 약속을 잡을 때부터 예상하고 있었다. 이런 일이 일어날 줄.

"자, 자. 싸움은 나중에 하시고요."

"나, 크림의 앞에 모든 의지를 다할 것을 맹세한……."

"파이어fire! 흐아얍!"

"저, 두 분……."

"씬 노르! 마법을 할지 검을 쓸지 하나만 정해! 이건 비겁하잖아!"

"헹, 이것도 다 능력이지. 신성마법밖에 못하는 쩌리는 이만 닥치지그래? 파이어fire!"

"꺄아아아악! 이, 이게 진짜 머리카락을 태워!?"

넓은 공간을 활용하며 각종 마법과 무기가 오갔다. 아무래도 검과 마법 모두를 사용하는 씬 노르가 유리했다. 사루비아의 머리카락이 불에 살짝 그슬렸다.

"……."

지바이 다원이 벌떡 일어났다.

래이 줄은 내심 놀랐다. 테이블 위의 찻잔만 보고 있는 줄 알았는데.

과묵한 기사, 지바이는 뚜벅뚜벅 걸어가 씬 노르의 검날과 사루비아의 마법을 가볍게 피하고는 씬의 뒷덜미를 잡았다.

"아, X…… 형, 왜 나한테만 이래! 이거 당장 안 놔?"

"지바이! 저 자식 좀 혼내 줘. 내 머리카락 어떡하냐고 진짜."

"……."

지바이 다원은 울상 짓는 사루비아를 힐긋 보았다가 그저 말없이 둘을 데리고 테이블로 돌아왔다.

"또 침묵이냐? 내가 이런 것도 친구라고 둬 가지고. 에휴!"

사루비아는 하나밖에 없는 소꿉친구가 제 편 안 들어 준다고 타박했지만 씬 노르와 그녀를 제외한 모두가 다 알았다. 저것이 지바이 다윈만의 애정 표현이었다.

씬 노르와 사루비아는 자리에 앉은 후에도 계속 티격태격했다.

"할아범 아들내미만 아니었어도 내가 진즉 쌍코피 나도록 팼어!"

"웃기시네. 내가 할 말이거든? 봐준 줄 알아, 노출증 아줌마!"

다시 당장에라도 싸움이 일어날 것처럼 팽팽했다. 그러나 그간의 일을 통해 이제 래이 줄은 깨달았다. 둘을 말리는 짓은 초보나 하는 짓이다.

"자, 그럼 설명을 계속하죠."

무시하는 게 상책이다.

"드래곤 산맥 봉인소 해제 후 사막섬의 축제 기간에 황혼의 눈물을 도둑맞았고, 먼 님께서 한쪽 귀와 혀를 잃으셨습니다. 해제범들은 와이힐과 크림 신전에서 잠시 머무르더니 그 후로 한동안 잠잠했죠. 소냐르의 봉인소들을 깨고 있었지만 우리는 전혀 몰랐습니다. 그러다가 추수감사절 축제 기간에 대일의 주요봉인소를 해제했고 이게 마지막으로 해제된 주요봉인입니다."

"자꾸 아줌마라고 하지 말랬지! 너랑 나랑 별로 차이도 안 나거든!"

"그 주름이나 어떻게 좀 하지그래? 넌 관리도 안 하냐, 그 나이에?"

"반말하지 마! 아오, 저놈의 건방을 내가 진짜 언제 한번 싹 뜯어고쳐 준다!"

"맨날 말뿐이면서. X나 무서워 죽겠네—."

조금도 말을 안 듣고 있는 것 같아 보이지만 그래도 무시하는 게 상책이다.

"결론적으로 주요봉인소가 네 개가 해제되었고 하나의 주요봉인을 빼앗겼습니다. 이게 모두 두 달이 조금 넘는 기간 동안 일어난 일이고요."

그때 투덕거리던 사루비아가 대뜸 말했다.

"다른 주요봉인소는 확실히 해제 안 한 걸까요? 사실 사막섬 경계 밖이나 화산섬이나 우리 해의 소용돌이는 우리가 모르잖아요. 기록에만 나와 있고."

"그렇지요."

래이 줄은 빙긋 웃었다. 안 듣고 있는 것처럼 보여도 사실은 다 듣고 있던 모양이다.

"일단 위치를 알고 있는 곳들과는 연락을 했습니다. 모두 안전하다더군요. 관광지로 내보이는 것을 그만두겠다고 한 곳도 있습니다."

"마법사의 탑 쪽은요?"

"그곳도 안전하다더군요. 안 그래도 저녁에 약속이 있습니다. 몇 분이 와 계시거든요."

마법사의 탑 사람이 와 있다는 말에 씬 노르가 눈썹을 찌푸렸다.

"그거 울 꼰대한테는 절대 말하지 마. 당장 달려와서 억지로 만나게 할 테니까."

"여전히 마법이 싫으신가 보군요."

"이제 지긋지긋해. 재미도 없고 시시하고. 남자라면 역시 검이지."

"그런 것치고는 잘만 마법 쓰던걸?"

사루비아가 놀렸으나 씬 노르는 개의치 않았다.

"당연한 거 아냐? 써먹을 수 있는 건 써먹어야지."

"하하, 맞는 말이군."

여유로운 목소리가 씬의 말을 공감해 주었다.

"싫어한다고 해서 유용한 것을 포기해 버리는 것은 어리석은 짓이지. 똑똑한 아이구나."

"……."

시종일관 건방을 떨던 씬 노르가 갑자기 입을 다물었다. 소년은 이미 차렷 자세를 취하고 있었다.

"으음? 내 말이 기분이라도 상하게 한 건가?"

"아, 아닌데…요."

"그렇다니 다행이군. 아이를 대하는 건 어려워서 말이야."

"그, 그렇……죠."

완전히 어린아이를 대하는 듯한 말투였다. 본래 성격 같으면 당장 뒤집어엎어야 맞지만 씬 노르는 차렷 자세 그대로 얼어 있었다.

저 붉은 머리칼의 남자가 바로 시간을 지배하는 검사, 태어날 때 이미 모든 신의 축복을 받은 유일한 인간, 니스너 실 누소즈인 것이다.

"그러고 보니 네 나이가 어떻게 됐지?"

"저, 저, 전 열여덟 살입니다."

"흐음, 그렇구나."

그의 인기는 남녀노소 종족을 불문하지만 그중에서도 여성들과 이제 막 사내가 되려고 하는 십 대 소년들에게 특히 더 인기가 많았다. 씬 노르는 니스너의 여유로운 모습에서 경외감과 동시에 검을 배우는 사람으로서 위압감도 느끼고 있었다.

"뭐, 뭐니. 잘만 떠들더니? 너 니, 니, 니, 니스너 님한테 쪼, 쫄았니?"

그렇게 말하며 웃는 사루비아도 자기가 위축되었다는 걸 만천하에 알리고 있었다.

래이 줄이 자, 하면서 시선을 모았다.

"우리도 이제부터는 진짜 열심히 해야 합니다. 지바이 님을 제외하면 모두가 해제범을 한 번씩 보았으니 조금은 수월해지지 않을까 싶군요."

"그러고 보니…… 노와."

사루비아가 보석 테두리 손거울을 손에서 놓지 않는 남자를 보았다. 가을을 맞이하여 새로 맞춘 건지 과하지 않은 프릴을 네크라인에 단 실크 블라우스에 진녹색 슬림 팬츠를 입고 있었는데, 카라와 소매에 있는 비조 장식은 백양의 문양으로 보였다. 남자가 무슨 슬림 팬츠냐! 외치고 싶었지만 안타깝게도 노와는 길고 잘 빠진 다리의 소유자였다. 게다가 패션의 완성은 외모라고, 반짝이는 금발 머리에 영롱한 푸른색 눈, 오똑한 콧대…… 모든 패션을 소화하는 외모를 지니고 있었다.

해제범 일당 중의 살인적인 미청년보다는 못하지만 그래도 눈이 부셨다.

"으…… 너랑 있으면 여자의 기가 죽어. 해제범을 놓친 어이없는 놈한테 내가 이런 굴욕을 당해야 돼?"

사루비아가 가볍게 울먹였다. 노와는 흠, 하며 듣고 싶은 말만 들었다.

"아, 나는 너무 아름다워서 세상에 미안한 존재가 많아. 진심으로 미안해, 해바라기."

"나는 사루비아거든! 그리고 나르시시즘도 정도껏 해라 응? 뒷말은 왜 무시해?"

"해제범을 놓친 건 너도 마찬가지잖아? 크림 신전에서 마족의 치유까지 도왔다며."

노와가 어깨를 으쓱하며 하는 말에 정곡을 찔린 사루비아가 으윽, 신음했다.

"그 조그맣고 하얀 아이가 흑마법사일 줄 누가 알았겠어? 게다가 마다스 아이였단 말이야."

"너희 크림 신관들은 쓸데없는 데서 약해진다니까."

"……"

불만스러웠지만 아무 말도 할 수 없었다. 크림 신전의 봉인이 깨진 걸 알고 난 후에도 아이가 해제범인 줄 모르고 있었던 건 자신이다. 씬 노르가 새로운 해제범 구성원을 알려 주지 않았다면 아마 계속 눈치채지 못했을 것이다.

"하긴 나도 놀랐지. 설마 그놈들이 해제범이라니. 개구리가 아니라 토끼였다고. 게다가 그 녀석들 정신력이 대단해. 이런 역사적인 미모를 보고 나서도 자기들 할 일을 하다니."

진심 백 퍼센트의 말에 사루비아가 한심한 눈을 했다. 씬 노르가 팔짱을 끼며 말했다.

"그 새끼 존나 콩만 해 가지고…… 와이힐에는 분명 러브미야 보려고 왔던 거야. 난 진짜 모르겠어. 그딴 계집애가 뭐가 예뻐? 그냥 얼굴 좀 조그맣고 하얗고 눈 좀 크고 노래 좀 잘 부를 뿐인데."

사루비아는 이마를 짚었다.

"내가 나르시시즘 환자랑 미야 러브 빠돌이와 동급이라니 진짜 절망적이다."

"하하하."

니스너가 호쾌하게 웃었다.

"나와 래이도 껴 주지 않겠습니까. 우리도 그 아이를 놓쳤지요. 사실 어려서 얕봤는데 굉장히 강한 마력을 지니고 있더군요."

"앗, 아, 아니에요. 니, 니스너 님은 제외입니다! 래이 님만 우리와 동급이에욧!"

"으음? 어째서죠?"

"무, 무조건 저 래이 아저씨가 잘못한 거겠죠! 안 봐도 뻔해요. 아저씨! 아저씨가 잘 내조를 잘했어야죠, 잘!"

래이 줄이 억울해하며 입을 열었다.

"프리지어 양, '잘'을 이상한 데서 세 번이나 썼는데요. 게다가 내조라니 그건 무슨……."

"시끄러워요! 그냥 무조건 잘못했다고 빌어요, 무조건! 내가 니스너 님의 파트너였다면 절대 실수하지 않았을 거라고요!"

사루비아가 훌륭한 일타이피를 해냈다. 래이 아저씨와 지바이 다윈이 함께 상처받았다. 티 낸 것은 래이 줄 혼자였지만.

"프리지어 양, 그렇게 안 봤는데 무서운 사람이네."

"그놈의 프리지어도 좀 집어치워요. 내 이름은 사루비아라고요!"

"아 참, 우리 꼰대가 물어보랬는데. 해바라기랑 맨드라미랑 프리지어 중에서 뭐가 좋냐고. 하나로 통일해 주겠대."

뚜둑. 씬 노르의 천진난만한 끼어들기에 사루비아의 인내심이 끊어졌다.

"무어라고? 하나로 토옹이일?! 내 이름은 사루비아라고! 더 이상 못 참아, 당장 할아범 불러와!"

으아아아아아—! 사루비아가 포효하며 씬 노르의 목을 잡고 짤짤짤 흔들었다. 씬 노르는 꼬르륵 거품을 물며 눈을 뒤집었지만 적극적으로 말리는 사람은 래이 혼자였다.

"좀 진정하세요! 죽이더라도 회의가 끝난 후에 죽이세요!"

"시끄러워! 이 녀석 다음에는 아저씨니까 그렇게 알아요. 목 씻고 기다리고 있어!"

"제발 회의 끝난 후에 죽여 주시면 안 될까요? 오늘도 이러면 내일 또 만나야 한단 말입니다."

"크하하하! 내 이름을 잘못 부르는 사람들은 다 죽여 버리겠어!"

그러나 이미 이성을 잃은 사루비아는 마물처럼 포효하며 씬 노르의 목을 조를 뿐이었다.

아, 해제범과 한 번씩 만난 얘기를 괜히 꺼냈어. 래이는 간절한 바람을 담으며 다른 이들을 보았다. 그러나 우리대륙의 용사들은,

"싸우기 전에 경고라도 좀 해 줄래? 하마터면 내 스텔라(거울, 3개월)가 깨질 뻔했잖아."

"······으음."

"하하, 활발해서 보기 좋아. 꼭 남매 같군."

하며 느긋하게 구경만 했다.

래이는 머리가 아파져 왔다. 진도 나가기가 참 어렵다. 방금의 화제가 해제범에 대한 얘기였나, 이름에 대한 얘기였나. 이제는 무슨 대화를 하고 있었는지 자신까지 헷갈리기 시작했다.

여긴 어디? 나는 누구? 저 사람들은 여기 왜 모인 거지?

엄마, 엄마가 보고 싶어.

그렇게 뜨거운 차 한 잔을 다 마실 시간이 지나서야 사루비아와 씬 노르의 싸움이 끝났다. 사루비아가 승리의 웃음을 짓는 것을 보고 노와가 먼저 입을 열었다.

"그럼 우리들 중에서 해제범과 마주치지 않은 건 지바이밖에 없는 거야?"

지바이는 고개를 끄덕이려다가 생각나는 것이 있어 입을 열었다.

"음. 비슷한 놈은."

"뭐? 비슷한 녀석은 만났었다고? 어디서? 언제?"

"나흘 전, 하오아이에서."

"잠깐, 내가 대일에서 그 녀석들을 놓친 게 바로 그 이틀 전이잖아. 이거 좀 가능성 있어 보이는데?"

"……."

대화를 들은 래이 줄도 고개를 끄덕였다.

"제 생각도 노와 님과 같습니다. 어떻게 마주치신 거죠?"

"극단이었다."

"아, 연극하는 분들이었습니까?

"……."

하오아이는 축제의 섬이라 음유시인이나 연극단들이 많고, 요즘에는 용사단과 해제범이 좋은 소재로 쓰여 극단들이 부쩍 늘어났다. 문화를 즐기는 것을 뭐라고 할 수 없어서 그들 극단을 그냥 눈감아 주고 있다. 대평협에서도 극단 증명서를 확실하게 확인하고 발급하고 있기 때문에 크게 신경 쓰지 않았다.

"두건 쓴 남자, 갈래머리 소녀, 키 작은 소년과 개구리가 있었지."

지바이 다원은 잠시 침묵했다가, 누가 묻지도 않았는데 어떤 이들이었는지 설명했다. 오늘 하루 그의 가장 긴 말이었다.

"어? 잠깐? 어? 해제범들이랑 완전 딱 맞잖아!"

사루비아가 얼굴을 내밀며 끼어들었다.

"지금 사람들은 두건 쓴 남자나 갈래머리 여자아이가 해제범이라는 거 모르는데…… 그 극단원들은 어떻게 알고 그런 멤버야?"

사루비아가 씬 노르를 곤죽으로 만들 때와 똑같은 얼굴로 콧김을 뿜으며 흥분했다.

"야, 지바이! 그런 놈들을 그냥 보내 주면 어떡해!"

지바이는 조금 억울한 듯 눈썹을 찌푸렸다.

"토마스가 인증했다."

"토마스? 토마스가 한둘이야? 대평협 제2대장 토마스 말하는 거야?"

"……모르는군."

"그래, 모른다! 아니 토마토든 토마스든 그런 사람들을 그냥 보내면 어떡해? 무조건 잡아 놨어야지!"

"……"

사루비아의 타박에 기분이 상한 지바이가 그대로 입을 닫아 버렸다.

씬은 자존심이 상한 듯 말했다.

"감히 내가 쫓고 있는데도 관광지에 가? 완전 날 물로 보고 있는 거지, 그 새끼!"

"바보야, 바로 옆에 화산섬이 있잖아. 주요봉인소 깨러 갔겠지."

"병신은 너지. 아줌마. 화산섬 어디에 봉인이 있는지 그 새끼라고 알겠냐? 그리고 활화산의 봉인을 무슨 재주로 깨?"

"그놈의 '너' 소리 좀 집어치워라! ……어, 그런데 듣고 보니 그러네. 설마 그 아이는 화산섬의 봉인에 대해 알고 있는 건가?"

둘의 대화를 듣고 있던 노와가 고개를 설레설레 저었다.

"정말 한심해서 못 들어 주겠군. 둘 다 어떻게 이리 멍청할 수가 있지?"

"뭐야, 노와? 시비 거냐?"

"하오아이에는 그게 있어. 마족들의 은거지."

"……!"

사루비아와 씬이 과연 현자 노와! 하며 놀랐다. 그러나 사실 노와가 똑똑한 게 아니라 그 둘이 멍청한 거였다. 누구라도 해제범이 하오아이에 갔다고 하면 화산섬의 봉인과 동시에 마족들의 은거지를 떠올릴 것이다.

"그럼 진짜 좀 위험한 거 아니야? 아저씨, 그곳에 분명 대마족 한 분이 계셨죠?"

마족을 높이는 사루비아의 말이 거슬려 잠깐 움찔했지만 그래도 래이는 상냥하게 답했다.

"맞습니다. 이블레아 카틀로프가 있죠. 음……."

래이 줄은 니스너와 한 차례 시선을 교환했다.

"그곳에는 저와 니스너 님이 가 보겠습니다. 해제범과 한번 만나 봐야 하니까요."

"네에? 니스너 님까지…… 아직 지바이가 본 사람들이 해제범인지 아닌지 모르는데 헛걸음하는 거 아니에요?"

"아무래도 해제범과 이블레아의 접촉은 민감한 사항이니까요. 어차피 그곳에 사람을 안 보낸 지 꽤 되었으니 마족들에게 주의도 줄 겸해서 다녀오죠."

래이가 말했다. 마족을 차별하지 않는 크림 신관인 사루비아는 조금 착잡한 마음이 들었으나 어쩔 수 없이 고개를 끄덕였다.

"그리고 문제는 화산섬의 주요봉인소 확인 수단인데……."

래이 줄이 고민하자 노와가 가볍게 말했다.

"무시하죠. 해제범도 그런 활화산에는 가지 않았을 겁니다."

"으음, 그래도 확인해 두는 게 좋을 것 같습니다. 드래곤 산맥에도 들어간 놈들이니까요."

"에이, 그냥 두래도요. 사실 그곳 봉인은 해제된다고 해도 딱히 우리한테 불리한 거는 아니거든."

노와가 손사래 치며 하는 말에 니스너가 한쪽 눈썹을 들어 올렸다.

"호오. 노와, 화산섬의 봉인이 무엇인지 알고 있나?"

"응. 주요봉인소 몇 가지는 알지."

"대단하군. 설마 그 고대 서적을 다 해독한 건가?"

"몇 가지. 나중에 해독본 줄게. 아무튼 화산섬은 걱정 안 해도 될 거야. 잔 라이언이 직접 그렇게 언급했거든. 봉인은 죗값을 치르게 하는 것뿐이라고."

노와는 대수롭지 않게 말했으나 그를 제외한 사람들은 모두 감탄했다.

현재 우리대륙에서 주요봉인소로 지정하고 있는 봉인소는 총 스무 개로 고대부터 인간들 사이에 전해져 내려온 봉인 중 위험도가 높다고 여겨지는 것을 주요봉인소로 지정하고 있다. 아무래도 오래된 자료를 근거로 하다 보니 자료 대부분이 고대어로 쓰여 있어서, 주요봉인으로 지정해 놓고도 정체를 모르는 것들이 많았다. 그 자료 중에서 통일시대까지의 주요봉인소를 정리해 놓은 책이 있는데 까마득한 고대문자로 쓰여 있어 아직까지 아무도 완전히 해독하지 못했다. 이바노브 아시오 학교의 교수도, 마법사의 탑의 학자도, 대마법사 안 노르도 모두 그 책의 해독에 매달리고 있으나 어느 주요봉인소가 있는지를 파악하는 것이 전부였다. 그런데 그것을 잔 라이언이 언급한 부분까지 해독해냈다면 현재로서는 노와 더 그레이트가 가장 앞서고 있다는 뜻이었다.

"혹시 무엇이 봉인되어 있는지는 모릅니까?"

"그것까지는 해석 못 했어요. 고대어는 예전 것일수록 더 복잡하다니까요. 우리 조상님들은 대체 어떻게 의사소통을 해온 건지."

모두를 감탄하게 한 아름다운 현자는 어깨를 으쓱하며 차를 마셨다.

"야, 대단하네. 다시 봤어, 노와!"

"형 울 꼰대 뛰어넘은 거 아냐? 어?"

사루비아와 씬이 와 와 하며 웃고 떠들었다. 래이는 무엇이 봉인되어 있는지는 아직 모르는 것이 아쉬웠으나 여기까지 해석한 것만 해도 정말 굉장한 것이다.

"자, 자. 그럼 대화를 좀 더 진전시켜 보죠."

진행자 래이가 손뼉을 치며 주의를 끌었다.

"해제범 수배지는 계속 이 상태로 두는 게 낫겠죠?"

"아, 맞아. 나 그거 계속 궁금했었는데."

씬이 말했다.

"왜 다른 놈들은 안 공개해? 그 드래곤 산맥 봉인에서 풀려난 쓰잘데기 없는 놈이라든지 분홍머리 계집애라든지."

"씬, 너 이야기 못 들었어?"

"뭘?"

씬은 정말 아무것도 모른다는 듯 눈만 깜빡였다. 그 모습에 래이 줄이 오히려 의아한 듯 물어 왔다.

"노르님께서 말씀하지 않으셨습니까?"

"꼰대는 먼 아저씨 때문에 정신이 없어서. 뭔데 그래?"

"전쟁 말이야, 전쟁."

답한 것은 노와였다.

"지금 우리와 원대륙이 심상치 않은 건 너라도 알 거 아냐."

"아, 그거였어? 에이 설마—."

"으음?"

설마, 하며 대수롭지 않게 넘기려던 씬 노르는 니스너 실 누소즈가 느긋하게 웃으며 자신을 보자 헙, 입을 다물었다.

"설마?"

니스너 실 누소즈가 뒷말을 기다리고 있었다. 씬은 침을 꿀꺽 삼키며 말했다.

"서, 설마 전쟁이 진짜 일어나려고요……."

시선은 차마 눈을 못 마주치고 니스너의 어깨 어딘가를 보고 있었다.

"하하하. 그렇지?"

다행히 원했던 대답인 듯 니스너는 기분이 좋아 보였다.

"사람들도 모두 그런 반응이면 좋을 텐데 말이지."

"그, 그럴 텐데 말입니다요……?"

니스너의 뜻을 이해하지도 못했으면서 무작정 공감했다. 생각 없이 말하면서도 씬은 고개를 갸웃했다. 그런 반응이 무슨 반응이지? 아니 그것보다 전쟁과 해제범 일당을 공개하지 않는 거랑은 무슨 상관이야?

그러나 차마 물을 수 없었다. 왠지 그 이유를 모르는 게 자신 혼자뿐인 것 같았고, 입 밖으로 꺼내면 모두에게 비웃음당할 것 같았다. 사루비아도 전쟁과 해제범의 상관관계를 아는지 궁금해하지도 않고 드물게 진지한 눈으로 입을 열었다.

"이번에는 정말 일어날 것 같아요. 원대륙에서 새로운 무기도 만들었다면서요."

"새로운 무기는 우리도 만들었잖아. 여기 드워프들께서. 봤어? 대단하더라고 정말."

노와가 가볍게 말했다.

"마법과 전력이 합해지니 엄청나더라. 한 방으로 소도시 하나쯤은 없앨 수 있을 것 같던데. 아주 근사하게."

그의 말에 사루비아가 눈살을 찌푸렸다.

"살상 무기를 대단하다고 칭찬하지 마."

"뭘. 대단하긴 하잖아, 솔직히."

"사람을 더 쉽게 죽일 수 있게 됐다는 게 뭐가 근사해."

"……간만에 크림의 신관답네."

"이건 신관이고 뭐고를 떠나 그냥 인간다운 거야. 어느 인간이 위험한 무기를 두고 근사하다고 표현하냐?"

"……."

노와가 아주 잠깐 움찔한 것을 사루비아는 깨닫지 못했다. 그녀는 착잡하게 말했다.

"되도록이면 전쟁은 일어나지 않으면 좋겠는데."

"왜? 무섭냐? 쫄았냐?"

썬 노르가 기다렸다는 듯 끼어들었다.

"그딴 새끼들 내 파이어볼 한 방이면 개X밥이야!"

"내가 무서워서 그러냐? 아무리 신의 축복을 받지 못한 이들이라도 생명은 소중한 거야."

썬이 눈을 크게 떴다.

"크림은 원인도 생명이라고 쳐줘?"

원대륙에는 창조신이 없었다. 창조신이 없다는 말은 즉 원인을 보살펴 주는 신이 없다는 뜻이었다. 그것은 이 땅 위에서 살아가는 데 치명적인 일이었다. 그들의 신이 없는 원인들은 우리대륙의 공기를 마시는 일조차 제대로 해낼 수 없었다. 우리대륙 사람들은 이칼리노가 원인을 거부하고 있다고 생각했고, 그래서 그들을 신에게서 버림받은 종족이라고 여기고 있었다.

"아니, 그런 건 아니지만…… 너 원인 본 적 없지?"

"보고 싶지도 않아."

"난 한 번 본 적이 있는데……."

사루비아는 전쟁 지역에서 딱 한 번 원대륙 사람을 본 적이 있었다. 마족이나 키메라와는 다른 굉장히 이질적인 느낌의 사람이었다. 그녀는 그 원인을 보는 순간, 사람들이 어째서 원인을 보고 신에게 버림받은 종족이라 칭하는지 알 수 있었다. 그 사람의 주위만 공간이 어긋나 있는 것 같았다.

마치, 세계가 그를 받아들이려 하지 않는 것처럼 느껴졌다.

차별하고 싶지 않다고 해서 차별하지 않을 수가 없었다. 도저히.

멀리서 모습을 보는 것조차 위화감이 가득한 존재라서.

"해바라기 양?"

래이 줄이 상념에 잠긴 그녀를 불렀다. 사루비아는 퍼뜩 깨어났다.

"아, 아무튼. 전쟁은 안 좋다고요."

"그게 뭐야. 결국 무섭다는 거잖아. 쫄았구만, 아줌마."

"아니라고! 그리고 아줌마 소리 좀 그만해, 이 싸가지 없는 놈이!"

"마법도 못 쓰는 병신들이 뭐가 무섭냐? 이해가 안 되네, 신관이나 되는 니가."

"너라고도 하지 마! 무서운 것도 아니라고 했지. 정말 이 자식이……!"

둘이 다시 싸움을 시작할 기세다. 노와가 테이블에서 멀리 떨어졌고 지바이는 무표정으로 찻잔을 들었으며 니스너는 역시 사이가 좋군, 하며 웃었다. 래이는 어째서 이런 상황이 벌어진 건가 생각하다가 서둘러 자리에서 일어났다.

"저기, 잠시만. 우리 수배지 얘기부터……."

"너 죽었어. 끝을 보자 이거야!"

"오늘 벌써 그 말을 몇 번 들었는지 아냐? 행동으로 좀 옮겨 보시지. 아 · 줌 · 마."

"그러니까 해제범의 수배지는……."

"크큭…… 좋아, 진심으로 상대해 주지. 나, 크림의 앞에 모든 의지를 다할 것을 맹세한……."

"매직 브레이크magic break!"

"……내 앞의 미약한 자를 깨우칠 힘을 주시어 당신의 빛이 가득하게 해 주소서!"

환한 빛이 테이블 위를 감쌌다.

크림 신의 따스한 기운 속에서 래이 줄은 내일의 아침 회의
는 필히 파인 님을 부르자고 생각했다.

한쪽은 너무 불같고 다른 한 쪽은 너무 느긋하다. 분명 자신
이 정상인인데 이 비정상들 사이에 끼어 있으니 오히려 자신
이 정상인이 아닌 것처럼 느껴졌다. 그래도 그는 절망하지 않
았다.

본체로 돌아가면 이성을 잃는 개구리에 입만 산 꽃병풍, 거
기다가 적에게 나서서 인질로 잡히기까지 했던 분홍머리 신관
소녀를 생각하면 해제범 소년보다는 자신의 처지가 훨씬 낫다
고 생각하는 래이 줄이었다.

오후.

황금의 섬 주방장이 직접 요리한 오찬은 정말 굉장했다. 따
뜻하고 부드러운 질감으로 입에서 사르르 녹는 스테이크와 채
식주의자의 길을 유혹하는 신선한 샐러드는 정말 최고였다.
사루비아와 씬 노르가 가만히 앉아 밥만 먹을 정도였다.

래이 줄은 제29번째 파티장의 정원 테이블에 앉아 맑은 가
을 하늘을 구경하고 있었다. 배는 부르고 바람은 선선하고, 그
는 이제 평화로워졌다. 다시 회의를 하라 해도 잘 진행할 수

있을 것 같았다. 물론 오늘은 더 이상 회의가 없기 때문에 하는 생각이지만.

"아, 오후의 티타임은 역시 이렇게 한가하고 평화로워야지."

노와가 래이의 옆자리에 앉으며 말했다. 눈부신 가을 햇빛을 받으며 웃는 미청년은 정말 아름다웠다.

"그 눈빛은 뭡니까? 새삼 내 외모에 심장이 멈출 거 같아요? 하여튼…… 나는 정말 죄 많은 남자야."

"……."

래이는 쿠키를 아그작 씹으며 마음을 가라앉혔다. 괜찮다, 이 정도는 아무것도 아니다. 전혀 신경에 거슬리지 않아. 평화롭다. 이칼리노 님 사랑해요.

"아아, 날씨 좋다아."

그때 사루비아가 기지개를 켜며 나타났다. 그녀는 다른 테이블에서 의자를 끌어와 굳이 래이의 옆에 앉았다.

"이럴 때가 아닌데 배가 부르고 바람 좋으니 아무것도 하기가 싫네요."

헤헤, 하면서 웃는데 래이의 눈에는 귀엽기는커녕 언제 터질지 모르는 시한멧돼지로만 보였다.

래이 줄은 방긋 웃으며 일어났다.

"야, 약속이 있는 걸 깜빡했군요. 전 가 보겠습니다."

"으음? 어딜 가는 거지, 래이?"

마침내 니스너 실 누소즈까지 등장했다. 적발의 영웅은 한 가롭게 웃으며 래이의 맞은편에 앉았다.

"바쁜가? 모처럼 날씨도 좋아서 수다나 떨려고 했더만."

"……안 바쁩니다. 생각해 보니까 약속이 취소된 걸 잊고 있었네요. 하하……."

하하하…… 래이 줄의 웃음소리가 아스라이 여운을 남기며 사라져 갔다.

"지바이와 씬 노르는 어디에 간 거지?"

"아, 지바이 님은—."

"저, 지, 지, 지바이는 기사단 일 때문에 나갔고요, 씨, 씬은 마탑 분들과 만나러……."

사루비아가 래이의 설명을 가로채고는 수줍게 웃었다.

"그렇습니까. 알려 줘서 감사합니다."

"아, 아니에요, 뭘요……."

니스너의 상냥하고 다정한 감사의 인사에 사루비아의 얼굴이 머리색만큼이나 붉어졌다. 노와가 그 모습을 보며 큭큭 웃었다.

"지바이가 보면 울겠군."

"어? 뭐라고?"

"아무것도 아니야. 그나저나 이제 전쟁 얘기는 다음으로 미뤄진 건가?"

노와가 은근슬쩍 화제를 넘겼다. 안 그래도 그 문제가 걱정이던 래이는 한숨을 쉬며 답했다.

"내일은 파인 님도 계시니까요. 좀 진도가 나가겠죠."

니스너의 아버지이자 창공의 날개 기사단장이기도 한 분이 회의에 참가한다면 사루비아와 씬 노르도 차마 오늘처럼 난동 부리지 못하리라는 생각이었다. 그래도 계속 떠든다면 황태자에게 회의 참가를 요청할 수도 있다.

사실 그런 것보다 지금 이 자리의 저 적발의 영웅이 딱 한 번 '조용히 좀 해 주시죠'라고 하는 편이 제일 효과적이겠지만.

"하하, 앞으로 열심히 하면 되는 거지."

정작 본인이 저렇게 느긋하니…….

"어휴, 정말. 사람들 다 무책임하다니까. 조금이라도 더 빨리 더 많은 전쟁 대비책을 마련해 둬야 하는데 말이에요. 회의를 자꾸 파토내기나 하고."

사루비아가 툴툴대며 말했다. 래이 줄은 끓어오르는 감정을 가라앉히며 그녀를 흘겨보았다. 너 때문이잖아, 너!

"다음부터는 그 피어스 중독 애새ㄲ…… 그 녀석은 안 부르면 어때요? 아직 나이도 어리고 이제 학업에 충실할 때이기도 하고요."

"해바라기, 그건 스승님께 말해야지. 신관님이 무슨 힘이 있겠어? 황궁 대마법사가 자기 아들을 영웅 만들고 싶어 하는데."

"내 이름은 사루비아거든! 아무튼 그렇긴 하네. 아직 대신
관도 아니신데 안 노르 님을 어떻게 이기겠어. 래이 아저씨,
무리한 부탁 해서 미안해요."

"……."

신경을 살살 긁는 두 미남 미녀 때문에 래이가 폭발하기 일
보 직전인 건 아는지 모르는지 니스너는,

"오늘은 정말 날씨가 좋고 평화롭군."

하며 기분 좋게 웃었다. 래이 줄은 정말 드물게 니스너가 한
순간이나마 미워졌다.

"이제 평화도 끝이에요. 전쟁이 일어날 테니까."

눈치 없는 니스너는 래이 입이 튀어나온 것도 모르고 하하,
웃기만 했다.

"걱정 마라. 전쟁도 평화롭게 끝날 수 있어. 사람들이 전쟁
소문을 믿지만 않는다면 말이야."

노와도 덧붙였다.

"아무도 안 믿을 거야. 씬과 비슷한 반응이겠지. 설마 진짜
일어나겠어? 같은."

"앗, 그러면 안 되잖아!"

사루비아가 벌떡 일어났다.

"상황의 심각성을 널리 알려야겠어요. 우리가 직접 전쟁이
곧 일어난다고 말하면 사람들도 믿을 거예요!"

그러자 세 남자가 동시에 입을 열었다.

"으음?"

"뭘 알려?"

"어째서요?"

짠 듯한 반응에 사루비아가 깜짝 놀랐다.

"전쟁이 일어난다는 사실 말이에요!"

"그걸 왜 믿게 해?"

노와가 눈을 동그랗게 뜨고 물었다. 사루비아는 기가 막혔다.

"당연히 알려 줘야지 그럼 모른 체하고 있어? 그랬다가 사람들 아무것도 모르고 당하면 어떡해!"

"아니, 알려 주는 거야 당연한 건데…… 사람들이 안 믿으면 안 믿는 거지. 뭘 꼭 믿으라고 해?"

"그야 전쟁 대비 준비도 해야 할 거고, 피난도 가야 하고…… 마음의 준비라는 게 있잖아."

노와가 피식 웃었다.

"순진한 소리 하네."

"뭐어?"

"오히려 전쟁 소문을 감추는 게 그들을 위한 일이라고 생각하는데."

"아니, 어째서?"

사루비아는 정말 이해가 안 돼서 눈을 동그랗게 뜨고 물었다.

"해바라기 양, 솔직히 말하면 말입니다."

래이가 심각하게 눈을 모으고선 끼어들었다.

"전쟁이 일어나면 사람들이 음, 전쟁이 일어난다니 먼 곳으로 피해야겠군 하고 조용히 피난 갈까요, 아니면 전쟁이 일어난다니 죽기 전에 내가 하고 싶었던 걸 다 해 보고 죽어야겠군 할까요?"

"그야…… 전 사루비안데요."

"거봐요. 맨드라미 양도 잘 알다시피 분명 사회질서가 무너지고 혼란스러워질 겁니다. 무슨 수를 써서라도 공황 상태만은 피해야 해요."

"사루비아라니까요!"

이 아저씨가 사람 약 올리나. 발끈하려던 사루비아가 뒤늦게 말의 내용을 파악했다.

"사회질서가 무너진다니……."

"네. 이제 알겠습니까?"

"앗, 그렇다면……! 사람들이 전쟁이 일어나면 너도나도 우리대륙을 위해서 싸우려고 할 거기 때문에 혼란스러워진다는 뜻인가요?"

"……물론 어딘가에는 해바라기 양 같은 생각을 하는 사람도 있겠죠……."

전혀 진심이 담기지 않은 대답을 하며 래이는 입속 과자를 아그작 씹었다.

"전쟁이야 우리가 소리 소문 없이 해결할 걸 일부러 사람들한테 알릴 필요 있나요. 그건 오지랖입니다, 오지랖."

사루비아는 뜨끔 찔렸다.

"아, 안 그러면 될 거 아니에요……."

조금 소심해진 말투였다.

"그런데 소문이 퍼지면 어떡해요? 입을 다 막을 순 없는 거잖아요."

노와가 답했다.

"그럴 때를 대비해서 해제범 수배지를 안 만든 거잖아."

백양의 용사들이 일부러 해제범에 대한 새로운 사실을 퍼뜨리지 않고 있었던 이유였다. 만에 하나 원대륙과의 전쟁설이 돌게 된다면 그때 공표하기 위해. 원인과의 적대심에 불을 지피는 것보다는 우리대륙의 불가사의한 문화를 자극하는 흑마법사가 이슈가 되는 것이 훨씬 나았다.

사람들에게 해제범은 백양의 용사들이라는 영웅들을 만들어 준 가십거리에 불과했다. 아직까지 주요봉인소를 해제함으로써 사람들에게 주는 피해는 전혀 없었고, 사막 엘프의 학살 사건 또한 결국은 사막 엘프의 일이지 인간들의 일이 아니었다. 사람들이 정말로 해제범을 두려워했다면 관련 극단이 이만큼이나 성행하지도 않았을 터였다.

소심하기로는 따를 자가 없는 래이가 걱정스레 입을 열었다.

"해제범만으로 가라앉지 않으면 어쩌나 싶군요."

"에이, 신관님은 너무 사서 고민해요. 그 소식으로 덮어지지 않으면 아이돌 음유시인을 이용해도 되죠. 옐? 이었나, 어느 음유시인이 흑마법을 배운다는 소문이 있던데."

"음, 그렇지. 열애설을 퍼뜨려도 되고 말이야."

현재 우리대륙 사람들에게 있어 아이돌 음유시인의 영향력은 토종 종교의 영향력과 맞먹을 정도였다.

대부분의 사람들은 원대륙의 문화를 조금의 경계심도 없이 받아들였고 무조건 더 좋은 것이라고 생각했다. 그중에서도 원대륙에서도 신생 문화인 아이돌 음유시인은 단기간에 빠르게 사람들 사이를 침식한 문화로, 결코 얕볼 수 없는 영향력을 가지고 있었다. 소수의 반원파를 제외한 모든 사람이 저마다 좋아하는 아이돌 음유시인 하나쯤 있다고 해도 과언이 아니었다.

"하지만 만에 하나, 만약에…… 그것들로도 덮지 못하면요?"

래이가 걱정스레 물었다. 그러나 니스너는 전혀 티끌 하나 걸리지 않는 듯한 개운한 표정으로 소심한 신관의 어깨를 탁 쳤다.

"그만 걱정해, 래이. 완전히 깨끗하게 덮을 만한 뉴스라면 나도 하나 아는 게 있거든."

니스너는 래이와 사루비아, 노와가 그것이 무엇이냐고 물을 시간을 주지 않고 바로 말을 이어 나갔다.

"뭐, 가장 깔끔한 건 잡음 하나 없이 전쟁을 끝내는 거지만."

맞는 말이었다. 언급조차 되지 않게 시작했다가 아무도 모르게 끝나야 한다. 전쟁은 마치 이슬처럼, 밤사이 이슬이 내렸다가 다시 햇빛 속으로 녹아 가듯이 그렇게, 아무도 모르게 없었던 일처럼 일어났다가 끝나야 한다.

"하지만······."

사루비아가 머뭇거리며 말했다.

"하지만, 비밀로 하는 게 정말 옳은 걸까요······? 전쟁이 일어난 것을 모르는 게 그들한테 정말 좋은 일일까요?"

"아직도 그 소리입니까, 해바라기 양?"

래이가 말했다.

"어차피 전쟁은 사람들에게 아무런 영향도 주지 않을 겁니다. 괜히 알려 줘서 가만히 있는 사람들 혼란스럽게 하고 거기다 종족 차별에 이어 원인에 대한 차별까지 일으키는 게 낫다는 건 아니겠죠?"

철없는 어린아이에게 잔소리하는 말투였다. 평상시였으면 발끈했을 사루비아지만 지금은 조금 다른 반응이었다. 그녀는 진지하게 계속 마음속으로 생각해 왔던 것을 꺼냈다.

"아무리 혼란스러워지더라도, 그 사실을 아는 것 자체에 의미가 있지 않을까 싶어요. 전쟁이 자신들 가까이에 있다는 걸 알면 우리대륙 사람들의 평화병도 지금과는 달라질 거라고 생각해요. 그리고…… 그들의 행동이 어떤 결과를 낳았는지 알려 주는 게 진정으로 그들을 아끼는 일이라고 봐요. 부모가 자기 자식의 잘못을 감싸기만 해서는 자식이 성장할 수 없는 거잖아요."

말을 끝낸 후 사루비아는 후우, 숨을 뱉었다. 멀뚱히 쳐다보는 세 남자 앞에서 또박또박 의견을 말하기가 아무리 기가 센 자신이라도 어려웠다. 저들은 이칼리노 대신관 자리를 앞둔 신관이고, 현자이자 학자인 미청년이며, 신에게 사랑받는 영웅인 것이다.

"호오. 그래서 지금 해바라기 양은 자신이 우리대륙 사람들의 부모 격이라고 말하는 겁니까?"

"윽… 저 죽이려고 그래요? 우리대륙의 부모는 폐하와 황태자 전하 두 분이시라고요!"

"호오, 그렇다면 지금 해바라기 양은 두 분께서 제대로 된 부모가 아니라고 말하는 겁니까?"

"……아저씨, 제가 잘못했어요. 허무맹랑한 발언을 했으니 잊어 주세요."

래이가 히죽히죽 웃었다. 사루비아는 이 능구렁이 같은 아저씨가 이대로 넘어가려고 한다는 것을 알았다.

역시 너무 말도 안 되는 이야기였을까?

역시 어차피 없었던 것처럼 지나갈 일이라면 진실을 알려 주지 않는 게 옳은 걸까?

그때 생각에 잠겨 있던 노와가 입을 열었다.

"으음, 맨드라미 네 말도 일리는 있어. 멀리 보면 확실히 그쪽이 이득이겠지."

현자 노와가 사루비아의 편을 들어 주었다. 래이는 찌푸렸고 사루비아는 눈을 반짝였다.

"진짜? 진짜 네가 그렇게 생각한단 말이야?"

"그렇지. 일단 알려 주면 같은 잘못을 반복하진 않을 테니까. 하지만 감수해야 할 위험이 너무 크고…… 이런 건 우리 선에서 결정할 문제가 아니야."

노와가 말하며 니스너를 보았다. 니스너는 언뜻 웃고 있는 것처럼 보였지만 무슨 생각을 하고 있는지는 전혀 읽을 수 없었다.

"으음, 부모가 자식의 잘못을 감싸기만 해서는 자식이 성장할 수 없다, 라……."

오후의 가을 햇살 아래 붉은 머리 미남자의 미소는 이런 심각한 이야기를 하는 와중에도 눈부실 정도로 근사했다.

"바로 그걸 바라고 계신 건지도 모르겠군요. 우리대륙의 부모께서는."

그러나 근사한 미소와는 다르게 그의 목소리는 차갑고 무심했다.

"우리 황제 폐하께서는 참 나이를 안 드셔. 안 그래?"

늦은 오후, 막 이바노브 아시오 황제를 알현하고 나온 노와가 말했다. 노와와 함께 황제를 알현한 니스너가 노와의 말에 피식 웃었다.

"상당히 어려 보이시긴 하지."

"그 나이에 주름도 하나 없고 말이야. 투자되는 돈을 생각하면 당연하지만."

"음…… 춘추가 어떻게 되시더라."

"야……."

노와가 한심한 눈으로 니스너를 보았다. 물론 그전에 복도에 누가 있는지 살펴보는 것도 잊지 않았다. 방금 폐하를 알현하고 온 곳이 비밀 회의실이라 다행히 복도에는 아무도 없었다.

"까먹어도 그런 걸 까먹냐. 올해로 서른다섯이시잖아."

"벌써 그렇게 됐나."

"전혀 그렇게 안 보이시지?"

"음……."

니스너가 애매하게 답했다. 긍정도 아니고 부정도 아니었다.

"나는 나이 구분이 어려워. 나하사 그 아이도 열다섯 살 정도로 봤는데 실제로는 좀 더 많더라고."

니스너는 해제범 소년을 이름으로 부를 때가 많았다. 그러면서 그는 지그시 노와의 얼굴을 보았다.

"노와, 네가 서른이던가."

"머무무뭐 무슨 소리!"

노와가 경악을 하며 소리를 질렀다.

"이 내가 어딜 봐서 서른으로 보인다는 거야? 이런 도자기 같은 하얗고 매끈한 피부에 오똑한 코에 앵두 같은 입술의 어디가 서른으로 보인다는 건데! 응?!"

"……진정해. 내가 잘못했어."

"그렇지? 어디서 큰일 날 말을 하고 있어!"

노와는 흥분이 가라앉지 않는지 콧김을 내뿜으며 툴툴대다가 앗, 이러면 주름이 생기는데! 하면서 빛의 속도로 손거울을 꺼냈다. 다행히 이마도 미간도 눈 밑도 볼도 주름 없이 매끈매끈 빛이 났다.

"나는 창창한 스물넷이라고. 앞으로 그런 끔찍한 말은 하지 마."

"음?"

니스너가 의아함에 눈썹을 들어 올렸다.

"칼 더 그레이트와 비슷한 나이지 않았나."

"어…… 그랬던 시절도 있었지."

"……"

"니스. 사람은 액면가야, 액면가."

노와가 검지를 흔들며 말했다.

"칼, 그 녀석은 나보다 두 살이나 어린데 나보다 훨씬 겉늙어 보이잖아. 그쯤 되면 실제 나이 같은 건 전혀 무관하다고."

"하하. 그가 들으면 슬퍼하겠군."

"괜찮아. 칼도 이미 알고 있으니까. 얼굴에 그런 흉터까지 만들어 놓고 뭘 바라겠어."

아무런 가책 없이 친우의 뒷말을 하면서 노와는 다시 손거울을 꺼냈다. 앞머리를 매만지며 그는 새삼 거울 속의 자신에게 감탄했다.

"어떻게 이런 얼굴이 존재할까. 세월마저 나를 비켜 가고 있어. 훗…… 이런 날 드랍한 이칼리노에게 진심으로 리스펙트할 뿐이야."

자기 자신에게 황홀해하는 목소리를 들으며 니스너는 웃었다. 그는 이칼리노인가…… 하며 턱을 쓸었다.

그리고서는 뜬금없는 말을 했다.

"먼이 노인의 외모인 건 노르 님과 어색해지지 않기 위해서라지. 참 대단한 우정이야, 너와 칼처럼."

"에이, 뭐 그렇게 대단한 건……."

"대단하지. 종족을 초월한 우정인데."

"……."

"……."

뚜벅뚜벅 조용한 복도를 걷던 노와의 걸음이 그대로 멈췄다. 경직된 얼굴로 니스너를 돌아보았다. 붉은 머리의 영웅은 아무것도 모르는 듯한 눈으로 순박하게 웃고 있었다. 다른 사람들이 보기에는 문제없는 발언이었을 것이다. 본인도 생각 없이 말한 건지도 몰랐다. 하지만 노와는 이대로 넘길 수가 없었다.

"으음. 왜 그러지, 노와?"

니스너가 순진하게 물었다.

"내가 틀린 말이라도 했나? 종족을 초월한 우정은 확실히 대단하다고 생각하는데."

"물론 먼 님과 스승님의 우정이야 대단하지만…… 거기에 칼과 내가 어떻게 껴. 하하하. 니스, 남이 들으면 오해하겠어. 어?"

노와는 간신히 미소 지었다. 입가와 눈가가 파르르 떨렸다.

"아무리 내가 아름답더라도 엘프라고 착각하진 말라고. 난 이래 봬도 인간이니까 말이야. 엘프보다 아름답지만 인·간· 이거든……."

"아, 그렇군. 내가 말실수를 했어."

"아니야, 이해해. 내가 워낙 아름다우니까. 하하하."

"이해해 주니 고맙군. 하하하."

"……."

"……."

그리고 적막이 감돌았다. 그들은 서로 웃는 낯으로 말없이 복도를 걸었다. 니스너는 무슨 생각인지 알 수 없었지만 노와

의 경우는 심장이 콩닥거려 열심히 심호흡을 하고 있었다. 그
는 힐긋, 옆에서 천천히 걷고 있는 남자를 보았다.

가끔 적발의 무속검사는 모든 걸 다 아는 듯한 눈으로 그를
보고는 했다. 진실과 거짓의 구분이 가능하다는 남자니 정말
로 알고 있을지도 몰랐다. 그러나 아무런 말이 없는 걸 보면
모를 확률이 높았다. 그래야만 했다.

그들은 어두운 지하 복도를 걸어 나와 탑 입구에 다다랐다.
마침 래이 줄과 사루비아, 그리고 칼리프스의 신관 '쿠탐'이
본성으로 향하는 게 보였다. 해가 지면 행하는 이칼리노, 크
림, 칼리프스 삼신의 합일기도를 마치고 돌아오는 것이었다.

래이와 사루비아는 니스너와 노와를 발견하고 쿠탐과 인사
를 나눈 후 달려왔다.

"니스너 님."

"마침 시간이 맞았군."

"그러게요. 생각보다 빨리 끝났군요."

"폐하께서는 파티에만 정신이 팔려 계시지 뭔가."

쯧, 하며 니스너가 혀를 찼다. 그런 말은 좀 조용히 하라고
말하며 래이가 주변을 훑었다. 사루비아는 노와에게 붙어 있
었다.

"뭐야, 둘이 싸웠어?"

예리한 여성의 직감으로 두 남자가 탑을 나오면서 묘하게

눈을 안 마주치고 있는 것을 알아챈 사루비아가 속삭였다.

"애냐? 싸우게."

"그런데 뭔가 싸—한데?"

"무슨 말인지 모르겠네. 기도는 잘 끝냈어?"

"당연하지!"

사루비아가 엄지를 척 내밀었다.

"내가 제일 오래 했어! 래이 아저씨보다도 오래 했다고."

아주 뿌듯함에 가득 찬 목소리였다.

"쿠탐 님과 저는 이제 체력이 받쳐 주질 않는단 말입니다."

래이가 기분이 상한 듯 인상을 썼다.

"아저씨, 체력 핑계 대지 마세요. 마음가짐의 문제라고요."

"무슨 말입니까? 신에 대한 제 신앙이 부족하다는 건 아니지요?"

"어머어머, 그런 말은 안 했어요. 아무튼 오늘 제일 길게 기도 드린 건 바로 저라는 거죠."

건강한 구릿빛 피부의 사루비아가 승리자의 웃음을 띠며 말했다. 래이도 선하게 웃고 있었지만 눈썹 위의 작은 주름이 그의 본심을 말해 주고 있었다.

"제가 젊었을 적에는 맨드라미 양보다 훨씬 더 오래 기도 드렸답니다. 신전 기록에도 나와 있지요. 이야! 신기록이었어요."

"사루비아거든요. 참고로 저는 무박 3일간 기도 드린 적 있어요. 마친 후에는 꿈속에서 오래전에 별이 된 어머니도 봤다니까요, 글쎄."

"헤에. 저는 무박 3일하고도 다섯 시간을 더 드렸었답니다, 해바라기 양. 그때 이칼리노께서 함께 하늘로 가지 않겠냐고 하셨지만 제가 거절했죠."

"사루비아라니까요. 아, 생각해 보니까 저 무박 3일 열두 시간 드린 적도 있네요. 그때는 얼굴도 모르는 아버지가 꿈에 나온 거 있죠, 글쎄."

"흐음. 무박 3일 열다섯 시간 기도 드린 날이 떠오르는군요. 마치고 나니까 제가 이칼리노의 품으로 떠난 줄 알고 장례 준비를……."

기도 길이 승부라니!

니스너와 노와는 잠시 눈을 마주치고 서로의 황당함을 공유했다. 검사와 마법사는 이해하지 못할 신관들만의 이상한 신경전이었다. 검사들이 손바닥의 물집이 얼마나 단단한지를 겨루고, 마법사들이 한 마법을 얼마나 오랫동안 펼치는지로 자존심 대결 하는 것과 비슷한 건지도 몰랐다.

"니스!"

한창 사루비아와 래이가 기도 길이 대결에 열 올리고 있을 때 어디선가 청아한 목소리가 니스너를 불렀다.

"으음?"

"앗……!"

니스너 실 누소즈를 '니스'라고 정겹게 부르는 여성의 목소리라니 누구냐! 하며 목이 부러지지 않았는지 걱정될 정도로 급하게 뒤를 돌아본 사루비아가 입을 쩍 벌리고 상대에게 손가락질을 했다.

"다, 당신은……."

다가오는 사람은, 하얀 피부에 조막만 한 얼굴. 빠져들 것 같은 깊은 푸른색 눈동자와 작고 붉은 입술. 허리까지 물결치는 백금발과 늘씬하고 여리여리한 몸매. 그리고 뾰족하게 솟은 귀를 가진 엘프가 그곳에 서 있었다.

여기 있는 사람들 중 저 아름다운 엘프가 누구인지 모르는 사람은 없었다.

"필리아."

니스너가 반갑게 엘프의 이름을 불렀다. 사루비아는 자기도 모르게 뒤로 한 걸음 물러났다. 저 엘프가 바로 바로 빛의 여신 필리아 넥터. 대륙에서 가장 아름다운 배우 음유시인.

니스너 실 누소즈와 열애설이 나 있는 여성이다.

필리아는 곱게 눈을 접으며 웃고는 다른 이들을 보며 인사했다.

"용사분들이 함께 계셨군요. 안녕하세요."

노래하는 듯한 목소리였다.

"오랜만입니다, 필리아 님. 연극을 보러 못 가서 죄송합니다."

"아닙니다, 신관님도 바쁘신걸요. 신관님의 일에 충실해 주세요."

"여전히 아름다우시군요. 슬슬 무슨 수분크림을 쓰시는지 알려 주지 않겠습니까?"

"현자님, 전에도 말했듯이 저는 카라 꽃 잎사귀가 머금은 새벽의 이슬 말고는 무엇도 얼굴에 바르지 않는답니다."

광택 나는 하얀 피부나 조곤조곤하고 상냥한 목소리, 몸 전체에서 뿜어져 나오는 단정한 기품 등이 여러모로 사루비아와는 대조적이었다.

"신관님, 처음 뵙습니다. 크림 신전의 유일한 여사제분을 뵐 수 있어서 영광이에요."

"앗, 아, 네, 네……."

필리아가 곱게 웃으며 말을 걸자 사루비아는 당황하며 고개를 세차게 끄덕였다. 가녀리고 기품 있고 연약하고 단아하고 청초하고…… 하여튼 자신과는 어울리지 않는 단어들은 전부 다 가진 것 같았다.

"잠시 니스 좀 빌려도 될까요? 정말 잠깐이면 되는데."

그러면서 살짝 고개를 갸웃하는데 마치 수많은 빛 덩어리가 눈앞에서 툭툭 터지고 있는 것 같았다. 사루비아는 입만 뻐끔거릴 뿐 아무 말도 못 했다.

"필리아, 허락은 나한테 받아야 하는 거 아니야?"

"너는 어차피 한가하잖아."

"어라. 나도 꽤 바쁜 몸인데."

"네에, 그러세요. 정말 잠깐이면 되니까 잔말 말고 따라오세요."

타오르는 듯한 붉은 머리에 구릿빛 피부, 단단한 체격의 사내. 만지면 녹을 듯한 하얀 피부의 건들면 부러질 것 같은 가녀린 여인. 둘은 그야말로 완벽한 커플이었다. 너무 잘 어울려서 어떻게 끼어들 여지도, 차마 질투 어린 시선을 보낼 조금의 틈조차 없었다.

"나 살아 돌아올 수 있는 거지?"

"너 하는 거 봐서."

"이런, 무서운 걸."

장난기 어린 대화조차 완벽했다.

니스너는 부드럽게 웃고는 잠깐 다녀온다고 말했다.

"……."

"……."

래이 줄과 노와 더 그레이트는 하하호호 웃으며 탑의 뒤편으로 걸어가는 선남선녀의 뒷모습을 물끄러미 보았다.

"수상하군요."

"수상하네요."

"역시 그런 걸까요?"

"그래 보이죠?"

두 남자가 동시에 눈을 갸름하게 뜨고서는 턱을 쓸면서 하는 대화였다. 마치 데칼코마니 같았다.

"와…… 무슨 팔뚝이 저렇게 가늘 수가 있지? ……말도 안
돼, 이상해. 비정상이야……."

사루비아는 저런 가느다란 팔과 허리는 절대로 인간이 아니
라고(엘프다) 넋을 잃은 채 중얼거리기만 했다.

노와가 능글맞은 미소를 지으며 래이를 툭툭 쳤다.

"신관님도 모릅니까? 저놈과 가장 가까이 있는 사람은 신관
님이잖아요."

"니스너 님은 그런 부분은 제게 한마디도 말씀하지 않으셔
서 말입니다."

"그래도 신관님이 보기에도 맞는 것 같죠? 저 둘."

"글쎄요. 사실 두 분이 함께 계실 때 보면 연애 감정이 아니
라 그냥 우정 같아 보이기도 합니다."

"저렇게 잘 어울리는데 우정으로 남는 것도 어찌 보면 죄예
요, 죄."

"꾸에에에엑!!"

"허, 헉 뭐야? 뭐야? 뭔데? 삽살개? 멧돼지?"

갑자기 들린 엄청난 괴성에 노와와 래이가 깜짝 놀라며 경
계 태세를 했다. 마물이라도 이런 괴기한 울음소리는 내지 못
할 것 같았다. 그러나 주위에는 그들과 똑같이 난데없는 괴음
에 경악 중인 사람들밖에 없었다. 단 한 명만 빼고는.

"해, 해바라기?"

사루비아가 머리를 쥐어뜯으며 신음하고 있었다.

"그래, 저거였어. 니스너 님이 말씀하신 깔끔하게 소문을 덮을 뉴스가 바로 이거였던 거야!"

사루비아가 울부짖었다.

"둘이 약혼 발표라도 하는 게 분명해! 끄아아아악! 왜 저 둘은 저렇게 잘 어울려서 질투도 못 하게 하냔 말이야!"

괴성의 발원지가 밝혀졌다.

래이 줄이 이마의 식은땀을 훔치며 말했다.

"하하, 노와 님. 황궁에 멧돼지 같은 게 나타날 리가 없잖습니까. 그 마법벽은 이제 제거하시죠."

"그렇군요. 실수했어요. 그런데 신관님 이 안전한 황궁에서 어째서 성진(聖陳) 안에 계십니까."

"크흠. 가끔은 괜히 한 번 성진을 만들게 된다니까요. 진 속이 엄마 품처럼 포근해서."

"사실 저도 마법벽 안이 얼마나 푸근한지 마음의 고향 같다니까요. 그냥 이대로 있으면 안 되려나."

성진이나 마법벽이나 투명한 벽이 주위를 두르고 있어서 말이 동굴 속처럼 울리는 게 굉장히 불편해 보였다. 말을 할수록 서로 어색해져만 가서 둘은 그냥 조용히 성진과 마법벽을 해제했다.

"아저씨! 정말이에요? 네? 진짜예요?"

"뭐, 뭐가 말입니까."

"니스너 실 누소즈와 필리아 넥터가 학창 시절부터 교제해 왔고 아들 둘 딸 하나를 두고 있는데 작년부터 이혼 소송 중이었다가 올해 재결합했다는 게 사실이냐고요!"

그 와중에도 사루비아의 뇌내 망상은 대체 어떤 식으로 흘러간 건지 온 대륙의 여성 및 남성들이 들으면 기함할 소리를 해대었다.

노와가 가볍게 휘파람을 불었다.

"대단한데? 칼 급의 상상력이네."

"해바라기 양, 일단 진정하시지요. 필리아 님은 이바노브아시오 학교를 나오지 않으셨습니다."

"그치만, 그치만……."

사루비아가 울먹거렸다. 노을색 머리의 글래머 미인이 울상을 짓고 있지만 두 남자는 위로해 줄 마음이 없었다.

"약혼은 진짜일지도 모르겠네요."

"원대륙과의 전쟁 소문을 덮을 만한 건 역시 저 둘의 약혼 정도가 아니면 무리겠죠."

"니스너 님이 이렇게 가시는군요. 이거 전쟁보다 더 큰 혼란이 올지도 모르겠는데요."

"오히려 전쟁 소식으로 약혼 기사를 덮어야 할지도 모르겠군요. 훗."

대놓고 사루비아 들으라는 식으로 대화하는 그들이었다. 사실 진심은 전혀 섞이지 않은 농담 일색이었다. 래이도 노와도 니스너와 필리아의 열애설 따위는 믿지 않았다. 그러나 궁금하기는 했다. 저 선남선녀가 대체 어떤 사이인지.

크림 신전의 유일한 여신관의 얼굴이 실시간으로 붉어졌다가 파래졌다가 하는 게 보였다. 니스너는 피식 웃으며 먼저 말 걸어 주기를 기다리는 아름다운 엘프를 바라보았다.

"그래, 무슨 일이지?"

필리아는 조금 초조한 듯 입술을 깨물었다.

"예상하고 있으면서 묻지 마."

"전혀 모르겠는데."

"웃기지 마. 다 알고 있잖아."

"짐작도 안 가는데 왜 이럴까."

"너 정말……."

필리아는 빙글빙글 넉살 좋게 웃고만 있는 니스너를 보고는 가볍게 한숨을 내쉬었다.

"……너는 가끔 너무 짓궂어."

"그거 미안하군."

이 잘생긴 남자는 무슨 이야기를 할지 알면서도 모르는 척하는 게 분명했다. 아름다운 엘프는 그간의 경험으로 이 인간 사내가 한 번 저렇게 모른 체하면 끝이 없다는 걸 알기 때문에 그냥 이쪽에서 먼저 말을 꺼내기로 했다.

"있잖아, 내일 시간 되면 같이 바다의 섬에서……."

"……."

"에지의 생일 선물을 골라 줄 수 있을까?"

예상했던 건지 니스너는 흐음, 하며 전혀 놀라지도 않았다.

"그 에지가 내가 아는 에지 맞나."

"그래, 맞아. 에지 단더 크루모만. 그 사람 맞아."

필리아는 자포자기하는 심정으로 말했다.

"역시 알고 있었구나. 하긴 네 앞에서 뭘 숨기겠어."

니스너는 표정을 굳히며 사과했다.

"미안하군. 이칼리노께서 나를 이렇게 만들어 놔서."

"그래, 알아."

필리아는 부드럽게 웃으며 고개를 끄덕였다.

"원하지 않아도 진실을 알게 되는 건 좋은 일은 아니겠지. 왠지 내 쪽이 미안한걸."

"이런. 그런 말을 들으면 내가 더 미안해지는데. 다시 사과하지. 미안하다."

"무슨 말이야, 네 앞에서 비밀을 만든 내가 더 미안해."

"아니다. 멋대로 알아 버린 내 쪽이 더 미안해."

그렇게 미안, 내가 더 미안, 질 수 없음, 나도, 하면서 서로 땅을 뚫을 것 같은 사과를 하다가 이대로는 끝나지 않을 거 같아 결국 필리아 쪽이 먼저 물러섰다.

"그래서…… 내일 시간은 되는 거야? 너 회의 있지 않아?"

"회의와는 별개로 새벽에 가는 게 좋겠는데."

"아…… 응, 그래."

적발의 영웅 니스너 실 누소즈와 빛의 여신 필리아 넥터가 둘이서만 연인의 데이트 장소로 손꼽히는 바다의 섬 패션 스트리트를 활보했다는 소문이 퍼지면 서로에게 곤란할 뿐이었다.

"질리어트 후작을 뵈어야겠네. 같이 갈래?"

"음, 나는 백양의 배지가 있으니까 네 것만 받아 와."

황궁의 텔레포트 게이트의 출입 허가 권한은 오로지 질리어트 뷔엔 아이지야 후작에게만 있었다. 그러나 백양의 용사단에게는 백양의 배지가 주어져 언제든지 마음껏 텔레포트 게이트를 이용할 수 있었다.

"이번 생일은 절대 그냥 물러나지 않을 거야."

필리아가 작은 주먹을 꽉 쥐며 말했다. 그 모습이 귀여운 듯 니스너가 빙그레 웃었다.

"이번에는 꽤나 작정을 했나 본데."

"그 눈치 없는 일중독한테서 고백을 받아내겠다는 생각 자체가 어리석었어. 그냥 내가 선수를 칠래."

"잘 생각했어. 무척 당황하시겠군."

"당황하면 어쩔 거야. 설마 거절이라도 하겠어?"

내용은 자신만만했지만 목소리는 가늘게 떨려 왔다. 아무리 온 대륙의 남성의 마음을 사로잡은 음유시인이라지만, 오랜 짝사랑 상대를 생각하면 자신감이 한없이 없어졌다.

"주변 공략은 잘 되어 가고?"

"응. 친척도 친구도 부하도 다 내 편이야."

내 편이라는 사람들 중에 가족은 없었다. 니스너가 모든 것을 알고 있다는 눈으로 지그시 바라보았다.

"윙 쪽은 잘 안 돼 가나 보네."

"……그 아이는 내가 아직 어색한가 봐."

"어쩔 수 없지. 열여덟 살은 아무래도 질풍노도의 시기니까."

"으응……."

필리아가 우울하게 입꼬리를 내렸다. 남자의 심금을 울리는 애처로우면서도 아름다운 모습이었다. 니스너 또한 안쓰러운 듯 혀를 찼다.

"그러게 첫 단추를 잘 끼웠어야지. 네가 잘못한 거야."

"……."

그러나 위로는 하지 않는 적발의 무속검사(無速劍士)였다.

새벽, 저녁 늦게 시작한 파티도 끝나고 올빼미 체질인 황제도 잠이 든 야심한 시각. 황궁을 두른 강을 건너면 동화에나 나올 법하게 아기자기 꾸며진 마을이 있다. 철저하게 계획되어 조성된 마을의 뒷산 깊은 곳에는 음산한 오두막이 한 채 있다.

"전하께서 늦으시는군."

"우리 황태자님은 황태자 타임이 너무 정확하다니까요."

거미줄이 구석마다 걸린 다 쓰러져 가는 오두막 안에서 오동통한 중년 사내와 용맹스러운 붉은 머리의 사내가 낡은 탁자에 마주 보고 앉아 있었다.

"기다리게 해서 미안하군."

붉은 머리 사내, 니스너가 오두막 그늘진 구석을 향해 말을 건넸다. 스윽, 그림자에서 푸른 털의 몸체에 꼬리가 긴 키메린이 걸어 나왔다.

"아니다. 우리도 늦었으니."

"씨X. 아니긴 뭐가 아니야. 야, 신관. 황태자 타임이라는 거 삼십 분 아니었어? X, 일부러 삼십 분 늦게 왔는데!"

키메린의 뒤에서 거친 욕을 하면서 튀어 나온 이는 육감적인 몸매에 도톰한 입술의 글래머 미녀였다.

둘은 바로 우리 대륙에 악명이 자자한 해제범 일당.

그러나 사실은 오히려 해제범과 적대 관계를 이룬 남겨진 마족들, 긴스와 가쉬무였다.

서큐버스가 욕을 하자 이칼리노의 신관 래이 줄의 미간에 순간적으로 주름이 잡혔지만 뒤에 있는 가쉬무는 깨닫지 못했다.

"죄송하군요. 다음부터는 황태자 타임 삼십 분 플러스 우정 타임 삼십 분까지 계산하셔야 할 것 같습니다."

신관 래이 줄이 웃는 낯으로 돌아보며 말했다.

"X까, 우정은 개뿔. 시그랑 이칼리노랑 눈 맞는 소리하고 있네."

시그는 마신의 이름이었다.

자신이 모시는 신에 대한 모욕에 래이의 눈썹이 꿈틀했으나 역시 찰나였다. 그러나 니스너는 현재 래이의 자제심이 위태위태하다는 걸 눈치챘다. 순박한 영웅은 자신이 중재에 나서야겠다고 생각했다.

"긴스, 가쉬무. 차나 한잔하면서 기다리지."

그리고 그는 두 마족을 이칼리노 신관과 동석시키는 짓을 저지르고 말았다.

"……."

"……."

래이는 누가 봐도 경직된 웃는 얼굴로 앉았고, 가쉬무는 팔짱을 낀 채 한쪽 다리를 떨며 투덜거리고 있었고, 긴스는 노란색 눈만 번뜩이며 말이 없었다. 낡은 테이블 주위로 너무 어색해서 어색함만으로 어색사(死) 할 것 같은, 어색이라는 단어조차 어색하게 느껴지는 그런 거대하고 압도적인 어색한 기류가 흘렀다.

래이 줄은 지금만큼 니스너가 원망스러웠던 적이 없었다.

"다들 이제 한배를 탄 사이인데 언제까지 그렇게 어색하게 대할 거야. 누가 보면 원수인 줄 알겠어."

원수 맞거든요!

"도대체 왜 이렇게 날이 섰는지 모르겠군. 집안끼리 척이라도 졌나?"

완전 잘 알고 있구만!

"다툼이 있었다면 모쪼록 얼른 화해하길 바란다. 사이좋게 지내야지."

그럴 일은 이칼리노께서 강림하시어 계시를 내리지 않는 이상 없을 겁니다, 여태까지 그래 왔고 앞으로도 계속!

"우습지도 않은 농담은 그만둬라."

키메린의 몸을 한 마족, 긴스가 차갑게 말했다.

"네놈들과 같은 자리에 있는 것만으로도 치가 떨리니 더 이상 말 걸지 말아 줬으면 좋겠군."

"이런, 너무하는군. 적의 적은 친구라는 말도 있지 않나."

"우리에게 있어 인간은 영원히 적일 뿐이다."

"흠. 그럼 왜 이곳에 있는 거지?"

긴스가 눈썹을 찌푸리며 얼굴을 굳혔다. 니스너는 여유롭게 웃었다.

"어차피 인간과 함께하기로 선택했다면 불평하지 말고, 자존심만 내세우지도 않았으면 좋겠는데. 아쉬워서 이쪽을 부른 건 너희들이고 우리는 딱히 마족의 손은 필요 없거든."

"……."

긴스는 아무 말도 못했다. 키메린의 몸을 한 마족은 몇 번의 경험으로 알고 있었다. 저 적발의 인간은 대인배인 척하면서 걸핏하면 자신과 신관보고 화해해라 사이좋게 지내라 하지만, 사실은 저 신관과 비슷할 정도로 마족을 혐오하고 있다는 것을.

자신의 종족을 싫어하는 인간과 같은 편이 되고 싶지는 않았지만, 저자의 말대로 아쉬운 건 마족들이었다. 긴스는 마족으로서의 자존심을 꾹꾹 눌렀다. 그러나 서큐버스 가쉬무는 참지 않았다.

"야, 인간!"

서큐버스가 육감적인 가슴을 출렁이며 벌떡 일어났다.

"다른 인간들이 떠받들어 준다고 우리까지 그럴 거란 생각은 말지? 그 잘난 외모 믿고 깝치나 본데, 우리 긴스에 비해서는 그딴 얼굴 잘 봐줘야 논밭의 지렁이거든!"

"……."

가쉬무의 말은 니스너의 기분을 상하게 하지는 않았다. 다만 옆에 앉은 같은 편 긴스를 무척 난처하게 했다.

"가쉬무, 다른 사람 앞에서 그런 말은 하지 말랬지."

긴스가 조용히 면박을 주었다. 가쉬무는 억울한 듯 소리쳤다.

"야, 네 편들어 준 거잖아!"

"너는 왜 걸핏하면 소리를 질러."

"네가 서운하게 하니까 그렇지!"

"……그래, 미안하다. 미안하니까 그만해."

"넌 뭐가 미안한지 알고서 사과하는 거야?"

"전부 다 미안하다. 그러니까 좀 앉아."

긴스의 성의 없는 대답에 상처받은 가쉬무는 으흑, 하며 입가를 가리고 뒤로 물러섰다.

"넌, 넌 언제나 그런 식이야……!"

"가쉬무."

"이제 날 좋아하지 않는 거지? 됐어! 우리 헤어져!"

가쉬무가 울먹이며 뛰쳐나갔다. 쿠당탕, 쿠다타탕.

낡은 오두막 문이 마족의 힘을 감당하지 못하고 부서졌다. 충격이 전해진 기둥도 부서져 오두막 입구가 휑하게 무너졌다.

"……."

"……."

절반만 남은 오두막 안에서는 어두운 숲이 그대로 보였다. 물론 상처 받은 가쉬무가 나무 뒤에서 이쪽을 무진장 신경 쓰면서 훌쩍이고 있는 모습도 보였다.

왠지 이 두 마족이 싸운 게 자신 때문인 것 같아 미안해진 니스너가 말했다.

"따라가지 그래. 화가 난 것 같은데."

"……놔두면 알아서 풀릴 거다."

"그래 놓고 저번에는 대화가 끝날 때까지 돌아오지 않았잖나."

"……."

"나도 더 이상 도발하지 않을 테니 잘 달래서 데리고 와라."

"……후우."

긴스가 한숨을 쉬며 자리에서 일어났다.

니스너와 래이는 긴스가 매우 난감해하며 삐친 가쉬무를 열심히 달래는 모습을 볼 수 있었다. 보고 싶어서 보는 건 아니었다. 한쪽 벽이 날아간 오두막 안에서는 수풀 저편까지 그대로 보일 뿐이었다.

"이번에는 꽤 빨리 화해할 것 같군요."

"그렇군."

둘은 같은 포즈로 앉아 익숙하게 실시간 사랑 싸움을 관람했다.

"보십쇼, 어깨를 감싸는군요. 아무래도 스킨쉽이 효과가 있나 봅니다. 서큐버스는 살이 닿는 것을 좋아하니까요."

래이가 자연스레 생중계를 했다.

"아, 일어나네요."

"벌써 끝나는 건가."

"어라? 멈춰서는 군요."

"음. 키메린 놈이 말실수라도 한 것 같은데."

긴스가 가쉬무의 팔을 잡은 채 뭐라 뭐라 쉼 없이 말했다. 듣고 있던 가쉬무가 돌연 긴스의 뺨을 세차게 때렸다. 서큐버스의 힘이 얼마나 대단한지 니스너와 래이가 앉아 있는 곳까지 찰싹 하는 찰진 소리가 들려왔다.

래이가 앗, 하며 눈을 빛냈다.

"전 이 장면이 제일 재밌더라고요."

"갈수록 강도가 올라가는군. 저건 아프겠는데."

"다음부터는 팝콘이라도 가져와야겠어요."

"그럼 나는 콜라를 가져오도록 하지."

한 마족 커플의 살벌한 싸움을 즐겁게 감상하는 래이와 니스너였다.

그 후로 사십 분이 더 지나서야 검은 로브를 뒤집어쓴 황태자가 호위기사들과 함께 슬금슬금 나타났다. 다행히 긴스와 가쉬무는 화해를 한 상태였지만 분위기는 여전히 경직되어 있었다.

"이제 오셨습니까."

"늦으셨군요."

래이와 니스너가 차례차례 허리 숙여 인사했다.

"……"

황태자는 말없이 반쪽이 날아간 오두막과 묘하게 차가운 분위기의 마족 둘, 무표정한 래이와 니스너의 얼굴을 번갈아 보았다. 그는 성큼성큼 다가오더니 곧 시커먼 후드를 벗어젖혔다.

"그래, 내가—!"

반짝이는 은발이 사르륵 흘러내렸다. 자색의 날카로운 눈동자가 어둡게 빛났다. 매끄러운 콧날하며 도톰한 입술과 날렵한 턱 선까지. 흠잡을 데 없는 고운 얼굴이 드러났다. 평범한 사람은 차마 그의 앞에서 얼굴도 들지 못할 고귀한 기품과 위압감이 뿜어져 나왔다.

우리대륙을 지배하고 있는 사람은 그의 어머니지만, 실제로 통치하고 있는 이는 바로 그.

씨 레타 이바노브 아시오.

영웅의 직계혈통으로, 태어나자마자 사람을 다스리는 법부터 배운 이바노브 아시오의 황태자. 품위 그 자체가 살아서 움직이는 것 같은 그가 탁자를 탁, 짚더니 소리쳤다.

"내가 잘못했어!"

"……."

"난 정말 구제불능이야! 왕족이 돼서 모범이 되지는 못할망정 언제나 이렇게 늦고! 미안하다는 말뿐이고! 난, 난 정말 나 같은 건!"

그는 오른쪽 소매를 걷고는 손가락을 쫙 벌려 탁자 위에 올리고서는 다른 손으로 허리춤에서 단검을 꺼냈다.

"이 죄는 나의 손가락으로 갚겠어! 크흑!"

물론 단검은 황태자의 손가락을 자르기 전에 호위무사의 손에 막혔다.

"이거 놔! 나 같은 건, 나 같은 거지발싸개의 손가락 따위는 잘려 버려야 해. 에잇, 에잇!"

"……."

검은 복장의 호위무사는 탁자 위의 두 마족과 두 인간에게 이 사람 좀 말리라는 눈짓을 보냈다. 래이가 입을 열었다.

"진정하십쇼, 전하. 아무도 뭐라 하지 않았습니다."

"아니야, 난 다 알아! 사실은 얼른 손가락 자르라고 하고 싶지? 그렇지? 아니, 발을 자를까? 늦은 건 다리니까 발을 잘라버릴까? 내 손가락으로도 발로도 너희들을 기다리게 한 죄를 갚을 순 없겠지만 그래도 조금이나마 나의 미안함이 전해질 수 있다면, 그렇다면!"

"제발 전하! 멀리 가지 좀 마세요. 아무도 그런 생각 안 합니다!"

래이가 말했으나 황태자는 믿지 않았다. 그는 단검을 쥐고 놓지 않았고, 호위무사도 황태자의 손목을 잡은 채 놓지 않았으며, 래이도 땀을 뻘뻘 흘리며 실랑이 속에 꼈다. 안 그래도 냉랭하던 긴스와 가쉬무의 얼굴이 더욱 싸늘해졌다.

눈물을 흩뿌리며 사죄하는 황태자의 모습은 한두 번 보는 게 아니었다. 정확히는 만날 때마다 보고 있었다.

왜냐하면 만날 때마다 늦으니까.

결국 니스너가 황태자의 손아귀에서 단검을 빼앗아 갔다.

"전하께서 늦으신 건 전하의 탓이 아니잖습니까. 그러니 괜찮습니다. 폐하께서 전하를 잡고 안 놔주신 거겠죠."

"니스너 경······."

황태자가 울먹이며 니스너를 보았다.

"으흑, 나는 일찍 오려고 했는데 진짠데 어머니께서······ 어머니가······ 춤을 무려 세 시간이나······ 흑······ 배부르다고 했는데 케이크를 세 판 더······ 3차는 무리라고 했는데······ 내일 아침부터 일이라고 했는데······ 어머니가 가정에 충실하지 않다고 막······ 흡!"

신뢰하는 적발의 사내에게 하염없이 신세 한탄을 하던 황태자가 갑자기 흡, 하며 자신의 입을 막았다. 황태자는 충격 받은 듯 하얗게 질려 뒤로 주춤주춤 물러섰다.

"나, 나의, 나의 친모를 욕하다니 난, 나는, 나 같은 건 거지발싸개야!"

싸개야아아아— 소리치면서 황태자는 오두막 벽에 머리를 내려치려 했다. 물론 호위에게 가볍게 막혔다. 황태자는 거기서 포기하지 않고 살을 꼬집거나 머리를 쥐어뜯거나 했다. 그러나 모두 호위에게 가뿐히 막혔다.

"······언제나 생각하는 거지만 호위무사분들 참 힘드시겠어요."

"문 경이 때려치울 만해."

래이와 니스너는 테이블로 돌아가 앉았다. 황태자가 안정을 되찾기까지는 시간이 걸릴 터였다.

긴스와 가쉬무는 아무 말도 하지 않았다. 본인 앞에서 안 좋은 말을 할 수는 없었다. 아무리 유약하고 허술해 보여도 저자는 인간 왕의 후계자. 말 한마디로 마족의 은거지 한 곳을 지도에서 없앨 수도 있다.

그리고 그들은…… 저런 한심한 후계자라도 있는 게 부러웠다.

왕이 존재하고 있다는 사실 자체가 얼마나 큰 위안을 주는지, 왕을 잃은 종족은 잘 알고 있었다.

그 시각, 새벽 배가 떠날 준비를 하고 있는 소냐르 항구의 허름한 여관 안.

"그러니까 마족한테는 후계자 같은 개념이 아예 없다는 말이야?"

나하사는 침대 위에 앉아 떡볶이를 먹으면서 구르에게 과외를 받고 있었다.

"그렇다 개굴. 우리에게 왕은 언제나 마왕님 한 분이시다 개굴."

"마왕이 죽으면 어쩌려고? 대를 이을 마족이 없으면 누가 마왕이 돼?"

"아무도 그런 생각은 하지 않는다 개굴."

왕의 죽음을 언급하는 인간의 아이였지만 구르는 화를 내는커녕 친절히 설명해 주었다.

"우리에게 있어서는 절대 불가능한 생각이다 개굴."

"그런 생각을 하는 거 자체가 결례라는 거야? 무례해서 누구도 후계자에 관한 말을 못 꺼낸 건가?"

"그런 건 아니다 개굴. 이건 인간인 나하에게는 설명하기 어려운 부분이다 개굴."

구르가 우음, 하면서 어떻게 설명해야 할지 고심했다. 나하사도 우물우물 떡볶이를 먹으며 고심했다. 역시 고추장을 한 숟갈 더 넣어야 했어.

"다음에는 그 붉은 양념을 덜 넣어라."

진이 뜨거운 김을 뿜으며 하는 말에 나하사는 결심했다. 두 숟갈 더 넣자.

"우리에게 마왕님은 절대적이고 전지전능한 존재시다 개굴."

"신 같은 겁니까?"

떡볶이를 삼키는 나하사 대신에 네라가 물었다.

"맞다 개굴! 딱 인간들의 창조신과 같은 개념이다 개굴. 그 누구도 그분을 해칠 수 없고 대신할 수도 없다 개굴. 그게 당연한 거다 개굴."

"흐음……."

나하사는 여전히 아리송했다.

"인간들도 이칼리노가 소멸했을 때를 대비하여 다른 창조신 후보를 만들지는 않잖나 개굴."

"그야 인간이 신을 만드는 게 아니니까…… 인간은 창조물에 지나지 않는걸."

"우리도 마찬가지다 개굴. 마왕님 스스로가 다른 마왕님을 만들지 않는 한 우리는 다른 마왕 같은 건 아예 생각할 수조차 없다 개굴."

나하사는 알 것 같아서 고개를 끄덕였다. 마족에게 마왕은 인간들 기준으로 왕이 아니라 신의 개념과 같은 모양이라고 해석하면 될 것 같다.

"그럼 너희에게 마왕과 마신은 비슷한 위치인 거야?"

"마신은 마신일 뿐이다 개굴. 마왕님은 마신과는 격이 다르다 개굴!"

"……."

구르가 흥분하며 튀어 올랐다. 나하사는 마왕 쪽이 더 내려간 저울을 상상했다. 반대편 더 가벼운 쪽은 무려 마신. 신……

알 것 같았는데 설명을 들을수록 더 혼란스러워졌다.

"으…… 마족에 관한 책 좀 더 읽어 볼걸."

나하사가 남은 떡볶이 세 개를 입안에 쑤셔 넣고 뒤로 벌러덩 누웠다. 입가에 빨간 양념이 묻은 걸 보고 구르가 폴짝폴짝 다가와 휴지를 건네주었다.

"고마워."

"궁금한 거 있으면 내가 더 알려 주겠다 개굴."

"그래? 그럼 마왕이 봉인되어 있어, 아니면 이미 소멸했어?"

"……개굴."

나하사는 입가에 묻은 양념을 닦으며 말했다.

"나름 마족에 대해 알아 둔다고 오래된 책들도 읽긴 했는데 모르는 게 턱없이 많네."

"그 책은 어디에 가면 읽을 수 있지?"

진이 물었다. 함께 같은 떡볶이를 먹었는데도 양념이 전혀 묻지 않았다.

"마족에 관한 건 잘 없어. 내가 읽은 곳은 지금은 갈 수 없고, 아마 큰 학교 도서관이나 왕립 도서관 정도에 가야 있을 걸."

"가장 가까운 곳은 어딘가."

"수도에 국립 소냐르 이화이트 학교가 있지."

"지금 당장 가지."

진이 벌떡 일어났다. 네라도 따라 일어났다. 나하사는 벌러덩 누운 채 말했다.

"둘이 데이트 잘 해."

지금은 새벽 네 시. 나하사는 이불을 덮고 구르를 품에 안았다. 구르는 몸이 물렁물렁해서 만지작거리기 딱 좋았다.

"이봐. 당장 일어나라."

"뱃멀미가 아직 안 가셨나 봐. 올 때 멀미약 좀 사 와."

"책을 볼 수 있는 곳의 위치를 알려 줘야 할 것 아닌가."

"진 님, 저 아이는 그냥 두시지요. 제가 안내하겠습니다."

보통 때라면 진의 말을 따르지 않는 나하사에게 버럭버럭 소리 질렀겠지만, 네라는 지금 데이트라는 단어에 혹해 있었다.

"어서 갑시다, 진 님."

네라가 상기된 얼굴로 문가에 서자 진이 큭…… 차갑게 웃었다.

"그렇군. 말리는 놈이 없을 때 네놈과 끝을 지어야겠지."

"……"

"……"

"……"

진은 네라가 지금까지 본 모습 중에서 가장 아름답고 매혹적인 미소를 짓고 있었다. 진심으로 기분이 좋아 보이는 그가 한 걸음 다가왔다. 헉, 네라는 재빨리 나하사가 누워 있는 침대 쪽으로 바싹 붙었다.

"역시 나중에 다 함께 가는 게 좋겠습니다."

"왜? 데이트나 즐기지."

"아닙니다. 우리는 이미 한배를 탄 사이 아닙니까. 어떻게 떨어지겠습니까."

네라의 입에서 나온 '우리'라는 단어에 나하사는 닭살이 우두두 돋았다. 진은 대놓고 아쉬워하며 문에 기대섰다.

"어서 일어나라. 아니면 내게 건 마법을 풀어라. 혼자 갈 테니까."

"야…… 어차피 나중에 소냐르 왕궁에도 갈 거니까 그때까지 좀 기다려라."

"맞다 개굴. 나하 귀찮게 하지 마라 개굴! 왜 같은 마족 두고 책 따위를 읽으려고 하나 개굴."

나하사의 주물럭거림에 개골개골 기분 좋게 울던 구르가 말했다. 가만히 있을 네라가 아니다. 나하사는 미리 베개로 귀를 막았다.

"오히려 이 아이가 진 님을 귀찮게 하는 겁니다. 감히 진 님에게 여러 번 말씀을 하시게 하다니 무엄합니다!"

"시커먼스가 나하를 귀찮게 하는 거다 개굴. 가뜩이나 나하는 오늘 봉인도 하나 해제하지 않았나 개굴!"

"본래 머리가 나쁘면 손발이 고생하는 겁니다. 그리고 우리 진 님은 오늘 두건 가게에 들르지 못해서 안 그래도 피곤한 상태란 말입니다!"

"우리 나하는 뱃멀미에 설사도 세 번이나 했다 개굴! 1일 5똥에 플러스 3토가 얼마나 괴롭고 고통스러운지 네라 넌 모른다 개굴!"

"윽……. 우, 우리 진 님은 이제 남은 두건이 다섯 개밖에 안 돼서 심신이 무척 지쳐 계십니다!"

"우리 나하는 5똥 3토를 하고 나서도 씻지도 않았다 개굴! 애가 얼마나 피곤하고 지쳤으면 무려 5똥 3토 후에도 안 씻었

겠냐 개굴! 지금도 나하한테서 똥냄새가 나는 것 같다 개굴!"

"으윽……!"

네라가 크윽, 하며 수치스러운 얼굴로 주먹을 꽉 쥐었다.

"진 님, 죄송합니다. 패하고 말았습니다……."

"흥. 쓸모없는 놈."

"나하야, 우리가 이겼다 개굴. 안심하고 쉬어라 개굴."

"……."

나하사는 아주 오랜만에 역시 혼자가 최고라는 생각을 했다. 이겼다고? 이게 어떻게 이겼다는 거야. 1일 5통 3토를 하고 만 나는 이렇게 만신창이가 돼 버렸는데! 게다가 진 저 자식은 왜 이 패배가 무척 분하다는 얼굴을 하고 있는 거야?

"내가 힘만 회복하면 너 같은 벌레는 지르밟을 것이야."

진이 이를 으득 갈며 하는 말이었다.

"……그래. 그때가 되면 네 맘대로 해."

나하사는 피곤해서 적당히 대꾸했다.

구르가 꼬물거리며 코를 킁킁댔다. 몸에서 냄새가 난다는 노골적인 표현이었다. 정말 냄새가 나는 건가 해서 은근히 팔 한쪽을 들어 볼 때 네라가 물었다.

"소냐르의 수도에는 왜 가는 겁니까? 봉인소가 있습니까?"

"팜을 데리러 가기로 했어."

"그 계족 말입니까? 며칠이나 함께 있었다고 정이 들어서 데리러 가는 겁니까? 정말이지…… 미녀만 좋아하는 더러운 세상!"

"……."

"팜은 인간의 아이를 감싸려다가 부상을 입었다 개굴."

구르가 덧붙였다.

"본래 얼굴 예쁜 사람이 마음도 예쁜 법이다 개굴."

"……으윽."

네라가 방금 전의 진처럼 이 패배가 무척 분하다는 얼굴을 했다. 암탉에게 미모와 성품 대결에서 졌다는 게 몹시 기분이 상한 듯했다.

"어차피 갈 거면 지금 당장 출발하지."

진이 말했다. 지금 나하사가 스물네 시간 동안 깨어 있는 걸 알면서 하는 말이었다.

"야, 그만 좀 해라. 소냐르 주요봉인 하나만 깨고 갈 거야."

"낮에도 말했지만 어째서 봉인을 해제하는지 모르겠군. 마왕은 소멸됐어."

시아타민을 만나기 전까지만 해도 봉인 해제를 닦달하던 놈이 이제는 혼자 여유란 여유는 다 부리고 있었다.

"마왕님이 사라지셨을 리가 없다 개굴! 분명 어딘가에서 기다리고 계실 거다 개굴."

구르가 소리치며 품에서 빠져나왔다.

"나하야, 다른 곳에도 가자 개굴. 다른 은거지에도 가 보면 다른 정보가 있을지도 모른다 개굴."

"은거지에는 이제 안 가."

나하사가 단호하게 말하자 구르는 좀 당황했다.

"나하도 마왕님이 소멸하셨다고 생각하나 개굴?"

"그 반대야. 이블레아가 시아타민을 만나 보라고 한 게 결국 그딴 말을 듣게 하기 위해 그런 거라면 나는 마족들과는 손을 잡지 않을 거야. 마왕이 소멸했다고 믿고 있는 녀석들과 손잡아 봤자 나한테는 아무 이득도 없어."

더 이상 재고의 여지가 없다는 말투였다. 구르는 안타까웠다. 마왕이 소멸했다는 말에 마족인 자신보다 인간인 저 아이가 더욱 과민하게 반응하는 것 같았다. 낯빛 하나 변하지 않은 무심한 얼굴이지만 구르는 알 수 있었다. 몰아치는 폭풍우에 힘없이 흔들리는 쪽배처럼, 소멸이라는 단어에 얼마나 혼란스러워하고 있는지. 그것 하나 때문에 살아온 아이니까.

"물론 북국에도 전쟁 지역에도 갈 거지만 은거지에는……. 구르야. 너 되게 불순한 눈으로 날 본다?"

"내가 뭘…… 개굴."

나하사는 사정 봐주지 않고 구르의 쫄깃한 볼살을 잡아 흔들었다.

"너 지금 내가 마왕이 소멸된 것도 모르고 죽기 살기로 마력 쌓고 나왔다가 마왕이 소멸했다는 말 듣고 믿고 싶지 않아서 진실을 알아보기는커녕 진짜일까 봐 마족들하고 아예 교류도 안 하는 겁쟁이라고 존나 무시하냐?"

구르는 더욱더 가슴이 아파 왔다. 겁쟁이라니 그렇게까지 생각하고 있었다니…….

"으아아아아 정말 미치겠네! 그런 눈으로 보지 말라고, 내가 무슨 헤어진 애인을 잊지 못하고 이사 간 집에까지 자꾸만 찾아가는 찌질이냐고오!"

찌질이라니 그렇게까지 생각하고 있었…….

"……그러니까 그런 눈……! ……됐다, 그만하자."

나하사는 베개에 얼굴을 묻었다. 물론 손으로는 계속 구르를 주물럭거리고 있었다.

"믿으십시오. 마왕은 분명 살아 있습니다. 내가 보증합니다."

이칼리노의 신관인 네라가 말했다. 나하사는 더더욱 우울해졌다.

"아, 그렇군. 마왕은 살아 있어."

이번에는 진이 말했다. 그는 위풍당당하게 방 한가운데에 섰다.

"바로 여기 있지 않은가."

"……"

"내가 마왕이 되어 주도록 하지. 훗…… 삐링뽕한가?"

나하사는 진중한 얼굴로 고대어를 쓰는 진을 보니 새삼 깨닫는 게 있었다.

"맞아, 너 마족에 관련된 책 있어 봤자 못 읽을걸? 너 봉인된 후로 나온 고대어 엄청 많아."

"언어 따위가 내게 문제가 될 것 같은가? 앞으로 왕이 될 내게."

마왕은 말 안 하고 산다더냐?

"네가 읽을 수 있는 것이라면 나도 문제없다."

내가 너는 이긴다, 하는 자신감을 대놓고 표출하는 진이었다. 비웃고 싶었지만 차마 그럴 수 없었다. 공용어를 사전 하나 보고 단시간에 외운 놈이니까. 고대어는 상대적으로 공용어에 비해 어렵고 복잡하긴 하지만, 왠지 신문도 거꾸로 읽는 진이라면 수월히 익힐 것 같기도 했다.

"멋있으십니다, 진 님. 진 님을 마왕으로, 오오!"

"나는 인정 못 한다 개굴! 눈에 흙이 들어가기 전까지 안 된다 개굴."

"아니 진 님께서 몸소 왕이 되어 주시겠다는데 그 말투는 뭡니까? 무릎 꿇고 절이라도 드리지 못할망정!"

"저딴 게 우리의 왕이 되면 나는 마족 때려치울 거다 개굴! 네라는 그럼 시커먼스가 2대 이칼리노 해도 좋나 개굴?"

"헉, 그, 그건······."

네라가 머뭇거리며 진을 힐끔 보았다. 구르는 이참에 천계 정복 어떠냐며 부추기고 있었다. 흑발의 미남이 눈을 날카롭게 뜨며 한쪽 눈썹을 치켜 올렸다.

"신도 괜찮군. 이칼리노를 죽인 후 내가 천계의 왕이 되는 것도 나쁘지 않겠어."

"……구르르무, 제발 진 님에게 애먼 생각 불러일으키지 마십시오."

왠지 저 마족이라면 정말 저지를 수도 있을 것 같아서 한 발 물러서는 네라였다.

승리의 포즈를 하는 구르를 나하사가 다시 껴안았다.

"나하야, 냄새 난다 개굴."

"……"

그대로 누워 뒹굴거리려던 소년이 개구리를 휙 던졌다.

"그래, 알았어. 씻으면 되는 거지?"

"개굴!"

던질 것까진 없잖나! 하면서 구르가 울었다.

터덜터덜 욕실로 들어가는 나하사의 어깨를 진이 턱 잡았다.

"너는 앞으로 날 마왕으로 만들기 위해 최선을 다하도록."

"……"

나하사는 머리가 아파 왔다. 진에게 자유를 줘 버릴까 하는 생각이 들었지만 간신히 참았다.

"마왕은 그냥 봉인되어 있을 뿐이라니까."

"진 님을 제2대 마왕으로 오오!"

"시커먼스를 제2대 이칼리노로 오오 개굴!"

"구르르무, 정말 저와 한 판 붙자는 겁니까?"

"네라가 먼저 자극하지 않았나 개굴!"

"내가 두 곳의 왕을 모두 해 주겠다."

"아닙니다, 진 님은 마왕이 되시면 됩니다!"

"시커먼스 너는 무조건 다음 이칼리노가 되어야 한다 개굴!"

"나를 원하는 곳이 너무 많군. 우선 마왕부터 먹어 주지. 섭섭해하지 마라, 이칼리노도 되어 줄 테니."

"그러니까 마왕은 봉인되어 있을 뿐이래도……."

나하사는 머리가 아파 왔다. 도통 이야기가 통하지 않는다. 다 자기 하고 싶은 말만 할 뿐이다. 그래도 나하사는 절망하지 않았다. 싸가지 마법사에 비키니 차림 여신관, 거기에 지나치게 과묵한 기사와 자뻑 현자를 동료로 둔 래이 줄보다는 낫다고 생각…….

아.

거기에는 적발의 무속검사가 있구나.

역시 자신이 제일 불행하다는 걸 다시금 깨닫는 나하사였다.

제3장
작은 변화

나하사는 구르에게 우유를 한 병 따라주고 자신은 고추를 하나 꺼내 질겅질겅 씹었다.

"야아, 아직 멀었냐?"

"아직 세 벌 남았습니다, 좀 기다리십시오."

"뭐가 이렇게 오래 걸려?"

"당신 같은 루저는 본래 패션리더의 이치를 모르는 겁니다."

"패션리더고 뭐고 여기서 더 이상 시간을 죽이는 건 사람의 이치가 아닌 것 같다. 그치, 구르?"

나하사는 테이블 위에서 우유를 홀짝거리는 토끼를 보았다. 구르가 차마 말은 못 하고 고개를 끄덕이며 동의했다.

나하사 일행은 소냐르 서쪽 도시 중 하나인 헨젠의 옷집에 있었다. 날씨가 추워져서 겉옷을 좀 사야겠다고 들어온 이곳에서 당사자인 나하사는 30초 만에 옷을 골랐고, 겉절이 진은 벌써 삼십 분째 옷을 고르는 중이었다. 이렇게 길어진 데에는 모든 옷이 잘 어울린다고 호들갑을 떠는 네라 탓도 있었지만,

"다음번에는 이걸 입어 보세요. 스카이블루 컬러에 화이트

스트라이프를 준 패셔너블한 스타일이죠."

눈이 하트 모양으로 변해서 입어 볼 옷을 진열해 놓는 종업원도 한몫했다.

"흠, 색이 제법 괜찮군."

물론 제일 문제인 건 패션쇼에 재미 들린 진이었다.

"정말 어울리시네요! 어쩜 어두운 색부터 밝은 색까지, 스트라이프에서 도트 패턴까지 모두 잘 어울리세요, 손님!"

"이런 싸구려 천 옷을 이렇게 멋지게 소화하시다니…… 옷이 진 님 빨을 받는다는 말밖에 못 하겠군요!"

하늘색 바탕에 흰 줄무늬 옷은 나하사와 구르가 보기에는 어딘가의 죄수복 같기만 했다. 그러나 빨리 이곳을 나가고 싶은 둘은 마음에도 없는 칭찬을 해 주었다.

"지금까지 입었던 옷 중에 제일 잘 어울린다, 진. 이걸로 사면 되겠네. 더 볼 것도 없어."

일어나는 소년의 어깨를 진이 잡아 눌렀다. 팔 하나 힘에 주저앉아 버린 나하사가 자존심이 상해서 왈칵 소리치려 할 때 진이 말했다.

"자, 이젠 두건이다."

"……."

넌 바보야. 두건밖에 모르는 바보.

옷집 바로 옆 잡화점의 점원은 두건 대신 요즘 인기 폭발이라며 원대륙산 모자를 권했다. 비니라는 모자로 머리에 딱 붙는 형태였는데 두건보다는 모양새가 나았지만 얼굴을 덜 가려주었다. 점원은 이 모자를 당신 같은 미남이 써 준다면 그 자체로 영광이라면서 원하지도 않았는데 세 개나 안겨 주었다.

새로 구입한 비니가 마음에 드는지 진의 발걸음이 가벼웠다. 그러나 나하사는 굉장히 불안했다.

"어, 어머나……!"

"세상에……!"

와장창, 철푸덕, 털썩…… 진이 지나간 자리마다 사람들이 쓰러지고 있었다.

"나하야, 괜찮겠나 개굴? 다 여길 본다 개굴."

"놔둬. 어차피 곧 여길 뜰 거니까."

"아아, 앞으로 종일 진 님의 옥안을 감상할 수 있다니 행복하군요. 역시 잘생긴 생명은 소중한 겁니다."

"그럼 못생긴 생명은 안 소중하냐……."

나하사는 진과 네라를 데리고 교차로 건너의 커다란 건물 앞으로 갔다. 23층의 깔끔한 고층건물로 하프라고 쓰인 깃발이 달려 있었다. 원대륙식 건물 앞에 서자 저절로 문이 열렸다. 외관과 마찬가지로 내부도 무척 깨끗했다.

한쪽 벽면에는 이칼리노, 칼리프스, 크림의 삼신 신화 벽화가 그려져 있었고 그 앞으로 꽤 넓은 휴식 공간이 있었다.

맞은편 벽면에는 그동안 받은 상들이 가지런히 진열되어 있었다.

듣던 대로 직원들은 여성 직원이 절대다수였다. 하프 길드의 마스터가 여자를 상당히 좋아하기 때문이었다.

"어서오십…… 핫!"

인사를 하던 프론트 직원이 진을 보고 얼어붙었다.

"뭐야, 너 갑자기 왜 그…… 헉!"

"응? 당신들 왜 이래…… 허억!"

업무를 보던 직원 일동과 볼일을 보던 고객들이 모두 얼어붙었다. 나하사는 진을 앞세워 척척 직원 앞으로 걸어갔다.

"무, 무, 무슨 일로 오셨습니까?"

직원이 덜덜 떨면서 진을 보며 말했다.

"정보를 원한다."

"어, 어, 어떤 정보를……."

"Red color."

"아, 레, 레드……!"

직원은 전력을 이용해서 만든 사각 형체를 몇 번 만지더니 서랍에서 붉은색 코인과 손가락 두 마디만 한 열쇠를 꺼냈다.

"세, 세, 세 분이십니까?"

"넷이다."

직원은 다시 사각 형체를 만지고 코인을 세 개 더 꺼냈다.

"2, 2, 20층으로 올라가시면 됩니다……."

"……."

진은 말없이 뒤돌아섰다. 직원이 당황해하며 어버버거렸다. 나하사가 한숨을 쉬며 말했다.

"얼마예요?"

"아, 그, 입장료 40도레 되겠습니다."

미리 뽑아 놓은 대륙공용수표를 꺼내 주었다. 사람들의 시선은 20층으로 올라가는 엘리베이터 안에 들어설 때까지 떠나지 않았다.

다행히 엘리베이터 안에는 나하사 일행밖에 없었다. 진이 칭찬을 바라는 얼굴로 나하사를 보았다.

"잘했어. 나가서 머플러 사 줄게."

"흥, 뭐 이런 거 가지고."

진은 시키는 대로 잘 대화해 주었다. 마지막에 삐끗하긴 했지만.

"그런데 여긴 대체 뭐 하는 곳입니까?"

"왜 나까지 인원에 포함하는 건가 개굴?"

"여긴 하프의 지부 중 하나야. 이 세계의 모든 정보가 모이는 곳이라고들 하지. 토끼든 개구리든 정보를 듣는 건 마찬가지라서 인원에 포함되는 거고."

"오옷! 그럼 여기에서 마왕님의 봉인이 어디 있는지 물어보면 알려 주나 개굴?"

"여기는 인물 정보가 주야. 그리고 그런 걸 어떻게 아냐? 아무도 아는 사람이 없으니 당연히 여기서도 정보를 못 사잖아."

하프는 사람의 프로필을 사고파는 곳이다. 근래에는 사람이 아닌 것, 서적이나 무기 정보 등을 취급하는 것 같기도 하지만 그래도 주 거래품목은 인물 정보다. 한 사람의 키와 몸무게에서부터 가족 관계, 학교 성적, 인간관계, 취미…… 전 애인이 몇 명이었는지까지 모든 것을 매매한다. 그 사람은 아주 작은 마을의 잡화점 주인이 될 수도 있고 각국에 팬클럽이 있는 아이돌 음유시인이 될 수도 있다.

"인물…… 말입니까?"

"응. 아마 지금 저 사람들 진의 정체 알고 싶어서 안달이 났을걸."

나하사는 씨익 웃으며 네라를 보았다.

"널 아는 사람도 있을지도 몰라. 20층 이상을 책임지고 있는 사람들 중에는 종교인 전담도 있다니까."

나하사가 말을 끝내자마자 엘리베이터가 열렸다. 붉은 카펫이 깔린 긴 복도가 나왔고 양옆으로 방이 다섯 개씩 있었다.

아무도 없는 복도에 내려서는데 네라가 따라오지 않고 엘리베이터 안에 멈춰 서 있었다.

"전 밑에 있겠습니다."

"그래."

나하사는 두말 없이 돌아섰다. 네라가 후다닥 달려와 나하사의 팔을 잡았다.

"제게 환각마법을 걸어 주면 안 됩니까? 다른 사람처럼 보이게."

"여기서 새 마법 쓰는 건 민폐야. 내 마법 때문에 이곳의 마법진이 깨지니까."

"……안 궁금합니까?"

"응?"

"제가 왜 이러는지 안 궁금합니까?"

나하사는 새삼스러운 걸 들었다는 듯이 웃었다.

"정체를 숨기려고 그러는 거잖아."

"그러니까 왜 정체를 숨기는지 말입니다!"

네라가 소리치자 나하사는 귀가 따가워서 목을 움츠렸다.

"왜 소릴 질러. 그게 너한테 더 좋은 거잖아."

"대체 당신은 왜 그리 호기심이 없는 겁니까?"

"안 궁금하니까."

"대체 왜 제가 안 궁금……!"

네라는 자기가 뱉어 놓고 놀라서 입을 막았다.

맙소사, 내가 방금 무슨 말을 하려고 했지?

"네라야, 나하가 너에 대해 궁금해해 줬으면 좋겠나 개굴?"

구르가 방금의 실언을 확인시켜 주었다. 네라는 고개를 흔들었다.

"그게 아닙니다. 그냥 호기심을 좀 가졌으면 해서…… 아니, 아무것도 아닙니다. 실수했군요. 갈 길 가십시오. 밑에서 기다리겠습니다."

"앗, 네라가 도망친… 개굴!"

나하사가 토끼 구르의 양 귀를 잡고 손을 흔들었다.

"넌 좀 조용히 해라. 그럼, 네라. 이따 봐."

"……."

네라가 다시 엘리베이터를 타고 내려갔다. 나하사는 사실 입장료 도로 내놓으라는 농담이 하고 싶었지만 차마 나오지 않았다.

네라의 얼굴이 너무 하얗게 질려 있어서.

열쇠로 방문을 열고 들어갔다. 아무 장식도 없는 커다란 방에 로브를 입은 사람 한 명만 테이블 앞에 앉아 있었다. 나하사는 구르를 껴안은 채 맞은편에 앉았다.

"어서 오십시오."

여자 목소리였고 얼굴이 진을 향하고 있었다. 들은 게 있어서 마음의 준비를 하고 있었는지 다른 사람들처럼 넋을 잃지는 않았다. 목소리는 하염없이 떨렸지만.

"원하는 정보가 무엇이십니까?"

역시 진에게 물었다. 고대어가 튀어나오기 전에 나하사가 대답했다.

"모도 드키아의 현재 위치를 원합니다."

"초월자 모도 드키아 공작 말씀이십니까?"

"네. 바로 알려주실 수 있나요?"

로브를 입은 여자는 어린 소년이 대답한 것에 의아했으나 길게 내색하지는 않았다. 고객의 정체를 의심하는 건 엄격히 금지되어 있었다.

"물론입니다. 잠시만 기다리십시오."

"아, 그리고 분홍색 머리에 청록색 눈동자, 키는 이만하고 머리는 갈래머리로 묶고 다니고, 열세 살 정도 되어 보이는 여자아이에 대해서 알려 주세요."

네라가 따라오지 않아서 다행이었다.

"생김새 말고 다른 정보는 없으신가요?"

"외모를 밝히고 극존칭 말투를 씁니다. 치유마법을 쓸 줄 아는 거 보면 이칼리노의 신관인 것 같고요."

말하다 보니 나하사는 자신이 네라에 대해서 의외로 정말 많은 걸 알고 있는 듯한 기분이 들었다. 취미도 알고 말버릇도 알고 직업도 알고 있으니까. 보통 사람이라면 적어도 가족 관계 정도는 알아야 그 사람에 대해 많이 안다고 생각하는데 비해 고아인 나하사에게는 '가족'이란 건 아예 분류할 필요가 없는 사항이었다.

"그리고 또……"

"벼멸구를 닮았다."

"……"

"쥐며느리도 제법."

로브를 입은 여자는 저 조각 미남이 농담을 하는 줄 알고 웃을 뻔했으나 그의 심각하고 진중한 표정을 보고 진심임을 알았다. 그 여자아이 상당히 못생겼나 보구나, 하고 덩달아 진중하게 고개를 끄덕였다.

"그럼 기다려 주십시오. 레드 컬러 담당자님과 함께 오겠습니다."

"얼마나 걸려요?"

"한 시간이 지나지 않아서 오겠습니다."

여자가 나갔다. 구르가 테이블 위로 튀어 올라왔다.

"나하야, 초월자가 뭔가 개굴?"

"응, 별건 아니고……."

나하사는 쿠키를 하나 집어 먹으며 답했다.

"소드마스터야."

"헉! 그런 인간을 왜 찾나 개굴?"

"주요봉인소를 그 사람이 가지고 있거든. 개인 소유물이야."

모도 드키아 소냐르 온 소냐르.

우리대륙에서 단 다섯뿐인 소드마스터 중 하나로 강대국인 이바노브 아시오에 소냐르가 맞설 수 있는 근거가 되는 중요한 인물이다. 소냐르 국민들에게는 니스너 실 누소즈 바로 다음의 영웅이라 할 수 있다.

여자를 좋아하고 상당히 기분파인 사람으로 알려진 그는 동갑인 파인 실 누소즈가 진중하고 침착한 성격인 반면에, 노는 걸 좋아하는 한량에 가까웠다. 소드마스터이기 때문에 3공작의 위치에 올라갔지만 정치에는 관심 없는 사람이다.

듣고 있던 진이 물었다.

"소드맛스타가 뭐지?"

"……그냥 검 좀 쓰고 힘 좀 세고 발 좀 빠른 사람들 있어. 가끔 마법 튕기는 건 좀 성가시지만 뭐 별거 아니야."

우리대륙의 소드마스터 5인이 들으면 기겁할 소리였다.

"겨뤄 본 적이 있나 보군."

"응, 몇 번……."

세계의 끝에 있을 때 몇 번 붙은 적이 있었다. 모든 초월자가 다 그 인간 같다면 무서울 게 없다고 생각하는 순간, 나하사의 머릿속에 적발의 남자가 떠올랐다.

설마 모도 드키아도 마법이 안 통하는 건 아니겠지?

"나하야, 소드마스터와 싸우는 건 피하는 게 좋겠다 개굴."

구르가 나하사의 걱정을 읽었는지 타이밍 좋게 말했다.

"응. 되도록 안 부딪쳐야지."

"싸우게 되더라도 걱정 마라 개굴. 우리 고위 마족 둘에게 맡겨라 개굴!"

나하사는 비니를 매만지고 있는 조각 미남을 힐긋 보았다. 그러고 보면 진은 얼마나 강한 걸까?

"나하야, 나도 제법 강하다 개굴!"

니스너 실 누소즈가 그냥 보내 줬던 걸 보면 생각처럼 완전 쓰잘데기 없진 않은 것 같은데.

"나하야, 날 봐라 날 개굴!"

그래도 내가 건 마법을 자기 힘으로 풀지 못하는 걸 보면 또 졸라 막 센 건 아닌 것 같고…….

"나하야, 나도……!"

"진, 너 메테오 정도는 쓸 수 있냐?"

"흥, 물론이지. 지금 당장 이곳을 지도에서 사라지게 만들 수도 있다."

"그렇구나. 꽤 하네, 그런데 구르 방금 뭐라 했어?"

"……아무것도 아닙니다 개굴."

이런 얘기를 하는 동안 어느새 한 시간이 지났다.

아까 전의 로브 입은 여자가 두 명을 더 데리고 왔다. 한 명은 덩치 큰 사내였고 다른 한 명은 검은 곱슬머리의 미녀였다. 모두 하프의 직원인 듯 유니폼을 입고 있었다. 그중에서 가운데에 있는 미녀는 가슴 부근에 'red color 담당자 로즈'라는 명찰을 달고 있었다.

"저는 로즈라고 해요. 20층과 더불어 귀족 담당자고요. 잘 부탁드려요."

그리고 로즈는 자리에 앉자마자 진에게 덥석 손을 내밀었다. 물론 진은 잽싸게 피했다.

"애들이 호들갑을 떨기에 얼마나 잘생겼나 했는데 정말……

숨이 멎을 것 같네요. 이칼리노의 현신이라 해도 믿겠어요!"

"지금 날 모욕하는 건가."

진이 벌떡 일어섰다. 나하사는 참아, 하며 한쪽 팔을 잡아 앉혔다.

"어머, 어머, 목소리조차…… 혹시 음유시인이세요? 팬클럽 이름이 뭐예요? 가입해야겠어요!"

천연덕스럽게 고객의 정보를 묻다니 어이가 없었다.

"저기요, 먼저 정보부터 좀……."

로즈가 마법사 로브를 입은 소년에게로 시선을 돌렸다.

"흐음, 넌 이분의 매니저니? 너도 제법 괜찮구나."

나하사는 황당했다. 직원이 고객을 이렇게 대놓고 차별해도 돼?

"그 토끼는 뭐니? 귀엽네. 만져 봐도 돼?"

묻기도 전에 이미 구르를 만지작거리면서 하는 말이었다. 구르가 로즈의 품 안에서 발버둥쳤다.

"싫어하잖아요. 놔주세요."

"흐응…… 요즘은 애완동물이 점점 다양해지는 모양이야. 모 영애는 암탉을 데리고 다닌다더니."

나하사는 멈칫했다. 설마 마이아와 팜 얘기인가?

"호호호, 저기요, 미남 고객님. 이 토끼 어디서 사셨어요? 저도 거기서 들여오고 싶네요."

"그냥 그거 가져라."

"어멋! 그래도 돼요?"

"가져가서 구워 먹어라."

"야! 넌 뭔 말을…… 으악, 내놔요!"

로즈가 옆의 듬직한 남자에게 구르를 넘기는 걸 보고 경악한 나하사가 얼른 빼앗았다.

"얘는. 토끼 한 마리 주는 게 그렇게 어렵니?"

"이 토끼는 당신들이 생각하는 그런 토끼가 아니에요!"

"어머, 소리치는 것 봐. 네 주인도 허락하셨잖니."

……주인? 누가?

어이가 없어서 옆을 보니 진은 저 로즈라는 인간이 마음에 든 듯 잔잔히 미소를 머금고 딴청을 피우고 있었다.

나하사는 기운이 빠져서 자리에 앉았다.

"정보나 얼른 주세요."

"흐응……. 모도 드키아 공작의 현재 위치만 아시면 되는 건가요?"

진을 보고 하는 말이었다. 물론 답은 나하사가 했다.

"네. 지금 어디 있는지만요."

"레드 컬러 중에서도 초월자 관련 정보는 상당히 비싼 거 아시죠?"

"알아서 정확히 계산할게요."

"타인에게 발설해서는 안 됩니다."

"네."

"......."

계속 나하사가 답하자 이제는 직원들도 이 고객들의 리더가 누군지 알게 되었다.

로즈는 처음에 있었던 로브 입은 여자에게서 서류 한 장을 받았다.

"공식적으로는 이바노브 아시오의 추수감사절 축제로 황금 섬에 가신 걸로 나와 있지."

"......."

"실제로는 엘프라고 소냐르의 울라 시에 있는 야간무도회장 인데 요즘 거기 자주 출몰하신다네."

로즈가 자신 있게 말했다. 나하사는 생각에 잠겼다. 울라 시 는 소냐르 수도와도 가깝다. 다행이다. 심장이 두근두근 뛰었 다. 빨리 다음 정보 듣고 가고 싶다.

"그리고 그건요? 분홍머리."

나하사가 급히 물었다. 로즈는 흐응, 하며 턱을 괴었다.

"네가 정보를 부탁한 분홍머리 소녀가 지금 로비에서 지나 가는 사람들 붙잡고 열심히 외모 지적하고 있는 그 계집애 맞 니?"

"......네."

"레드 컬러 이하 열람할 수 있는 정보 중에는 없었어. 20층 등급 이상이거나 하늘에서 똑 떨어졌거나."

"......!"

나하사는 놀라서 저도 모르게 구르와 눈을 마주쳤다. 구르는 아무것도 모른다는 듯 고개를 갸웃했다.

"골드 컬러일 수도 있어."

"그거 보려면 얼만데요?"

"그 정도쯤 되면 돈만으로는 못 봐. 동격의 정보가 있어야 하지."

"어느 정도의 정보요?"

"엄청 놀랄 만한 거! 예를 들면…… 니스너 실 누소즈가 사실은 해제범과 손잡고 있었다거나 하는 거?"

"……"

아마도 노와 더 그레이트가 혼종이라는 정보를 팔면 될 것도 같았지만 나하사는 그만두기로 했다.

소년은 요금으로 보석 주머니를 테이블 위에 올려두고 토끼를 껴안은 채 일어났다.

"계산은 밑에서 하면 되죠?"

"우리한테 팔 정보는 없어?"

로즈가 진을 보며 입맛을 다셨다. 진은 그 모습이 마음에 들지 않은 듯 한쪽 눈썹을 들었다.

"건방진 눈빛이군."

진짜 기분이 나빠 보여 나하사가 황급히 진과 로즈의 사이에 섰다. 사실은 진 정보를 조금만 팔아서 마족 둘 긴스와 가쉬무의 위치를 알려고 했지만 생각이 바뀌었다.

"팔 거 없어요."

"그쪽 미남과 좀 더 대화를 나누고 싶은데…… 저기요, 이 따가 이슬 한잔할래요?"

"얘는 그런 거 안 먹어요. 안녕히 계세요."

"어머, 꼬마야. 내가 너한테 말했니? 나는 네 뒤에 아름다운 분께 물은 건데? 이 누나한테 관심 있니?"

로즈가 풋, 비웃었다.

"니가?"

미간의 주름과 내리깐 눈과 올라간 한쪽 입꼬리까지, 완벽한 업신여기는 표정이었다. 나하사는 아무렇지도 않았는데 구르가 자존심이 상해서 왈칵 입을 열었다.

"개굴!"

나하사가 놀라서 토끼의 입을 막았다.

"……"

"……"

"그 토끼 방금 개굴이라고 울지 않았니?"

"설마요. 귀 좀 파세요."

나하사는 태연한 척 문손잡이를 돌렸다. 그런데 아까 전 보았던 긴 복도가 나타나지 않았다.

아니, 복도는 그대로 있었지만 사람은 늘어나 있었다. 수십 명의 여직원들이 문 앞에서 반짝이는 눈으로 기다리고 있었던 것이다.

"그냥 가지 말고 정보 좀 팔아 줘요. 응? 어디 소속사 출신
이에요? 언제 데뷔하죠? 여자친구 있어요? 몇 살이세요?"

로즈가 나하사를 밀치고 진에게 달려갔다.

"으앗."

방심하고 있어서(절대로 여자의 무게를 받아내지 못한 건 아니
다) 나하사는 복도로 꾸엑, 넘어졌다.

"나하야, 괜찮나 개굴!"

"헉, 야!"

좌중의 시선이 하얀 토끼 구르에게로 모아졌다.

"토, 토끼가 말을……!"

"이거 키메라, 키메라 아니야?"

X됐다. 나하사는 끄응 앓는 소리를 내며 이마를 감쌌다. 구
르는 그걸 보고 어딘가 다친 줄 알고 더욱 흥분했다.

"사과해라 개굴!"

"아니, 난 괜찮은데……."

"나하는 가만있어라 개굴, 빨리 사과해라 개굴!"

"키메라가 어디다 대고 명령이야? 그 꼬마애가 내 뒤에 있
었던 게 잘못이지!"

"밀어서 넘어진 건데 그게 왜 나하 잘못인가 개굴!"

"이 키메라가 시끄럽게 소리나 지르고……!"

"로즈, 그만해. 저속한 키메라랑 말 섞지 마."

"왜 키메라를 데리고 다니세요? 더러운 족속이랑 같이 다니

면 안 돼요."

직원들은 구르를 피하며 진에게 달라붙었다. 평소라면 더러운 몸뚱이 치우라며 가차 없이 내쳤겠지만 진은 지금은 넘어져 있는 나하사와 구르를 보며 가만히 있었다.

역시나, 곧 나하사가 옷을 털면서 일어났다.

"더러워? 누가? 하프는 종족을 차별하는 곳이었나 보네요."

"나하야, 괜찮나 개굴!"

"응, 나는 괜찮아."

나하사는 구르를 안아 들었다. 그리고 직원들을 보았다.

"손님한테 반말이나 싸대고, 어리다고 대놓고 무시하질 않나 문 앞에서 대놓고 엿듣질 않나…… 이제는 손님을 보고 뭐? 저속하고 더러워?"

"그… 그야 키메라니까……!"

"구르는 키메라가 아니야. 그리고 넘어진 동료가 걱정돼서 사과하라는 사람을 보고 단지 키메라라는 이유로 손가락질한다면…… 정말 저속하고 더러운 건 당신들이야."

나하사는 지금 정말로 기분이 나빴다. 잘 참고 있다가 자신이 넘어지니까 입을 연 구르였다. 이런 개구리가 뭘 잘못했다고 저런 사람들에게 욕을 먹어야 하는지 답답했다. 저 사람들이 잘 알지도 못하면서 생김새만 좀 다르다고 저러는 것도, 이런 반응이 나오리라 예상했기 때문에 구르에게 입을 다물고 있으라고 한 자신도…….

"이 건물의 마법진에는 슬립sleep이 쓰이지 않았군."

"······!"

"설마!"

나하사는 직원들의 얼굴을 기억하려는 것처럼 하나하나 보았다. 직원들은 자신도 모르게 움츠려 들었다. 20층 담당자인 로즈가 소리쳤다.

"너, 설마 마법사?!"

"응."

나하사는 진을 보았다. 진은 직원들을 뿌리치고 저벅저벅 나하사의 옆으로 걸어왔다. 나하사는 구르에게 걸린 환각마법을 풀었다. 직원들이 입이 쩍 벌어졌다.

"개, 개구리······!"

나하사는 그들에게 놀랄 틈을 주지 않았다.

"시그 · 아 · 로그 · 예 · 찬."

"꺄아아아아!"

푸른 불꽃이 그들의 몸을 휘감았다.

"시그 · 아 · 웨이 · 발라바 · 텐 · 텐가."

그리고 마지막으로 슬립sleep을 작게 외우자 그들의 몸이 털썩, 털썩 쓰러졌다.

"둘 다 흑마법이로군."

쓰러진 직원들의 얼굴은 평온해 보였다.

"무슨 마법이었지?"

진이 궁금한 듯 물었다. 나하사는 아주 음침하고 사악하게 웃었다.

"큭, 크큭 크크크큭큭!!"

그 웃음에 구르조차 섬뜩해서 주저하며 물었다.

"저, 저 인간들에게 뭘 한 거냐 개굴?"

"큭… 크크크큭…… 이제 저 사람들은 평생…… 크큭."

"(꿀꺽)"

"문손잡이를 열 때마다 개구리가 생각날 거야…… 크큭!"

"……"

"……"

"문손잡이를 없앨 수도 없고 크크크크…… 영문도 모르고 개구리만 찾게 되겠지……!"

사소한데 완전 잔인해!

"자기도 모르는 사이 개구리 인형을 품에 안고 다니게 될 거야, 크크큭…… 하지만 절대 그 이유는 모르겠지…… 크크큭크크!"

"……"

"크크큭 지들이 그렇게 싫어하는 개구리 없이 못 사는 몸이 되어 보라지 크크크큭크크크크하하하하!"

복도에는 나하사의 음험한 웃음소리만 울려 퍼질 뿐이었다.

수도 북서쪽에 위치한 도시인 울라까지는 마차(드워프의 전력 마차)로 다섯 시간 걸렸고, 도착했을 때는 이미 해가 뉘엿뉘엿 지고 있었다.

역시나 추수감사절 축제를 하고 있었는데 굉장히 성대해서 개구리 마족은 영지에 들어서자마자 눈이 휘둥그레졌다. 축제를 좋아하는 개구리가 구경하자고 떼를 썼지만, 나하사는 하프 길드의 건물에서 마법을 연달아 쓰느라 지쳐서 여관에서 하룻밤을 보내기로 했다.

"에휴……."

"왜 눕자마자 한숨인가 개굴?"

씻고 침대에 눕자마자 한숨을 쉬던 소년은 습관적으로 개구리를 찾아 사지를 쭉쭉 늘이며 혼잣말했다.

"내가 왜 그랬을까……. 아, 미치겠다. 거기 감시카메라 있었을 텐데. 잠깐 어떻게 됐었나. 못 산다, 진짜……. 감시카메라도 마력으로 운용되는 거였음 좋겠다. 망가져라, 제발. 제발!"

나하사는 20층의 직원들에게 마법을 걸었고 방해하는 경비들을 모두 재우고 도망쳐 나왔다. 자연히 하프 길드가 기반으로 삼았던 마법진은 완전히 파괴당했다. 엘리베이터를 비롯한 마력을 쓰는 기기들은 모두 제어불능 상태가 되었을 테지만, 감시카메라는 그것이 전력을 사용하는 것인지 마력을 사용하는 것인지 혹은 마법스크롤 같은 종류인지 확실치 않아서 불안했다.

"당신은 은근히 충동적인 면이 있는 것 같습니다."

네라도 나하사를 불안하게 만드는 원인 중 하나였다. 넌 대체 뭔데 골드 컬러 등급일수도 있다는 거냐…….

"왜 그런 눈을 하고 절 봅니까?"

"무슨 눈인데?"

"친구랑 노느라 숙제 미뤘다가 화장실 청소 걸린 학생의 눈입니다."

헉, 정확한데…….

"나하야, 걱정 같은 거 하지 말고 놀자 개굴!"

구르가 나하사의 손아귀에서 소리쳤다. 이 개구리도 나하사를 불안하게 하고 있었다. 사실은 마왕의 봉인과 백양의 영웅들 다음으로 가장 큰 걱정거리였다.

"나하야, 왜 그런 눈으로 날 보나 개굴?"

"무슨 눈인데?"

"놀자고 꼬셔 놓고 자기는 숙제해 오고선 화장실 바닥에 쓰레기 버리고 있는 친구를 보는 눈이다 개굴."

나하사는 진심으로 놀랐다.

"……니네 신 들렸냐?"

"신은 언제나 제 마음 속에 계십니다."

"나하야, 지금 날 욕한 거냐 개굴!"

나하사는 다 귀찮아져서 구르를 내팽개치고 이불을 덮었다.

"난 잘래. 내일 아침에 깨워 줘."

이불 속에서 눈을 꼭 감고 새우처럼 몸을 말았다. 몸은 피곤한데 잠은 오지 않았다.

"축제 보고 싶었는데 아쉽다 개굴. 지금까지 축제를 즐긴 적이 없다 개굴."

구르가 중얼거리는 걸 들으니 마음이 찔려 왔다. 생각해 보면 사막섬, 틸라, 하오아이, 그리고 이곳까지 모두 축제기간이었는데 한 번도 제대로 즐긴 적이 없었다. 문득 사막섬에 있을 때 혼자 놀러 간 줄 알았던 구르가 약을 사 왔던 게 떠올랐다. 미안해진 나하사가 나가서 놀자고 막 일어나려 했지만 곧바로 다시 죽은 척해야 했다.

"그리고 보니 네라는 대체 뭐 하는 사람이냐 개굴? 돈으로도 볼 수 없는 등급이라고 했다 개굴."

"네? 무슨 말입니까?"

"나하가 네라 정보를 달라고 했는데 등급이 높다고 볼 수가 없다고 했다 개굴."

"……헤에. 나하사가 제 정보를 말입니까……."

나하사는 땀을 삐질 흘리며 두 눈을 꼭 감았다. 뒤통수가 뚫어질 것 같았다.

"이보십시오, 일어나 보시죠."

나는 자는 거다. 자는 거다.

"벌써 자나 보다 개굴."

"눕자마자 잠이 드는 스타일이 아닌 거 압니다만."

"애 깨우지 마라 개굴."

구르 짱!

"하긴 그런 엄청난 파장의 마법을 연달아 사용했으니까 봐주도록 하죠."

네라의 말에 안도의 숨을 내쉴 때 내내 말이 없던 진이 한마디했다.

"저 녀석 방금 안도했어."

"……"

"지금 움찔했다."

"……"

"지금도."

다음 날, 오랜만에 푹 자고 일어났다. 파란 하늘에 높이 뜬 해를 보는 순간 나하사는 깊이 후회했다.

도둑질하러 가는 건데 뭐하자고 처잔 거지? 빨리빨리 봉인 깨고 다니진 못할망정 열 시간이나 침대에서 빈둥대? 어제는 자신이 뭔가 어떻게 됐었던 게 틀림없다. 비단 어제뿐 아니라 요즘은 많이 해이해진 느낌이다. 나하사는 소냐르의 유명한 무도회장 엘프를 바라보며 기합을 넣었다. 게으름 피우지 말자. 지금은 마왕의 봉인을 해제하는 것만 생각하자!

"개장은 밤 열 시 이후입니다."

"……"

지금 시각은 아침 10시.

나하사는 넋을 놓고 무도회장 입구 옆 길바닥에 주저앉았다.

열두 시간 동안 뭐 하지?

"이제 어쩔 겁니까?"

네라가 책임지라는 투로 말했다. 나하사는 한숨만 쉬었다.

분명 '야간' 무도회장임을 알고 있었는데 어이없게 이런 실수를 했다. 이런 곳에 오는 게 처음이라 그런 것이다. 성인남녀들이 어울려서 춤추고 노래하는 곳이라니 나하사와는 인연이 없었다.

입구의 덩치 큰 경비의 눈길이 신경이 쓰여서 자리에서 일어났다. 큰길가 건너편에는 왁자지껄한 축제의 거리가 있었지만 나하사는 오른쪽으로 꺾었다.

"어디 가냐 개굴?"

"모르겠어. 수도에 왔다 갔다 하기에는 애매한데. 그동안 드키아가 다른 데로 가 버릴지도 모르고."

"할 거 없으면…… 개굴."

나하사는 품 안의 토끼를 내려다보았다. 눈을 빛내고 있었다.

"축제 보고 싶다 개굴!"

진은 콧방귀를 뀌었다.

"흥, 축제 따위에 낭비할 시간 없어. 그냥 지금 수도로 가지. 나는 한시라도 빨리 우리에 관한 책을 봐야겠다."

"하지만 진 님, 축제 기간에만 파는 독특한 스타일의 특별한 두건도 있을 겁니다. 그거 말고도 신상 비니랑 신상 머플러랑……."

네라는 독특과 특별, 신상에 힘주어 말했다.

진은 진지한 눈으로 나하사를 보았다.

"사람에게 휴식은 반드시 필요한 것이지. 나는 네가 좀 더 자신을 풀어 주는 사람이 되었으면 해."

"……."

입에 침은 바르지 그러냐…….

토끼 한 마리와 마족 하나, 네라 하나가 갈망하는 눈빛을 보내왔다. 나하사는 그중에서도 토끼 한 마리의 눈빛 때문에 쉽사리 걸음을 떼지 못했다.

"아무래도 축제는 좀…… 사람도 많을 거고……."

그때 고민하는 소년의 앞으로 꼬마 아이들 여럿이 와— 하며 지나갔다.

"공짜 떡볶이다, 떡볶이!"

"비빔밥도 공짜래! 엄마가 싸 오랬어."

"나는 볶음고추장 먹을 거얌!"

"……."

나하사는 눈을 빛냈다.

축제다!

"역시 남색이 좋은가."

"지금 이 노란색도 잘 어울립니다."

"그럼 이 보라색은?"

"역시 잘 어울립니다. 아, 어느 것을 선택해야 할지. 모든 색이 다 어울리면 이런 게 문제군요."

거울 앞에서 고심하는 진과 네라를 보며 나하사가 소리쳤다.

"야, 뭘 고민해? 다 사, 다 사 버려!"

나하사는 돈을 아끼지 않았다. 거스름돈도 받지 않고 수표를 뿌리고 다녔다. 덕분에 진은 신나게 모자류 의류 가리지 않고 꽉꽉 사들였다. 짐을 드는 것은 네라의 몫이었지만, 네라는 무겁지도 않은 듯 거뜬히 들고 오히려 이것도 사고 저것도 사라고 진을 종용했다.

"넌 어차피 한 번만 입고 버릴 거잖아? 그러니까 그냥 다 사."

매콤하고 달콤한 컵떡볶이 덕에 기분이 좋아진 나하사는 앞뒤 안 맞는 말을 하며 아예 돈주머니를 진에게 건네기까지 했다.

"구르야, 우유 마실래? 빨대 꽂아 줄까?"

"……."

"말해도 돼."

그래도 구르는 섣불리 입을 열지 않았다. 주위에 사람이 너무 많았기 때문이었다. 나하사는 구르의 그런 배려가 왠지 마음에 들지 않았다.

"개구리도 아니고 토끼 모양인데 뭐 어때."

"하지만…… 사람들이 마족인 걸 알아채면 어떡하나 개굴."

구르가 조그맣게 말했다. 나하사는 그런 구르의 머리를 쓰다듬어 주었다.

"괜찮아. 뭐 피해를 주는 것도 아니고 우리가 뭐 법을 어기는 것도 아닌데. 사람들의 시선쯤이야 그냥 넘겨 버리면 돼!"

나하사는 이종족에 대한 인간들의 적대심에 구역질이 났다. 근거도 없고 끝나지도 않는 적개심. 그동안은 눈에 띄면 안 된다는 생각에서 구르에게 평범한 동물의 흉내를 내게 했지만, 그래서는 안 되는 거였다. 키메라나 마족은 말도 해선 안 된다는 저들의 생각이 이상한 거다.

언제 끝날지 모르는 여행 동안 구르를 계속 입 다물게 할 수는 없다. 구르는 소중한 내 동료니까!

"앗, 정말인가 개굴! 우헤헤 역시 나하다 개굴! 인간들아 들어라. 나는 위대한 개굴족의 왕……!"

나하사는 재빨리 구르의 입을 막았다.

"우리 키메라로 합의 보자."

"읍―읍!"

"알았지? 키메라다? 그냥 개구리 키메라인 거다?"

구르가 고개를 끄덕이는 걸 보고서야 나하사는 입을 막았던 손을 내렸다.

"그러게 인간의 형태로 있으면 편한 것을."

옆에서 진이 혀를 찼다.

"그러면 나하의 머리 위에 올라갈 수가 없다 개굴."

"음, 그건 확실히 단점이지."

"그러고 보니 한 번도 본 적이 없군요. 구르르무의 인간 모습 보고 싶습니다."

"보고 반할지도 모른다 개굴!"

"나하사, 당신은 본 적 있습니까? 매번 말만 근육질이니 키크니 하던데요."

"아니, 본 적 없고 보고 싶지도 않아. 구르는 지금이 딱 좋아."

"당신이 그렇게 말해서 구르르무도 변하지 않는가 봅니다."

질색하는 나하사를 보고 네라가 웃었다.

컵떡볶이를 다 먹은 소년은 지나가다가 떡꼬치를 더 사서 양손에 들었다. 그리고 네라, 진, 구르의 대화를 들으며 가다가 문득 멈춰 섰다.

바로 앞의 매대 위에는 여성들의 장신구가 진열되어 있었는데 나하사는 1센티미터 폭의 가는 천을 보고 있었다.

"머리끈이야. 싸고 예쁘니까 여자친구한테 선물해 주렴."

"얼마예요?"

"학생 귀여우니까 5도르에 세 개 줄게!"

나하사는 빨강, 노랑, 초록으로 세 개 샀다. 그리고 그것을 구르의 목에 둘렀다. 리본 매듭으로 묶은 다음 킥킥 웃자 구르가 이를 갈았다.

"느흐으, 드신 이르즈 믈르그 흐쓸튼드 그글!"

바다의 섬에서의 악몽이 생각나는 구르였다.

"푸하하, 어울려 구르!"

"……"

이렇게 남자다운 자신에게 귀여운 리본이라니!

구르는 정말 싫었지만 소년의 천진난만하고도 즐거운 얼굴을 보고 참고 넘어가기로 했다.

착하게 생긴 학생을 보고 친절하게 머리끈을 판 아주머니가 말하는 토끼를 보고 기겁하며 뒤로 물러섰으나 나하사는 신경 쓰지 않았다. 그런 자잘한(?) 일에 신경 쓰기에 지금 날씨는 무척 좋았고 구르는 굉장히 귀여웠고 떡꼬치는 너무 맛있었다.

"거기 토끼 안고 가는 학생, 인형 맞추기 해 봐! 다섯 발 연속 성공하면 이 커다란 인형도 보너스야. 여자 친구가 좋아할걸."

나하사는 멈춰 서서 총기를 들고 후— 불었다.

"다 맞춰 주겠어!"

"……"

다섯 방 모두 실패하고 플러스 세 방 더 실패한 후에 진에게

총을 넘겼다.

"훗, 봐라."

진은 한 손은 주머니에 넣은 채로 빵, 빵 쏘아서 맞추었다.

"꾸에에에엑!"

인형 맞추기 주인아저씨의 콧구멍 두 개를.

"역시 진 님입니다! 이제 저 콧구멍 제 것입니까?"

"흥, 시시하군."

나하사는 위로의 뜻에서 수표를 데스크 위에 두고 나왔다.

바로 옆에는 '격파왕을 찾아라!' 라는 플래카드가 걸려 있었다. 나하사는 송판 열 장에 도전했다. 다 부숴 주겠어!

여덟 장이 깨졌다.

"나하야, 손 괜찮나 개굴?"

"응. 나 제법 하지 않아? 응?"

"진 님, 가만 계실 겁니까?"

"훗."

진은 아저씨에게 송판을 쌓으라 시켰다. 계속 시켰다. 주위로 사람들이 몰려들었다. 송판은 진의 가슴팍까지 쌓였다.

"더, 더요?"

"더."

진의 목까지 쌓였다. 사람들의 시선을 한 몸에 받고 있는 진은 우아하게 입매를 올렸다. 그리고 손가락을 들었다.

톡.

와르르르……

송판은 모래가 되어 무너졌고 진은 사람들의 갈채를 받았다. 나하사는 대부분의 송판이 깨져 절망하는 주인에게 조용히 수표를 쥐여 주었다.

그렇게 소소하게 축제를 즐기면서 걷던 나하사의 눈에 저편 하늘에서 조그만 연이 날리는 게 보였다.

"앗, 저기서 연 날리기도 하나 봅니다. 저건 무슨 모양 연입니까?"

"정령이네. 동화책에 나오는 바람의 정령 모양. 우리도 가서 해 보자!"

나하사는 대답도 듣지 않고 달려갔다.

토끼 구르를 네라에게 건네고 높이 훨훨 날라는 의미에서 바람의 정령 연을 샀다.

"나는 저거."

진에게는 검은 매 모양의 연을 사 주었다. 창공의 날개 기사단의 마스코트인데 이곳에서 멋대로 갖다 쓴 것 같았다.

"그런데 나 이거 어떻게 하는지 모르는데."

"나는 안다."

"어? 진 네가 어떻게 알아?"

진은 피식 웃고는 능숙하게 얼레를 잡고,

던졌다.

"훗. 어떠냐, 나의 실력이. 멀리 날아갔지?"

"……."

이건 투포환 날리기가 아니거든?

나하사는 주인아줌마를 불러서 연 날리는 법을 배웠다. 소년은 의외로 연 날리기에 재능이 있었다. 나하사의 연은 같은 장소에서 날리는데도 진의 연보다 훨씬 잘 날았다. 연을 날리고 있던 사람들이 모두 탄성을 지르며 돌아볼 정도였다.

"나하, 기분 좋아 보인다 개굴."

"그렇군요. 평상시와 다릅니다."

"내 생각엔 지금 매운 맛에 취한 거다 개굴. 나하는 매운 걸 먹으면 성격이 달라지는 것 같다 개굴."

"혹시 성격이 달라지는 게 아니라 본래 성격이 나오는 건 아닐까요?"

그러자 구르가 진지하게 반응했다.

"무슨 말인가 개굴! 본래의 나하는 제정신이 아니라는 거냐 개굴!"

"……."

지금 저 아이가 제정신이 아닌 것처럼 보인다는 말인가. 네라가 물끄러미 보자 구르는 헛기침을 하며 고개를 돌렸다.

아무것도 모르는 나하사는 순진하게 웃으며 다가왔다.

"구르! 봐 봐, 완전 높이 날지? 연날리기 선수권 나갈까."

"그 연에 뭔가 조작을 한 게 틀림없어. 내 것과 바꿔 봐라."

"웃기고 있네. 그런데 내가 무지 잘하기도 하지만 진 네가 좀 못 하는 것 같기는 하다. 네 거 왜 이렇게 못 날아?"

"내가 못 하는 게 아니라 이것이 고장난 거다!"

"너도 못 하는 게 있긴 있구나."

"내가 못 하는 게 아니야!"

나하사가 하하, 웃었다. 구르는 알았다. 확실히 평소보다 기분이 업되어 있었다.

"어때, 구르! 봐 봐!"

대놓고 자신한테 말을 거는 것만 해도 그렇다.

그러나 저 아이가 저렇게 좋아하고 있는데 무슨 상관이랴.

구르는 네라 품에서 빠져나와 나하사에게로 뛰어갔다.

"역시 우리 나하 못 하는 게 없다 개굴!"

"흥, 이건 음모가 분명해. 역시 바꿔서 날려 봐야겠어."

"좋아!"

두 마족과 인간의 아이가 사이좋게 연 날리기를 했다. 즐거운 듯 웃고 있는 나하사를 보면서 네라도 부드럽게 미소 지었다. 저 소년의 웃음을 보는 것이 좋았다. 네라는 저 아이가 앞으로도 웃을 수 있는 날이 계속됐으면 하고 생각했다.

밤이 되었다. 저녁 식사를 하고 미틸 강 유람선 관람을 좀 하고 오니 벌써 열한 시였다. 무도회장 입구에는 짧은 줄이 있었다. 차림새는 각양각색이었다. 가면을 쓴 사람도 있었다.

잠시 기다리니 금방 나하사 차례가 왔다.

"애들은 가라, 애들은 가."

"네라야. 너 가래."

"너도 마찬가지다, 인마. 게다가 그 토끼는 뭐야? 여긴 동물 출입 금지다."

"저 성인인데요. 열여덟 살이에요! 신분증도……."

"어이구, 형 거 가지고 왔어? 응? 엄마한테 이른다, 이 녀석아. 얼른 집에 가서 잠이나 자!"

경비한테서 콩 쥐어 박힌 나하사는 조용히 줄을 이탈했다.

"잘생긴 형씨는 어딜 가? 얼른 들어와! 여자들이 줄을 서겠구만."

얼굴도 제대로 보이지 않는 진은 환영하는 경비 아저씨였다. 물론 나하사는 내가 못 들어가면 너도 못 가, 하는 눈길로 진의 팔을 잡아끌었다. 진은 사람들이 꾸역꾸역 들어가는 어두운 곳에는 흥미가 없는지 순순히 딸려 왔다.

"아, 씨. 멀쩡한 성인인데 진짜. 다 너 때문이야."

"제 탓이 없다곤 말 못 하겠지만 당신도 절대로 성인으로 안 보입니다."

"숨어서 들어가야겠어. 너는 밖에 있어."

"절 버리려는 속셈이잖습니까. 속을 것 같습니까?"

당연히 반항이 거셌다. 고민하던 나하사는 구르를 안겨 주었다.

"구르랑 같이 있어."

"나하야, 어떻게 나한테 이럴 수가 있나 개굴!"

"……."

이번에는 구르가 반항했지만 네라는 구르르무와 함께 남기는 거라면 버리려는 건 아니군, 하고 안심해서 아무 말도 안했다.

"얼른 끝내고 나올게. 이 건물 뒤편에서 기다려."

"난 싫다 개굴! 죽어도 나하랑 있을 거다 개굴!"

"우유 사 줄 테니까 기다리고 있어."

그래도 구르는 혼자 보낼 수 없다고 고집을 부렸다. 나하사는 한숨을 쉬었다.

"정 그러면 인간화하면 되잖아."

"그건 안 된다 개굴! 그건 최후의 보루다 개굴. 얼마나 기대하는 사람이 많은데 허무하게 이런 데서 쓸 수는 없다 개굴!"

"뭔 말이야? 누가 기대해?"

"나하는 몰라도 된다 개굴. 어른의 사정이란 게 있다 개굴."

무슨 말인지 모르겠지만 그냥 넘어갔다.

달리 뾰족한 수도 없었고 생각해 보니 이편이 더 좋은 것 같았다. 소드마스터와 싸우게 될지도 모르는데 구르나 네라를 신경 쓰고 있을 순 없었다.

나하사는 그들에게서 도움 받을 생각을 아예 하지 않고 있었다.

결국 투명마법으로 진만 데리고 들어갔다. 무도회장의 안쪽은 음침한 동굴 같았다. 한여름처럼 덥고, 시끄럽고 어둡고, 사람이 무척 많았다. 사람들은 각양각색의 모습이었다. 짧은 치마를 입은 여성부터 가면을 쓴 남성까지. 대부분 젊었고 나이 든 사람도 가끔 보였다.

"모두 춤 춰, yeah, 손 들어, yeah, 우리는 옐!"

……하는 시끄러운 노래의 박자에 맞춰서 사람들은 춤을 추고 있었다.

나하사는 기둥 뒤에서 마법을 해제한 후에 준비해 두었던 캡 모자를 눌러썼다.

"이곳은 대체 뭐지? 시끄럽고 냄새가 지독하군."

진이 눈살을 찌푸렸다. 나하사도 마찬가지였다.

"저 인간들은 왜 저렇게 이상한 모양새로 몸부림치고 있는 거지?"

"몸부림이 아니라 춤이야. 여긴 본래 그런 곳이라니까 신경 꺼."

나하사는 한 번도 야간무도회장에 와 본 적이 없었다. 그래서 사람들이 이렇게 바글댈 줄 몰랐다. 이건 의외의 변수였다. 모도 드키아 공작의 얼굴은 알고 있지만 이렇게 어둡고 북적거려서야 제대로 찾을 수 있을지……. 하지만 한편으로는 다행스럽기도 했다. 사람이 많으니 소매치기도 쉬울 것이다.

"어머, 자기. 몸 되게 좋다. 무슨 운동해?"

"우리랑 저기 가서 놀래? 응?"

나하사가 두리번거리며 찾고 있는 동안 진은 예쁜 누님들에게 작업을 당하고 있었다. 나하사는 너무 눈에 띄는 진 때문에 벽 쪽으로 이동했다.

"진, 내가 아까 보여 줬지? 그 사람 찾아 봐."

"그 턱이 두꺼운 못생긴 인간 말인가?"

"응. 보이면 말해 줘."

"저기 있다."

"뭐?"

진이 어딘가를 가리켰다. 쭈욱 따라가 보니 사람들이 열광적으로 춤을 추는 중앙 무대 쪽이었다. 조명은 계속 번쩍거리고 어두워서 나하사는 잘 알아보지 못했다.

"진짜 그 사람 맞아?"

"그래. 인간의 여자들에게 둘러싸여 침을 흘리고 있군."

"……"

여자를 좋아한다고 듣긴 들었지만…….

"너는 여기 있어."

나하사는 모자를 다시 푹 눌러쓰고 다가갔다. 양팔을 들고 허리를 흔들며 춤추고 있는 사람들 틈바구니에서 점점 안쪽으로, 안쪽으로 가다 보니 정말로 덩치 큰 남자 하나가 여자를 양옆에 끼고 맥주를 마시며 웃고 있었다. 나비 가면 아래 하관은 그대로 내보이고 있었기 때문에 그를 아는 사람은 다 알아

볼 수 있었다.

　나하사는 드키아 공작의 허리춤을 보았다. 검은 없었다. 생각보다 싱겁게 끝날 것 같았다. 한 걸음 다가가는데 그때 누군가 나하사의 어깨를 탁 짚었다.

　"나하사?"

　"……! 헉, 네?"

　나하사는 낯선 목소리가 자신의 이름을 불러서 깜짝 놀랐다.

　"헉, 어? 네? 응?"

　이름이 불려서 자동적으로 대답을 하기는 했지만 자신을 부른 사람은 맹세코 처음 보는 사람이었다.

　소년과 청년의 중간 정도의 나이로 보였는데 최신 유행인 딱 붙는 청바지에 고대어 와따요(나 최고 라는 뜻으로 패션용으로 사람들이 자주 쓴다)가 새겨진 흰 티를 입고 있었다. 또래 같은데 연두색 눈동자만 좀 낯이 익을 뿐 분명 모르는 소년이었다.

　게다가 그 소년 또한 자기가 불러 놓고선 진짜 대답할 줄 몰랐다는 듯 놀란 눈이었다.

　"누, 누구세요?"

　당황스러워서 눈을 똑바로 보고 물었다. 나하사라는 이름을 알다니! 설마 그분과 아는 사이일까?

　"너…… 여기서 뭘 하는 거지?"

소년이 물어 왔다. 이 시끄러운 음악이 나오는 와중에도 확 다가오는 굉장히 좋은 목소리였다.

"왜 네가 여기 있는 거지? 지금 여기서 이러고 있을 때가 아닐 텐데?"

마음이 콕콕 찔려 왔다. 꼭 할 일을 내팽개치고 있는 걸 나무라는 것 같았다. 하지만 자신은 엄연히 할 일을 하기 위해 이곳에 온 것이었다.

······그런데 대체 이 사람은 어떻게 알고 이런 말을?

"아, 혹시 당신은······!"

나하사가 눈을 크게 뜨고 그의 정체를 밝히려고 하자 소년은 당황한 듯 나하사의 입을 막았다. 정체를 들키면 안 된다는 듯 대놓고 좌우를 살피기도 했다.

"조용한 곳으로 가야겠어."

나하사는 소년에게 팔을 잡혀 무대 중앙을 벗어났다. 음료를 파는 바 앞에는 테이블 몇 개가 있었는데 소년은 그곳으로 향했다.

"뭐 마시고 싶은 것 있나?"

"아, 아뇨. 없어요."

"······."

나하사는 슬쩍 소년의 얼굴을 바라보았다. 굉장히 잘생겼다. 키도 크고 늘씬하고 날렵한 몸에다가 턱선이 날카로운 미남이었다.

"자리에 앉지."

"아, 저는 할 일이 있어서."

"……왜 나한테 존댓말을 하는 거지?"

소년이 의아한 듯 물어 왔다.

"제가 또 제법 눈치 빠르거든요."

……하면서 나하사는 소년에게 귓속말로 짐작한 바를 속삭였다.

"엘레강스 오브 더 쥬피터 오브 님이죠?"

"……."

그러나 소년은 너 미쳤냐는 듯한 눈빛을 보내왔다. 나하사는 이름이 잘못 불려 화가 나신 줄 알았다.

"죄, 죄송해요. 잘 기억이 안 나서. 그러니까 안티에이징 토탈이펙트……가 아니라 에너지 쥬피터 리사이클링…? 도 아니고…… 그 뭐냐…… 미네랄 워터풀 쥬피터……?"

"하오아이에서 내 아버지를 만났다더군."

"네에? 아뇨, 오해입니다. 제가 어떻게 로드 님의 아버지…… 어?"

나하사는 눈을 크게 떴다.

"너, 토마스…… 읍!"

막 '스'가 나오려고 할 때 소년이 황급히 나하사의 입을 틀어막았다. 일렁이는 녹색 눈동자를 보니 드디어 확연히 기억이 났다.

이 귀족 소년은 와이힐에서 만났던 아이돌 음유시인, 시크릿 보이였다.

시크릿 보이가 능숙하게 자기 몫의 맥주를 시켰다. 바에 있던 직원은 여자였는데 윙크를 하면서,

"자기, 오늘도 왔네? 어제도 해 뜰 때까지 놀았으면서."

라고 말했다. 자리에 돌아와 나하사가 말했다.

"여기 자주 와?"

"오해야. 나는 여기 처음이다."

"어제도 해 뜰 때까지 놀았다며."

"다른 사람으로 착각한 모양이군."

그때 화려한 과일안주 접시를 든 웨이터가 지나가며 말했다.

"오, 도련님 또 왔어? 완전 죽돌이야, 죽돌이."

그리고 술에 취해 발그레해진 얼굴로 지나가던 여자들이 말했다.

"어머— 그때 그애네? 친구는 다르구나. 이 친구도 수준이 높네."

"얘, 심심하면 또 불러, 누나들이 놀아 줄게."

그녀들이 사라진 후 시크릿 보이는 다급히 말했다.

"아, 아빠한테는 말하지 마라."

"……."

토마스 아저씨 걱정 마세요. 당신 아들은 여자 완전 좋아해…….

화제를 돌리려는 생각에서인지 시크릿 보이는 나하사가 깜짝 놀랄 말을 꺼냈다.

"그 잘생긴 마족은 어디 있지?"

"뭐, 뭐?"

"수배지에 없는 네 동료 말이다. 절대보호봉인소에서 나온 쓰잘데기 없는 것."

헉, 깜짝 놀라서 주위를 살폈다. 다행히 진은 거리가 떨어진 곳에서 여자들한테 둘러싸여 있었다. 시크릿 보이가 자신이 해제범인 걸 알고 있는 것보다 진이 자기를 쓰잘데기 없다고 한 걸 아는 게 더 곤란했다

"야, 너 그거, 쓰잘데기 그거 어떻게 알았어? 어디서 들은 거야?"

"왜 당황하는 거지? 네가 씬 노르에게 그렇게 말했던 거 아닌가?"

물론 처음으로 쓰잘데기 운운한 건 자신이다. 하지만 그때야 다행히 진이 쓰잘데기의 뜻을 몰라 대충 넘어갔지만 만약 진실을 알게 되면…….

"씬 노르 그 자식은 왜 그런 걸 말하고 다니고 그러냐. 너말고 또 누가 알아?"

"내가 알기로는 백양 분들 모두. 자주 애용하시는 별명이

지. 드래곤 산맥 절대보호봉인소의 마족이라고 하면 기니까 쓰잘데기 없는 마족을 줄여서 쓰잘족이라고 부르더군."

"……."

진이 알면 날 죽일 거야…….

절대로 진에게 건 마법을 풀지 않으리라 굳게 다짐하며 일어섰다.

"그럼 잘 놀아, 나는 할 일 하러 이만."

"모도 드키아 공작인가?"

나하사가 시크릿 보이를 노려보았다. 지금 당장에라도 싸울 태세였는데 시크릿 보이는 공격의사가 없다는 뜻으로 일부러 두 손을 들어 보였다.

"네가 해제범인 걸 누구에게도 알리지 않을 테니 너도 날 본 걸 비밀로 해라."

하긴 아이돌 음유시인이 이런 야간무도회장에 드나드는 걸 알면 이미지가 실추될 것이다. 그러나 나하사가 그런 소문을 퍼뜨리고 다닌다 해도 아무도 믿지 않을 텐데 시크릿 보이는 그런 생각은 하지 않는 것 같았다.

"알았어. 그럼 너도 나 방해하지 마."

"정확히 세 시간 후에 대평협에 신고하겠다."

시크릿 보이의 협박하는 말투에 기분이 상한 나하사는 위협하듯 다가가 테이블을 쾅 내리치며 말했다.

"다섯 시간 정도는 기다려 주면 안 돼?"

"……"

"야, 생각해 봐. 무려 소드마스터잖아. 초월자랑 싸워야 된
다고. 응? 다섯 시간, 아니 그냥 내일 아침에 신고해라, 어?"

시크릿 보이는 기도 안 찬다는 듯 웃었다.

"초월자와의 싸움이 길어질 거라 생각하는 게 우습군. 그
정도쯤 되면 단 일 초에 모든 것이 끝나는 법이다."

"……"

그것도 맞는 말이네 싶어서 나하사는 팔을 거두었다. 그러
고 보니 시크릿 보이도 검을 쓰는 사람이었다. 아마 녀석이 드
키아 공작을 도우려고 하지 않는 건 마법사가 검의 달인을 상
대한다는 게 의미 없는 짓이라 생각하고 있기 때문일 것이다.

깔끔하게 손을 털고 돌아서는 나하사의 뒷모습에 대고 시크
릿 보이가 소리쳤다.

"정확히 세 시간이다!"

세 시간이야 뭐. 나하사는 어깨만 으쓱하고 자리를 떠났다.
그때쯤이면 소냐르 수도로 가는 마차 안에 있을 것이다.

나하사도 시크릿 보이가 드키아 공작을 돕는 건 의미 없는
짓일 거라고 생각하고 있었다.

왜냐하면 둘을 한꺼번에 상대해도 반드시 이길 자신이 있으
니까.

빨리 처리해야지 하는 생각으로 무대로 돌아왔는데 드키아

공작의 모습이 보이지 않아서 당황했다. 어라, 어라 하면서 주 춤주춤 물러나 진이 기대서 있는 곳까지 왔는데 멋지게 폼 잡 고 있던 그가 말했다.

"그 자는 인간의 여자 둘을 데리고 저곳으로 나갔어."

"오, 지켜보고 있었냐?"

"제법 강한 기운이라서 보지 않아도 느껴졌지."

나하사는 긴장했다.

"가, 강한 기운이야?"

진은 콧방귀를 뀌었다.

"흥, 그래 봤자 너의 말 한마디에 제압당할 쩌리다. 드워프 의 도시에서 보았던 붉은 머리 인간과는 비교도 할 수 없고."

"아, 그래. 역시……."

"그 넙치 인간과 싸우는 건 재미가 없을 것 같아. 그보다는 너와……."

진이 지그시 눈을 내리깔고 나하사를 보았다. 검은 눈동자 에 더 검은 기운이 넘실거리는 것 같았다. 대체 넙치라는 단어 는 어떻게 안 건지 모르겠다. 내가 고대어 사전에 넙치도 넣었 었나? 나하사도 기죽지 않고 똑바로 노려봐 주었다. 진은 가 끔씩 이렇게 시비를 걸고는 했다. 드래곤 산맥 절대보호봉인 소에 봉인되었던 마족답게 날이 갈수록 저절로 힘을 찾아가고 있기 때문이다.

"그래서 지금 나랑 뭘 해보겠다는 거냐?"

"……메롱."

다행히 아직은 자신의 마법으로 억누르고 있어 매번 저렇게 메롱, 하고 물러서지만.

솔직히 가끔 진이 진지할 때는 조금 두려웠다. 소년은 시아 타민의 말을 계속 염두에 두고 있었다. 드래곤 로드가 했다는 그 말을.

이 산맥의 신전에 봉인된 것이 마왕님이 아니라면 마왕님은 소멸한 거라고.

진이 마왕이라면…….

마왕이 부활하면 세상은 멸망한다는 건 그저 전설일 뿐이라고 치더라도, 마계가 열리지 않는 건 말이 되지 않는다. 그러니 아마 진은 마왕이 아닐 것이다.

그렇다면 남은 것은…….

"내가 힘을 찾으면 너를 제일 먼저 찢어발겨 주지."

"……."

비록 저런 말이나 지껄이는 진이라도 나하사는 이 쓰잘족이 마왕이었으면 하고 진심으로 바랐다. 알게 되자마자 자신을 그 자리에서 바로 죽인다고 해도.

마왕이 정말로 소멸한 것만 아니라면 무엇이라도 좋았다.

술에 취해 몸을 못 가누는 여자들을 데리고 드키아 공작은 같은 건물의 위층으로 올라갔다. 붉은 카펫, 은은한 주홍색 조명의 노골적인 복도가 나왔다. 모도 드키아의 목적지는 분명했다. 나하사는 빈틈을 찾는답시고 뒤만 쫓다가 오히려 덤벼들 타이밍을 잃고 말았다.

드키아가 빈 방을 찾아 여자들과 함께 들어가 버린 것이다.

"뭐 하는 거냐. 설마 지금 쳐들어갈 생각은 아니겠지?"

"……."

지금 등장하기 되게 애매해졌다. 나하사는 난감하게 말했다.

"그렇다고 끝날 때까지 기다리기에는 시간이 아깝잖아."

"나하사, 네가 그러고도 사내인가!"

"야, 그게 뭔 상관이냐? 차라리 잘됐어. 지금이라면 드키아의 몸에서 주요봉인소도 떨어졌을 거야."

"……."

진은 할 말을 잃었다. 진심 마왕이 될 자신보다 더 잔인하고 악랄한 흑마법사 소년이었다.

"브레이크break."

나하사가 지체 없이 문을 부수었다.

부서진 문 파편을 피해 얼굴을 가리고 뒤로 한 걸음 물러서는데 무언가 커다란 형체가 나하사를 향해 달려들었다.

"으, 으앗!"

당황해서 피하려고 했지만 한발 늦었다. 나하사는 남자의 두꺼운 손바닥에 입이 막혔고 양팔이 뒤로 꺾이듯이 잡혀 버렸다.

"읍, 으읍!"

턱에서 입을 뜯어낼 것처럼 강한 힘이었다. 귓가로 거친 숨소리가 들렸다.

"해제범이 분명 우리 가문의 것을 노리리라 예상했지. 그렇다고 쳐도…… 마족도 아니고 이런 어린놈을 보낼 줄이야."

모도 드키아는 이런 어린놈에게 무척 가차 없었다. 팔이 부러질 것 같았다.

"꼬마야, 나를 얕봤구나."

"……!"

자존심이 상했는지 진짜 부러뜨리려는 듯 힘을 주어서 나하사는 눈을 크게 떴다. 이럴수록 침착해야 한다. 모도 드키아는 상대가 자신을 얕봤다고 하지만 상대를 얕보는 건 그도 마찬가지였다. 나하사는 혀가 잘려도 마법을 쓸 수 있는 마법사였다. 주문을 외울 필요도 없었다.

"……!"

흑마법사 소년의 신체에 닿은 부분에서 찌리릿, 전기가 오르는 것을 느낀 모도 드키아가 손을 떼고 뒤로 물러섰다. 나하사는 그 찰나를 놓치지 않고 외쳤다.

"스탑stop!"

그러나 마법이 끝나기 전에 모도 드키아는 방의 창문을 깨고 뛰어 내려가고 있었다. 소드마스터를 상대하는 건 이런 점이 불편했다. 마법 주문 영창보다 빠른 신체.

나하사는 뻐근한 턱을 문지르며 창문 앞에서 드키아의 뒷모습을 보았다. 추적마법을 붙여 놨으니 어디든 따라갈 수 있었다.

"아, 씨…… 턱이 빠질 것 같아."

찌푸리며 뒤돌아서는 나하사의 눈에 양손에 피를 잔뜩 묻힌 남자가 보였다.

"……진?"

하얀 얼굴의 진이 입술을 핥고 있었다.

바닥에는 드키아 공작과 함께 있던 여자 둘의 목이 반쯤 잘려 있었다.

"너……!"

"내가 정리해 줬다. 비명을 지르면 곤란하지."

진은 피가 묻은 게 마음에 들지 않는지 양손을 내려다보았다. 검은 연기와 함께 피는 곧 증발하여 사라졌다. 진의 손이 다시 깨끗해졌다.

"죽였어?"

"보면 모르나."

"……"

나하사는 이마를 감쌌다. 여자들은 아무 표정 없이 죽어 있었는데 한 명은 검은 머리카락이 길었고 다른 한 명은 약간 색이 바랜 금발이었다. 나이는 이십 대 초반 정도 되어 보였다.

발가벗고 있는 모습이 보기 싫어서 나하사는 침대 시트를 두 여자의 몸에 덮어 주었다.

"쫓아가자."

여자들을 애도할 시간 따위는 없었다. 사막섬에서 엘프들이 도륙당할 때도 눈 하나 깜빡하지 않은 나하사였다. 소년은 입술을 깨물고 창문을 뛰어내렸다.

추적 마법의 마력을 따라 골목을 달리는데 멀리서 모도 드키아가 멈춰 서 있는 게 보였다.

정말 얕보는 건가, 왜 도망가지 않고 있나 했는데 드키아의 앞에 누군가 서 있다는 걸 깨달았다. 분위기상 동지로는 보이지 않았다. 둘은 대치하고 있는 게 분명했다.

"진, 빨리."

나하사가 나무 기둥 뒤에 서서 이쪽으로 오라고 손짓하자 진이 한쪽 눈썹을 들어 올렸다.

"빨리 뭐?"

지금 나보고 머저리 같은 인간을 앞에 두고 비겁하게 뒤에 숨으라는 건 아니겠지? 하는 눈이었다.

"너 강한 거 아는데 상황 좀 보자고. 잘하면 소드마스터랑 안 싸우고 끝날지도 모르잖아."

"소드맛스타 따위를 피하는 건가? 나를 옆에 두고서 무척 모욕적인 생각이군."

"제발 말 좀 들어라. 나중에 두건이랑 머플러 세트로 사 줄게."

진은 두말없이 나하사의 뒤로 바싹 붙었다.

나하사가 있는 곳에서는 모두 드키아와 대치하고 있는 사람은 뒷모습밖에 보이지 않았다.

무척 덩치가 크고 우락부락한 사내였다. 거의 2미터는 될 것 같았고 옷자락 위로도 근육이 터질 것처럼 꿈틀거리는 게 보였다. 드키아도 덩치가 큰 사람인데 저 사내의 앞에 있으니 청소년처럼 보였다.

"너는 대체 뭐지? 해제범의 동료인가?"

드키아가 사내에게 물었다.

"지금 주요봉인소를 가지고 있나?"

사내의 저음에 나하사는 긴장했다. 사내도 키아의 꽃을 노리고 있다. 어쩌면 자신의 적인지도 몰랐다.

"하, 난 생각보다 더욱 얕보이고 있군. 꼬맹이가 오질 않나, 이번에는 고작 한 명에 무기도 들고 있지 않다니."

드키아가 말했다. 말 그대로 사내는 두 팔을 늘어뜨리고 있었는데 무기는 보이지 않았다. 그래도 위압감이 넘쳐흘렀다.

"널 죽일 생각은 없다. 그러니 주요봉인소만 건네라."

"우리 가문의 유산이다. 해제범 따위에게 넘길 것 같은가!"

드키아가 검을 빼 들었다. 무기 없는 이를 상대하는데도 주저하지 않았다.

드키아가 기합 소리와 함께 자리를 박차는 게 보였는데 그 후로는 나하사는 아무것도 볼 수 없었다. 드키아와 사내의 움직임이 너무 빨라서 바람 소리만 들렸다.

"상황 어떻게 되어 가?"

"일방적이군."

　진은 눈을 가늘게 떴다.

"생각보다는 강해, 저 녀석."

"진짜? 그래도 결투가 끝나면 지치겠지?"

"그렇겠지."

"그럼 그때 쓰러뜨려야겠다. 언제쯤 끝날 거 같아?"

　나하사가 묻자 진은 눈을 커다랗게 떴다. 그는 진심으로 놀란 듯 보였다.

"오늘 네게 여러 번 놀라는군. 설마 네 입에서 그런 말이 나올 줄은 몰랐다. 역시 인간은 재미있어. 언제부터 배신을 생각하고 있었던 거지?"

"뭐? 무슨 말이야?"

"지금까지 너를 과소평가한 것을 사과한다. 너는 마족보다 더 악랄하고 잔인한 인간이야. 앞으로는 너와 잘해낼 수 있을 것 같군."

"⋯⋯."

　애가 드디어 미쳤나?

　나하사는 진의 이마에 손을 가져다 대어 봤다. 열은 없는데…….

"결투가 끝났다."

진의 말에 두 사내 쪽을 보았다. 한 명은 일어나 있었고 한 명은 쓰러져 있었는데, 서 있는 쪽이 처음 보는 사내였고 쓰러진 쪽이 모두 드키아 공작이었다. 나하사는 놀라서 헉, 숨을 들이켰다.

"어, 어떻게 된 거야. 일방적이라며?"

"그래, 일방적인 싸움이었지. 분명 저 녀석은 강해. 하지만 너라면 해치울 수 있을 거다. 도움이 필요하면 말해라. 내가 싸움에 끼면 시시해지겠지만……."

나하사는 진의 말을 듣다 말았다. 그러니까 진은 드키아가 아니라 저 사내를 주체로 얘기한 거였구나!

"저 산적은 얼마나 강해? 너랑 비교하면 어느 정도야?"

그러자 진은 차갑게 비웃었다.

"하, 가치가 없는 질문이군. 한 번만 더 날 모욕하면 참지 않겠다."

더 강하다니 다행이었다. 왠지 진은 자기보다 더 강한 상대가 나타나도 저런 반응일 것 같지만…….

"주요봉인소는 어디 있지?"

"큭…… 강하군. 인간이긴 한가?"

산적 사내와 드키아가 대화를 나누고 있었다. 드키아는 입가에 피를 흘리고 있었다.

"주요봉인소는 어디 있나."

"나를 이렇게 간단히 제압해 버리다니……."

"주요봉인소는?"

"자존심이 상하는군. 나는 이래 봬도 소드마스터인데……."

드키아가 핏덩이를 내뱉었다. 산적 사내가 말했다.

"마족과 인간은 그 근본적인 힘 자체가 다르지. 너도 인간 치고는 강했다."

위로하는 말투였지만 아마 그것은 모두 드키아의 자존심을 더욱 상하게 했을 것이다.

"크큭…… 네놈들에게 넘길 바에야……."

드키아는 비틀거리며 일어나 품 안에서 조그만 푸른색 병을 꺼냈다. 여자들이 쓰는 향수병처럼 생겼다. 나하사는 매의 눈으로 그것을 알아보았다. 표면의 꽃무늬 아래 숨겨진 마법진이 나하사의 눈에는 보였다. 저것이 소냐르의 두 번째 주요봉인소, 키아의 꽃이다.

"진, 내가 저걸 훔칠 테니까 너는 잠깐 저 산적 같은 사람의 시선 좀 끌어 줘."

"……? 내가 왜 저 녀석의……."

진이 의아해하며 무언가 말하려고 할 때 드키아가 주요봉인소를 든 손을 높이 쳐드는 게 보였다.

헉!

주요봉인소의 그릇이니만큼 웬만한 힘은 견디겠지만 초월

자의 힘에는 부서질지도 모른다. 그릇이 부서지면 봉인이 어디로 튈지 모르는 일이었다. 나하사는 황급히 드키아에게 달려들었다.

"나하사!"

산적 남자가 자신을 부르는 것을 의아하게 여길 겨를도 없었다. 나하사는 드키아의 손에서 봉인소를 잡아챘고, 드키아는 반사적으로 팔을 휘둘렀으며 검사의 단련된 팔뚝에 의해 작은 소년은 벽에 처박히고 말았다.

"으윽!"

골이 지잉 울렸다. 뒤통수에서 축축한 기운이 느껴지고 부딪힌 날갯죽지에서 뽀각 하는 이상한 소리가 난 게 무척 예감이 좋지 않았다. 그래도 봉인소는 놓치지 않아서 다행이었다.

"해제범이로군!"

드키아가 횡재를 했다는 듯 손을 뻗어 왔다. 나하사는 마법 주문을 외울 겨를이 없었다. 정신 줄을 간신히 붙잡고 있는 게 고작이었다.

"으……."

이걸 빼앗기면 안 되는데……. 나하사의 머릿속에 황혼의 눈물 때의 악몽이 떠올랐다.

"무모한 아이로군."

그때 흐릿한 시야로 진의 검은 머리카락이 스쳐 지나갔다. 곧이어 크헉, 하는 소드마스터의 신음이 들리고 몸이 가볍게 들리는 게 느껴졌다.

"······! 괜찮······!"

그리고 진의 어깨 너머로 산적 남자로 추정되는 사람이 급히 달려오는 게 보였다. 얼굴은 자세히 보이지 않았는데 기골이 어찌나 장대한지 한 손으로 머리통을 뽀개 버릴 수 있을 것 같았다. 그래도 진이라면 이기겠지, 마왕일지도 모르는데, 믿어 볼 수밖에 없다.

"······ 진, 반드시······ 봉인소······ 빼앗기지 않···게······."

소년이 마지막 유언을 남기고 기절했다.

······면 좋았겠지만, 소년은 안타깝게도 10초 정도 정신이 들어 있었고 그리하여 이런 대화를 듣고 말았다.

"도와줘서 고맙다, 시커먼스."

"딱히 도운 건 아니야. 너는 넙치 인간의 처리나 제대로 해라."

"죽이고 싶지는 않다. 나하도 같은 생각일 거다."

"죽이지 못하는 거겠지. 빵꾸 주제에."

눈을 뜨고 싶지 않았다. 그대로 정신 줄을 놓아 버린 후 모도 드키아와 산적 남자, 진이 어떤 상황을 만들어 놓았을지 생각만 해도 두렵다. 시크릿 보이가 세 시간의 제한을 뒀었는데 시간이 얼마나 지났을지도 무서웠고 무엇보다······.

'도와줘서 고맙다, 시커먼스.'

'나하도 같은 생각일 거다.'

'빵꾸 주제에.'

말도 안 돼.

그 산적이 내 개구리일 리가 없어. 내가 그런 산적을 머리 위에 올려놓고 다녔을 리가 없어. 이건 모두 꿈이야, 악몽이야. 다 잊자. 잊어버리자!

"깨셨습니까?"

단정한 목소리가 들렸다. 나하사는 억지로 눈을 떴다. 걱정스러운 청록색 눈빛의 여자아이가 보였다.

"주요봉인소는?"

"여기 있습니다."

네라가 협탁 위에 올려놓은 것을 가져다주었다. 나하사는 작은 병을 손에 꼭 쥐었다. 다행이다…….

"궁금한 게 이것밖에 없습니까?"

순간 피 흘리며 쓰러진 모도 드키아와 가슴에 털이 북실북실한(실제로 보진 못했지만 상상 속에서 이미지가 굳어졌다) 산적 남자가 떠올랐다. 더불어 창문 밖에 정오처럼 밝은 게 신경 쓰였다.

"지금 몇 시야?"

"오후 두 시입니다."

"……."

시크릿 보이가 영웅단은 부르고도 남았을 시간이다.

"제발 여기가 소냐르 수도라고 말해 줘."

"울라 시입니다. 어제 드키아와 싸웠던 곳에서 두 블록 떨어진 곳의 여관방이죠."

아니 어떻게 된 게 도시 하나 벗어나지 못했단 말인가! 게다가 뭐? 두 블록?

나하사는 벌떡 일어났다. 머리가 띵했다.

"깨웠어야지! 구르랑 진은 어디 있어?"

"밖에 계십니다. 구르르무가 잠든 당신을 보고 깨우지 말라고 하셨습니다."

"구르가?"

"예. 구르르무가 당신을 업고 왔는데 기억 안 나십니까?"

"......"

그 개구리가 날 업었다고?

나하사는 키메라만큼 커다란 체구의 산적 남자를 떠올렸다. 그리고 진지하게 생각했다.

저 벽에 부딪히면 기억을 잃을 수 있을까.

"나하가 깼나 보다 개굴!"

문밖에서 구르의 목소리가 들려서 깜짝 놀랐다. 제발, 제발 그 모습이 아니길 바라며 문 쪽을 봤는데 다행히 구르는 개구리 모습이었다.

"달게 자고 있어서 안 깨웠다 개굴."

"흥. 이제야 깼군. 일어나라. 바로 움직이지."

뒤따라온 진이 재촉했다. 나하사는 짐을 챙기며 물었다.

"모도 드키아는 어쨌어?"

"그곳에 두고 왔다 개굴. 아마 살아 있을 테니 걱정 마라 개굴."

"아니, 죽어도 상관없는데……."

나하사가 중얼거리자마자 네라가 표독스럽게 눈을 떴다.

"그런 말 하지 마십시오. 생명은 가벼운 게 아닙니다."

"어, 그래……."

귀찮은 나하사는 대충 대꾸해 주었다. 구르가 이제 봉인을 해제하고 황궁으로 가는 거냐고 물었다. 나하사는 끄덕이며 여관 주인에게 마차를 주문했다. 나하사에게는 아침밥인 늦은 점심을 먹은 후 고추로 입가심을 하며 기다리는데 문득,

"아!"

하고 나하사가 벌떡 일어났다.

"왜 그러십니까?"

"뭐 놓고 온 거라도 있나 개굴?"

놓고 온 것도 아니고 딱히 확인해 볼 필요도 없는 문제였지만, 한 번 생각나자 왠지 머리에서 떠나질 않았다.

"갈 곳이 있어."

나하사는 급히 일어나 여관 식당을 나갔다. 그 뒤를 어리둥절한 2마족 1분홍괴생명체도 함께 따랐다.

살인사건이 일어난 야간무도회장은 노란 테이프로 가로막혀 있었다. 경비들이 사건 현장에는 더 이상 접근 금지라면서 카메라를 든 기자들을 테이프 밖으로 쫓아냈다. 기자들은 그런 모습까지 사진을 찍어대었다. 나하사는 후드를 깊게 쓰고 기자 한 명에게 다가갔다.

"여기서 무슨 일이 있었습니까?"

"으음?"

기자는 마법사 복장의 꼬마아이를 보고 고개를 갸웃했으나 이 사건에 흥미를 느낀 마법사 수련생일지도 모른다고 생각해서 성실히 답했다.

"이화이트 학교의 고급반 학생 두 명이 변사체로 발견되었다네. 해제범에게 당한 것 같다더군."

"……학생이요?"

"응. 단짝 친구 둘이서 방학 동안 소냐르 관광을 하고 있었던 모양이야. 쯧, 설레었을 여행이 비극으로 끝났군."

"……시신은 지금 어디 있죠?"

나하사의 물음에 기자는 혀를 찼다.

"아직 여기 있어. 해제범과 관련된 사건이니 현장을 함부로 훼손해선 안 된다면서. 불쌍하게 됐지."

"……."

"해제범은 사람을 너무 쉽게 죽여."

기자는 건물의 사진을 한 번 더 찍으며 말했다.

"대부분의 교수들이 그놈들에 대해 이렇게 말하지. 드래곤 산맥 침입이나 사막 엘프 수장과 맞선 것을 보면 그 흑마법사는 자신의 목숨을 중요하게 생각하지 않는다, 그래서 살인도 쉽게 저지르는 것이다, 라고 말이야. 수배지도 나와 있지만 뭐 여러 가지 행적을 고려해 볼 때 내 생각에 해제범은 틀림없이 아직 철이 덜 든 어린놈이야. 자기한테 쓸모없다고 해서 타인에게도 중요하지 않은 건 아닌데 그걸 모르고 있잖아."

"하지만⋯⋯."

나하사는 무의식적으로 대꾸했다.

"하지만 오히려 더욱 중요한 게 있어서 그런지도 모르잖아요. 그 해제범에게도 목숨보다 소중한 것이 있어서⋯⋯."

"그렇다고 해도 어린놈이지."

"⋯⋯."

"자기한테는 목숨보다 소중한 것이 있더라도 그것이 타인의 소중한 것을 위협할 만한 거라면 다시 한 번 생각해 봐야 하는 거야."

기자는 문득 카메라를 내리더니 수첩을 꺼내 몇 장을 넘겼다. 그리고 그 페이지에 쓰인 것을 읽었다.

"레베카 오스민, 20세. 성적이 좋은 편이고 활달한 성격이라 모두가 좋아했다. 공학자가 되는 게 꿈이었다는군. 지나 제이, 역시 20세. 이 여학생은 편모가정에서 자랐고 이칼리노의 신관이 되기 위해 신학 수업을 받고 있었다네. 둘 다 꿈을 이루기 위해 이화이트 학교에 입학한 거겠지. 마음을 다잡는 의미에서 이 가을 여행을 계획한 걸지도 몰라. 과연 해제범에게 있어 중요한 것이 이 두 여학생의 삶보다 소중하고 중요한 것일까?"

"……."

"하긴 뭐, 나도 모르고 너도 모르지. 어쩌면 이칼리노께서도 모르고 계실지도."

"……."

나하사는 경비들이 막고 있는 건물을 올려다보았다. 마음만 먹으면 저곳에 들어갈 수 있다. 학생이라는 두 여자들의 시신도 얼마든지 볼 수 있다. 자신에게는 충분한 힘이 있다.

그래서 나하사는 그저 조용히 뒤돌아섰다.

수도로 향하는 마차 안에서 네라가 물었다.

"아까 그곳에는 왜 간 겁니까?"

"어디?"

"야간무도회장 말입니다."

"……."

"맞다 개굴. 괜히 그런 데 한 번 더 가 보고 그러면 의심받는다 개굴. 범죄자는 반드시 현장에 돌아온다는 말 모르나 개굴?"

구르도 우유를 홀짝이며 물었다. 나하사는 뭐라 답을 하지 못했고 대신 진이 말했다.

"알량한 죄책감이겠지. 내가 어제 그들을 죽였거든."

네라는 잠깐 놀란 얼굴을 했다가 곧 위로하듯 말했다.

"나하사, 당신은 죄책감 같은 거 갖지 마십시오. 살인은 진 님께서 저지르신 거 아닙니까. 그 여성분들은 이칼리노의 품으로 돌아갔을 겁니다."

"맞다 개굴. 시커먼스가 나쁘다 개굴. 나하는 잘못한 거 없다 개굴."

"미안한데 딱히 그런 거 아니거든."

나하사는 눈을 찌푸리며 마차의 창을 올렸다. 아예 대화하기 싫다는 듯 턱을 괴고 창밖의 풍경을 바라보았다. 동료들의 시선을 모른 척하면서 소년은 생각했다.

살인 따위에 새삼 죄책감 같은 걸 느낄 필요가 없다.

사람은 어차피 모두 죽고, 그 여자들이 학생이었든 친구였든 방학 동안 여행을 하고 있었든지 간에 자신과는 상관없는 일이다.

"……."

그래도 나하사는 계속 찜찜했다. 울긋불긋한 가을 산의 정경을 보고 있어도 마음이 개운해지지 않았다. 자꾸만 기자의 말이 아른거렸다.

과연 해제범에게 있어 중요한 것이 이 두 여학생의 삶보다 소중하고 중요한 것일까?

나하사는 알고 있었다. 주요봉인소를 강제로 해제하고 다니면서부터, 마왕을 부활시키려고 할 때부터, 자신은 앞으로 수많은 살인을 저지르게 되리라는 것을. 살려 달라고 절박하게 비는 사람을 가차 없이 죽여야 할 때도 분명 있으리라는 것도. 알고서 시작했다. 그리고 실제로 여러 사람을 죽이기도 했다. 가장 최근에는 아들의 복수를 위해 흑마법사가 된 여인을 이 손으로 끝내기도 했다.

소년은 마음을 다잡았다.

따뜻한 밥을 먹여 준 은인의 유언이, 처음으로 따뜻한 곳에서 잠을 재워 준 은인의 마지막 소원이, 레베카 오스민의 꿈보다 지나 제이의 삶보다 더욱 중요하고 소중한 것이라고.

그렇게 생각하면서.

의식 밑바닥에서 자꾸 기어 나오는 근원적 후회를 꾸욱 억눌렀다.

제4장

재회

이번 울라 시에서의 사건은 어째서 모도 드키아가 문란한 야간무도회장에 있었는가에 초점이 맞춰졌다. 분명 그는 이바노브 아시오의 황금섬에 초대받아 가 있는 것으로 알려져 있던 사람이었기 때문이다. 모도 드키아와 엘리자베스(드키아의 아내)가 각방을 쓰고 있다는 게 사실이란 말인가! 하는 자극적인 기사들이 쏟아져 나왔다.

물론 유명인사의 스캔들이 아닌 정말 중요한 사건에 관심을 갖는 기자들이 아예 없는 건 아니었다.

"나하야, 이거 봐라 개굴."

구르가 신문을 내밀었다.

'우리는 해제범의 살인에 주목해야 한다. 지금까지의 행적을 보면 엘프 육십 명의 도륙에 이어 두 번째로 살인을 저지른 것이다. 해제범의 상황에 변수가 생긴 것이 분명하다.'

"여기에도 기사가 있군요."

'과연 열두 번째 주요봉인소에는 무엇이 봉인되어 있을까. 그것은 해제범만이 알고 있을 것이다. 그렇기에 우리는 더더욱 주의를 기울여야 한다.'

해제되는 것은 무엇일지, 얼마나 위험할지, 해제범은 키아의 꽃으로 어떤 일을 저지를지.

해제범에 대한 비난과 우리대륙에 대한 우려가 가득한 신문을 본 나하사는 한숨을 쉬며 키아의 꽃을 꺼냈다. 그것을 보고 네라가 중얼거렸다.

"놀랐습니다. 이럴 줄은 상상도 못했습니다."

"그러게 말이다 개굴. 헛수고만 했다 개굴."

"흥. 저 녀석이 하는 일이 다 그렇지."

그렇다.

키아의 꽃은…… 주요봉인소의 봉인은 이미 풀려 있었던 것이다!

"으악…… 진짜 어이없어! 대평협에서는 대체 뭘 하고 있었던 거야?"

나하사는 머리를 감싸며 울부짖었다.

"아니, 뭐 그래. 화산섬이나 소용돌이나 이런 데는 당연히 봉인이 풀렸는지 안 풀렸는지 확인 못 하겠지. 그렇지만 드키아 가문의 소유물 정도는 확인할 수 있잖아! 아니 당연히 확인해야 하는 거 아냐? 대평협이 전부 다 바보가 아니라면 드키아 가문한테서 뇌물을 먹었든가, 눈이 동태든가 분명 둘 중 하나야!"

그 난리를 쳐서 가져온 주요봉인소가 이미 해제되어 있어서 얼마나 허무했는지 모른다. 이 조그만 병 표면의 마법진이 멀쩡하기에 껌뻑 속아 버렸다.

"그게 혹시 가짜는 아닌가 개굴?"

"아니야. 분명히 주요봉인소야. 마법진의 흔적을 되짚어 보면 알 수 있어."

"그럼 다른 사람이 해제했다는 소린가 개굴?"

"응. 그것도 아주 순조롭게."

"드키아 가문은 무엇이 봉인되어 있었는지 알고 있겠군요."

"그렇겠지. 아, 씨……."

순조롭게 해결하고 자신의 흔적을 지우지도 않은 걸 보면 분명 드키아 가문 내부에 범인이 있다. 주요봉인소를 소유한 가문으로서 관리와 보호 명목으로 대평협에서 해마다 큰돈을 받고 있으니 그것을 위해 봉인 해제 사실을 숨긴 것이다.

그리고 이제 해제범 때문에 대평협에서 주요봉인소 감찰을 시작하니까 위기감을 느낀 거겠지.

나하사는 이제 그 밤의 일을 이해할 수 있었다.

모도 드키아는 일부러 패배한 것이다!

어쩐지 구르…… 아니 산적 남자가 소드마스터를 너무 쉽게 이겼다고 생각했다. 아무리 그가 마물족의 왕이라고 해도, ……아니 아무튼 뭔가 좀 강해 보인 마족이라고 해도 모도 드키아는 소드마스터. 초월자라고 불리는 이.

이길 수 있을 리가 없었다.

"그럼 그는 이제 모든 책임을 우리에게 돌리겠군요. 키아의 꽃을 해제한 건 해제범이라고 하면서."

"그건 상관없는데 내 시간이 아까워. 괜히 소냐르에 있는 거 들키기나 하고…… 아 진짜……."

나하사는 앞으로의 일정을 생각했다.

우선 팜을 빼내고, 이바노브 아시오 학교의 도서관에서 책을 본 다음, 쥬피터를 찾아 마왕에 대해 자세한 이야기를 듣고…….

만약 시아타민의 말이 진짜라면…….

나하사는 진을 보았다. 신문을 보던 진은 시선을 귀신같이 알아챘다.

"뭐냐. 할 말 있으면 해라."

"……."

저런 놈이라도 마왕으로 밀 수밖에 없다. 구르한테는 미안하지만.

그런데 민다고 밀어지나? 민다고 진짜 마왕이 되나? 마왕이 이칼리노와 같은 개념이라면, 어느 한 사람을 신이 되라고 밀어서 진짜 신으로 만드는 건데.

"나하야. 뇌가 터질지도 모른다 개굴. 그만하고 쉬어라 개굴."

"그래. 잠 좀 잘게. 도착하면 깨워."

나하사는 마차가 멈춰 설 때마다 마부에게 돈을 주느라 선잠을 자고 있었다. 이제는 수도를 앞두고 있기 때문에 중간에 깨지 않고 잠들 수 있어 마차의 좌석에 벌러덩 누워 천장을 열었다.

소년의 마음을 모르는 가을의 하늘은 여전히 파랗고 깨끗하기만 했다.

물론 나하사가 일어난 시각은 수도에 도착하고도 세 시간 후였다.

"가뜩이나 시간 아까워 죽겠는데! 나랑 싸우고 싶냐? 어?"

"화내지 마라 개굴. 나하가 곤히 자는 모습을 보니 깨우고 싶지 않았다 개굴."

"맞습니다. 왜 몰라 주십니까? 당신을 위해서 그런 겁니다."

"일을 빨리 해결하게 해 주는 게 더 날 위한 거야!"

버럭버럭 소리를 지르며 왕성 앞에 도착했다.

이곳은 아직 추수감사절 축제 중이라 사람들이 자유롭게 성을 통과하고 있었다. 덕분에 나하사 일행도 쉽게 성안에 들어갔다. 소냐르는 국왕이 없는 나라라 성은 공작들의 별장으로 쓰이다가 가끔 이런 큰 축제가 있을 때 모두에게 개방되고는 했다.

밖은 쌀쌀했는데 성안은 꽤 따뜻했다.

"제1공작은 어디에 머물까."

"팜을 찾아야 하는 거 아닌가 개굴?"

"응. 팜을 데리러 가려면 1공작의 위치를 알아야지."

화려한 성 안에 가득한 사람들을 보며 나하사는 잠시 막연해졌다. 하지만 제1공작이 머무르는 방이라면 아마 모두가 알고 있지 않을까 싶었다.

"그러고 보니 그 암탉은 어째서 인간들과 함께 떠난 겁니까? 그들 중에도 마족이 있었던 겁니까?"

대일 신전에 오지 않았던 네라는 아직 영문을 모르고 있었다. 아무도 귀찮아서 설명을 해 주지 않았다.

"말하려면 긴 이유가 있어. 종이에 쓰면 110장 정도는 나올걸?"

"제게도 설명해 주십시오. 저도 어엿한 동료가 아닙니까."

"제 시간에 깨우지도 못하는 게 무슨 동료냐?"

그러자 네라는 흐음, 하며 눈을 가느다랗게 떴다.

"절 얕보면 안 됩니다. 저는 이래 봬도 골드 컬러가 아닙니까."

"……"

"제 정보를 보려면 니스너 실 누소즈가 해제범의 편이라는 정보 정도는 가져와야 한다 하지 않았습니까?"

나하사가 구르를 노려보았다. 구르는 땀을 삐질 흘리며 고개를 돌렸다.

입 싼 개구리 같으니라고!

"결국 네가 영원히 정체불명이라는 소린데 너한테 얘기해 줄 것 같냐?"

"제 신분을 밝히면 말해 주실 겁니까?"

"그럼……."

끄덕이려던 나하사는 멈칫했다.

그럼 노와가 혼종이라는 것까지 말해야 한다.

나하사는 비록 노와와는 아무런 친분 관계가 없었지만 그런 말은 할 수 없었다. 그래서 소년은 결국 고개를 저었다.

"더 이상 묻지 마. 팜만 데리고 오면 되는 거라고 그냥 거기서 납득해라 좀."

"……."

소년이 단호해 보여서 네라는 이야기를 듣는 것을 포기했다.

나하사는 제1공작가의 비서에게 마이아와 만나기를 요청했고 두 달하고 나흘 후에 약속이 잡혔다. 순간 당황했지만 침착하게 자신은 이바노브 아시오 학교 학생이라고 말하자 한 달 후로 줄어들었다.

팜이고 뭐고 그냥 가 버릴까 하는 중에 비서실(성의 방 하나를 제1공작가의 비서진이 빌려 쓰고 있다)로 여자 두 명이 수다를 떨며 들어왔다.

"그 닭이 키메라래, 글쎄. 말하는 걸 들은 애가 있어."

"마족이라는 말도 있잖아. 진짜 불안해서 잠이 안 와."

"그렇지? 진짜 무서워 죽겠어. 성 밖 사람들 분위기가 심상치 않더라고."

"빨리 그 닭 안 내쫓으면 당장에라도 쳐들어올 것 같아. 아가씨 지금 제정신인가?"

그들은 손님을 보고 대화를 멈추었다가 어린 꼬마 두 명인 것을 알고 계속 대화를 이어 나갔다.

"그 닭 성질머리는 얼마나 개 같은지. 잠자리에 쿠션 그거 하루라도 안 빨면 바로 꼬꼬닥 난리라니까."

"모이도 엄청 까탈스러워. 우리가 먹는 것보다 비싸잖아. 어제는 스테이크를 처먹는 거야, 웃겨서 진짜."

팜은 생각보다 평화로운 생활을 영위하는 듯했다.

나하사는 그들에게 물었다.

"마이아 영애가 닭을 키웁니까?"

"응. 모르니? 암탉 한 마리를 어디선가 데려오셨어."

"많이 아껴 주나 봐요?"

"아주 애지중지. 암탉이랑 대화를 하려 드시는 걸 보면 말이야."

손님 앞에서 비아냥거린 여자를 동료가 툭 쳤다. 여자는 아차 싶어서 호호 웃었다.

"그 모습이 참 귀여우셔. 상냥한 아가씨 아니니? 동물도 친구처럼 대해 주는, 호호호."

"……"

무척 가식적인 미소였지만 나하사는 아, 네 하며 고개를 끄덕였다.

그때 비서로 보이는 여자 한 명이 다급히 들어왔다.

"지금 영애께서 도착했다고 합니다. 닭 먹이랑 드레스, 붉은 리본, 청색 구두 다 준비 됐죠?"

"예! 방 안에 모두 두었어요. 모이는 냄새가 나서 아직 식당에 있는데."

"어서 가져오세요! 영애께서는 곧 이동하셔야 합니다."

"예, 당장 가져올게요!"

비서진들이 다급히 움직였다. 멀뚱히 있던 나하사와 네라는 방을 빠져나왔다. 나하사는 구르에게 말했다.

"잘 지내고 있는 모양인데 그냥 둘까?"

"그래도 인사는 해야 된다 개굴."

"음……."

만나기도 쉽지 않은데 어떻게 해야 하나, 마법을 쓸까, 하는데 저쪽 복도에서 누군가 달려오는 소리가 들렸다.

"나— 하—— 사———!"

왠지 이름을 부르는 것 같았다.

"나하사!"

그리고 그게 맞았다. 마이아 소냐르가 호위기사들과 비서들을 줄줄이 데리고 나하사 앞으로 달려왔다.

"꼬끼오, 꼬꼬댁 꼬끼오!"

팜도 있었다.

"헉, 헉…… 팜이, 너희가 왔다고 해서…… 헉."

헥헥거리는 마이아를 위해 나하사는 잠시 기다려 주었다. 그동안 팜과 구르는 서로 부둥켜안으며 해후를 나누고 있었다.

"왔으면 나한테 바로 와야지! 여기서 뭐 하고 있어, 여보?"

마이아의 말에 나하사 앞에서 영애의 험담을 했던 비서진들이 숨을 들이켰다.

그리고 네라도 숨을 들이키며 눈을 크게 떴다.

"여보라고요?"

"……넌 뭐야? 왜 우리 자기 옆에 여자가 있어?"

"당신은 뭡니까? 내가 나하사의 옆에 먼저 있었습니다. 등장 빈도도 낮은 게 어디서 자기입니까?"

"사실 먼저 만난 건 마이안데."

나하사는 네라의 말을 정정해 주었는데 네라가 살기 어린 눈으로 죽고 싶습니까? 쏘아대서 끼어드는 걸 그만두었다.

그들은 마이아의 방으로 왔다. 다른 호위기사와 비서는 모두 내보내고 칼과 마이아, 팜, 그리고 나하사 일행만 남았다.

"건강해져서 다행이다 개굴. 걱정했다 개굴."

"어떻게 열흘이나 지나서 올 수가 있어 꼬끼오? 영원히 안 올까 봐 밥도 안 넘어갔어 꼬꼬!"

그러나 이미 팜이 한 끼 식사로 스테이크를 처먹었다는 사실을 알고 있는 구르는 전혀 미안해하지 않았다.

팜과 구르가 얼싸안고 기뻐하는 동안 네라와 마이아는 신경전을 벌이고 있었다.

"그래, 키는 네가 2센티미터 더 크네. 인정해. 하지만 몸무게는 내가 더 적었어!"

"지금 화장실 다녀오면 제가 더 적을 겁니다. 당신은 허리둘레가 몇 인치입니까?"

"허리둘레로 가자 이거지? 좋아, 나도 허리는 자신 있어! 지금 당장 줄자 가져올 테니 기다려!"

그리고 칼과 나하사는 어색하게 인사를 나누고 있었다.

"오셨군요."

"예."

"잘 지내셨습니까."

"네, 뭐."

어색하게 인사를 하던 나하사는 고민하다가 물었다.

"노와는 잘 지내요?"

"……그 녀석에 대해선 왜 묻ㅈ……습니까."

칼의 말투와 눈빛엔 경계가 역력했다. 나하사는 칼에게 불안함을 주고 싶지 않아 더 이상은 언급하지 않았다. 궁금하긴 했지만 노와 정도의 사람의 신변에 무슨 일이 생기면 바로 소문이 퍼질 터였다.

"마이아 님, 지금 가셔야 합니다. 마차가 기다리고 있습니다!"

"제발요! 대신관을 기다리게 하면 안 됩니다."

방 밖에서 비서들이 문을 두드리며 재촉했다. 목소리는 거의 울고 있었다.

"이칼리노 대신관은 오라 가라 하기가 까다로운 거 알죠, 아가씨?"

"⋯⋯."

칼의 말에 천방지축인 마이아라도 상황이 어려움을 아는지 입술을 깨물었다.

"구르, 일어나자. 팜, 너도 갈 거지?"

"어? 벌써 가냐 꼬끼오?"

"우리가 묵고 있는 곳으로 가자 개굴! 이블레아 님과 시아타민 님을 만난 얘기를 해 주겠다 개굴!"

"나는⋯⋯ 그냥⋯⋯ 꼬꼬."

구르가 재촉했지만 팜은 내키지 않는 것 같았다. 닭은 마이아를 힐끗 보았고 마침 마이아도 팜을 보고 있었다.

"너 가려고? 그거야 니 맘인데 그럼 존나 어이없는 거 알지? 내가 치료까지 해 주고 내 돈 주고 밥 먹여 줘 씻겨 줘 재워 줘, 다 해 줬는데 친구 왔다고 가 버리면 진짜 넌 구제불능 쓰레기야!"

소녀가 너와 계속 함께 있고 싶다는 말을 돌려서 했다.

팜은 구르의 팔을 치우고 뒤로 물러섰다.

"나는 당분간 여기 있을게 꼬끼오."

"……그래도 되겠나 개굴?"

"저 인간 멧돼지의 정신머리를 뜯어 놔야지 꼬꼬."

팜은 이미 마음을 굳힌 듯했다. 아마 나하사와 구르가 오기 전부터 이렇게 결심하고 있었던 것 같았다. 함께한 시간은 고작 열흘 남짓인데 그간 정이 많이 든 것이다.

팜의 말에 칼은 눈살을 찌푸렸지만 마이아는 대놓고 좋아했다.

"당연히 그래야지! 야, 넌 남아서 내 시중이나 들어. 은혜 갚는 닭이 되란 말이야."

마이아는 활짝 웃었다. 그리고는 나하사의 손을 덥석 잡았다.

"나하사! 나중에 내가 만나러 갈게. 지금 어디서 머물고 있어?"

"뭐? 만나긴 뭘 만나?"

"그렇습니다. 만나긴 뭘 만납니까?"

네라가 눈을 뾰족하게 떴다. 마이아는 네라 쪽은 거들떠도 안 보고 말했다.

"할 말이 있어서 그래."

"지금 하십시오."

"상담 받고 싶은 게 있어. 나하사 너한테서."

말투에 진심이 담겨 있어서 나하사는 의아했다. 이 귀족 영애가 자신에게 상담할 게 뭐지?

"왜 여기선 못 해?"

"둘만 있으려는 속셈 아닙니까. 다 압니다!"

"아, X. 야, 핑크. 넌 뭔데 자꾸 시비야? 나하사 여친도 아니라며? 자꾸 짱 나게 하지 말고 개구리랑 같이 꺼져 있어!"

마이아는 네라에게 소리를 빡 지르고는 다시 나하사의 앞에서 수줍게 몸을 꼬았다.

"절대 둘만 있으려는 거 아니야. 자기, 나 믿지? 나 그런 여자 아니야. 자기를 얼마나 소중히 생각하는데—."

"……"

"나하야, 알려 주자 개굴. 우리도 팜이랑 얘기할 게 더 있잖나 개굴."

구르가 마이아의 편을 들어 주었다. 사실 나하사도 팜과 대화를 하고 싶기는 했다. 이블레아와 시아타민이 마왕이 소멸했다고 생각하고 있다는 것을 알려 주고 싶었고, 그런 생각을 하는 마족들이 많은지도 알고 싶었다. 구르는 마족으로선 절대 불가능한 생각이라며 일언지하에 부정했지만, 봉인된 백년 동안 변화가 있었을지도 몰랐다.

"알았어. 우린 성 남쪽 시장 안 여관에 있어. 되도록 빨리 와."

"응! 오늘은……."

마이아가 칼을 보았다. 칼은 근엄한 얼굴로 고개를 저었다.

"내, 내일 꼭 갈게, 기다려!"

마이아는 비서들에게 끌려가는 그 순간까지 반드시 갈 테니 기다리라고 말했다. 나하사는 그 모습이 절박하게 보여서 이상했다. 진짜 상담할 것이 있는 것 같아서.

그렇게 마이아와의 약속을 잡아 버린 나하사가 터덜터덜 여관으로 돌아와 보니, 진은 때 빼고 광낸 후 1층의 식당 중앙에 자리 잡아 신문을 읽고 있었다. 새로 산 앞에만 챙이 난 모자를 쓰고 있었는데 자태가 아름답고 저절로 빛이 나 사람들의 시선을 한 몸에 받고 있었다.

진이 신문을 한 장 넘기며 중얼거렸다.

"원대륙과의 무역 문제가 심각하군. 무조건적인 개발 속에서도 환경에 대한 예의는 발전 가능성이 높지. 연매출 100도렌의 사업 비결도 결국은 청년 실업이 팔백만에 육박했어."

대체 무슨 말이 하고 싶은 거냐……

"어머, 어쩌면 저리 지적이신 걸까."

"나 저런 시사 상식에 해박한 왕자님을 만나는 게 꿈이었어."

"생각이 깊고 무척 진중한 분이십니다."

근처 테이블 여성과 네라가 감탄에 빠졌다. 이젠 충격적이지도 않았다. 사람들은 아마 진이 삐링뽕 빵상거려도 다국어를 하신다며 칭송할 것이다.

나하사가 자리에 앉자 진이 한쪽 눈썹을 들어 올렸다.

"왜 그 녀석은 없지?"

"팜은 마이아와 지내겠대."

"인간들 틈에서 말인가?"

"응. 둘이 아주 친해진 모양이야."

"마왕이 되면 소멸시켜 줘야겠군. 꽤 미녀인데 인간 따위에게 붙다니 아까워."

진은 진심으로 아쉬워했다. 팜의 미모가 상당히 보고 싶었던 모양이었다.

"이건 뭐야? 네가 시킨 거야?"

진 앞에 막 나온 듯한 식사가 있어서 묻자 고개를 저었다.

"네 친구가 시켰다."

"뭐?"

"네 친구 말이다."

나하사는 맹세컨대 살면서 친구라고 부를 만한 이는 단 한 명도 없었다.

"혹시 밥값도 대신 내줬어?"

"원래 네가 주기로 했었다더군."

"……."

"시커먼스, 사기 당했나 보다 개굴."

"요즘 유행하는 그 사기인가 보군요. 나 뭐뭐인데로 시작해서 돈이고 뭐고 다 빼 가는 사기."

진은 어이가 없는 듯 웃었다.

"내가? 사기?"

자신이 사기를 당했다는 걸 도저히 인정하지 못하는 것 같았다. 나하사는 진에게도 이런 면이 있구나 싶어서 피식 웃었다.

"다음부턴 그런 거 당하지 마. 이건 내가 먹지 뭐. 구르, 너도 뭐 먹을래? 아니면 또 우유?"

"나도 스테이크 줘라 개굴."

"저도 스테이크 주십시오. 웰던으로."

구르와 네라가 기다렸다는 듯 주문했다. 팜이 값비싼 음식을 먹는 것을 보고 퍽 부러웠던 모양이다.

"저기 오는군. 네가 아는 자가 맞으니 잘 봐라."

진은 서늘하게 말했다. 나하사는 이 간 큰 놈이 누굴까 해서 뒤를 돌아보았다.

헉……

나하사는 황급히 고개를 바로 돌렸다. 내가 방금 뭘 봤지?

"아, 너 눈 마주쳤잖아. 왜 씹어? 눈깔 병신이냐?"

"……."

"이 새끼가 XX 왜 씹냐니까?"

등장하자마자 욕설을 쏟아내며 테이블에 앉는 이 소년은 분명 힐본세에서 만났던 씬 노르가 맞다. 씬 노르가 아닌 다른 놈이 미치지 않고서야 저렇게 덕지덕지 피어스를 할 리가 없다.

"X, 내 건 왜 처먹어? 당장 안 뱉어?"

백양의 용사가 소냐르 수도의 여관에서 해제범에게 빌붙어 행패를 부리고 있었다. 나하사는 어이가 없었다.

"야, 이거 어차피 내 돈이라며."

"존나 X만 한 게 배포도 존나 짜네. 사내새끼가 밥 한 끼 가지고 계집애처럼 그러는 거 아니다."

그러자 네라가 벌떡 일어섰다.

"방금 그 말은 명백한 성차별입니다. 사과하십시오!"

"이 존만이는 뭐야?"

"눈은 양옆으로 째지고 코는 비뚤어졌고 턱은 비대칭이고 무엇보다 얼굴 가죽에 구멍을 뚫어놔 보기 흉하군요. 못생긴 데에도 정도가 있습니다. 마법 성형을 권유하죠."

"이 새낀 뭔데 사람 얼굴 가지고 지랄이야? X, 내가 어디 가서 얼굴 빠진단 소린 안 듣거든?"

"당신의 외모 수준은 나하사보다도 못합니다. 짜져 있으십시오."

그러자 구르가 벌떡 일어섰다.

"방금 그 말은 명백한 나하 차별이다 개굴! 사과해라 개굴!"

"X, 이 개구리는 뭐야?"

"나하는 눈도 동그랗고 젖살도 아직 안 빠져서 귀엽다 개굴!

그냥 키만 조금 작은 것뿐이다 개굴! 아직 키만 열다섯 살 계집애처럼 콩알만 한 것뿐이다 개굴! 나하사도 십 년이면 클 거다 개굴!"

왜 10년이나 걸리는 건데…….

구르가 흥분하며 소리를 지르는 바람에 구경하던 사람들의 시선에 혐오가 차오르기 시작했다. 아마 키메라로 볼 것이다. 토끼 모습이니 의심 당해도 괜찮았다. 해제범의 개구리라고는 생각하지 못할 것…….

……내가 해제범인 걸 알고 있는 백양의 용사가 여기 있는데?

이번엔 나하사가 벌떡 일어났다.

"날 무시하는 거냐? 다 잠복 중인가 보지? 지금 이 사람들도 용사단인가?"

"지랄을 떨어라."

"니가 니스너 믿고 이러나 본데, 그 사람 하나도 안 무섭거든? 내 고대마법 한 방이면 끝이거든?"

"니스 형이 여기서 왜 나와. 그만하고 앉아라, 좀. 나 혼자 왔어, 새꺄."

니스너 실 누소즈에 대한 태생적 호감 때문에 나하사는 그를 호형하는 썬 노르가 잠깐 부러웠다가 이윽고 정신 차렸다.

"그 말을 믿을 것 같아? 진, 네라! 태평하게 먹고 있을 때가 아니야, 일어나!"

"이 녀석의 말은 진실이다. 다른 기척은 느껴지지 않아."

진이 말했다. 물론 나하사는 믿지 못했다.

"말도 안 돼. 위치를 알면서 왜 혼자 보내? 분명 함정이야."

"병신아. 우리 용사단이 뭐 너만 쫓을 정도로 한가해 보이냐?"

분명 해제범을 잡으려고 만들어진 용사단의 멤버가 저러고 앉아 음료나 빨고 있으니 더더욱 의심스러웠다.

네라는 나하사와 씬 노르를 번갈아 보았다. 키 때문에 겉보기에는 나하사와 나이 차이가 좀 있어 보였지만 서로를 대하는 모습을 보면 분명 또래였다.

"둘이 꼭 아는 사이 같군요. 친구입니까?"

"친구는 무슨. 전에 한 번 마주쳤었어. 와이힐에서."

"나 다쳤을 때 말인가 개굴?"

"응. 시크릿 보이도 그때 만났었고."

"당신, 시크릿 보이와 아는 사이였습니까? 그땐 모른다 하지 않았습니까? 어디서 어떻게 알게 된 겁니까? 그래서 그의 아버지가 식사 초대를 했던 거군요!"

네라가 콧김을 뿜으며 흥분했다. 나하사는 답해 주기는커녕 시끄러워서 귀만 팠다. 구르도 궁금한 것처럼 보였으나 설명하기가 귀찮았다. 그런 나하사를 보고 네라와 구르가 시끄럽게 재촉했고 나하사는 귀찮은 티를 팍팍 내며 억지로 설명해 주었다.

그동안 씬 노르는 말로만 듣던 해제범들을 하나하나 보았다. 쓰잘족은 역시 잘 생겼고, 분홍머리는 역시나 작았다. 그리고 개구리는 마족이라고 들었는데 마족답지 않게 어리버리하고 귀여웠다.

"그럼 넌 여기 왜 왔나 개굴? 나하 보러 왔나 개굴?"

개구리 마족을 살피고 있는데 마침 그 마족이 물어 왔다.

"똥을 싸라, 아주. 다른 일 때문에 왔다가 쓰잘족 보고 혹시 여기 있나 기다렸지. 저 병신 새끼 보러 왔겠냐?"

"한 번만 더 나하보고 병신 새끼라고 하면 네 혀를 자를 거다 개굴."

"……."

취소. 역시 이 개구리도 마족이다.

"쓰잘족이 뭐지? 아까도 계속 쓰잘족, 쓰잘족 하던데."

쓸데없이 날카로운 진이 물었다. 사실 씬과 둘이 있을 때도 물었는데 씬은 본능적으로 이 마족이 진실을 알아선 안 된다는 것을 느껴서 답해 주지 않았다.

"나도 처음 들어 본다 개굴. 원대륙의 신조어인가 개굴?"

"저도 처음 듣습니다. 종족명 같은데 제가 모르는 종족이 있다니 놀랍습니다."

나하사는 진에게 뜻을 얘기해 주지 않은 씬에게 마음속으로 고마워하며 입을 열었다.

"젊은 층에서만 쓰는 단어인데 쓰임새 많고 뭐든 잘하는 종족이란 뜻이야. 아, 나도 쓰잘족이라고 불리고 싶다. 열심히 노력해서 진처럼 쓰잘족이 되고 말 거야!"

나하사는 연기에 진은 감동을 받은 듯,

"네가 날 그렇게 생각하고 있을 줄은 몰랐군. ……너도 인간치고는 제법이야. 자신감을 가져라."

……하고 진심 어린 칭찬까지 해 주었다. 나하사는 하하 웃으며 응, 용기를 내게 하며 끄덕였다. 진과 나하사 사이의 거의 처음인 듯한 훈훈한 분위기에 네라와 구르도 엄마 미소를 지으며 고개를 끄덕끄덕 했다.

쓰잘족의 진짜 뜻을 아는 씬 노르만이 짜식한 얼굴로 해제범들을 볼 뿐이었다.

구멍을 숭숭 뚫어 놓으면 얼굴 가죽이 두꺼워지는지 씬 노르는 나하사의 뾰족한 기세에도 넉살 좋게 붙어 있었다.

"소냐르에 오래도 처박혀 있다. 여기 주요봉인은 이미 다 깼잖아? 이바노브 아시오 안 가냐?"

"갈 거야."

"어디부터 갈 건데?"

"몰라도 돼. 너는 진짜 여기 왜 왔는데? 나 잡으려고 온 거 아니야?"

"아, 글쎄, 아니라니까. 다 엉아의 깊은 뜻이 있어요—."

씬은 주위를 살피더니 손으로 입을 가리고 나하사 옆에 바싹 붙었다.

"우리는 말이야. 니 같은 병신 머저리는 상상도 못 할 무섭고 어마어마한 일들을 하고 있거든! 주요봉인 해제? X까 시발, 우리가 하는 일에 비하면 개미 오줌이야. 똥도 아니고 오줌이라고."

"뭐 원인이랑 전쟁이라도 하냐?"

"……!"

"……?"

"……."

헐…….

"진짜?"

"……."

"……."

"……너 이거 비밀이야."

씬이 낭패스러운 얼굴로 말했다. 나하사는 진심으로 놀랐다. 원인과 전쟁? 전쟁이 일어난다고?

그것이 의외여서 놀란 것은 아니었다. 원인과 접촉하기 시작한 600년 전부터 전쟁설은 늘 있어 왔다. 우리대륙 사람과 원인 간의 갈등의 골은 점점 깊어져서 언젠가는 반드시 치뤄야 할 일이었다. 다만 그것이 자신이 살아 있을 때 일어난다고 하니 놀라웠다.

"전쟁을 한다고 해도…… 어디서? 우리대륙은 아닐 테고 설마 원대륙?"

"뭐 그렇지……가 아니라 더 이상은 진짜 말 못 해! 이건 윙도 모르는 비밀이라고!"

"윙은 대체 뭔데?"

"시크릿 보이 말이야, 인마!"

"……."

그렇게 씬 노르는 시크릿 보이의 이름까지 밝혀 버렸다. 듣던 대로 입이 참 가벼운 소년이었다.

진이 호오, 하며 씨익 웃었다.

"앞으로 좀 재미있어지겠군."

"뭐가 재밌나 개굴. 전쟁이든 뭐든 우리와는 상관없는 일이다 개굴."

"왜 상관없어?"

나하사가 묻자 구르가 답해 주었다.

"어차피 우리대륙인이 이길 테니까 우리의 삶엔 변함이 없다 개굴. 숨어 사는 것도 똑같고 마계로 돌아가지 못하는 것도 똑같다 개굴."

"그런가……."

"그럼 마족은 우리를 돕지 않는 거냐?"

씬의 물음에 구르는 기도 안 찬다는 듯 콧방귀를 뀌었다.

"우리가 왜 인간 따위를 돕냐 개굴! 우리는 이미 인간들과 전쟁 중인 것과 마찬가지다 개굴."

아마 이것이 거의 모든, 대부분의 마족들의 반응일 터였다. 그렇게 잔인하게 몰아세워 놓고 편을 들어 주길 바란다면 그건 아무리 선한 종족이라도 치가 떨릴 터였다.

나하사는 진정하라는 뜻에서 구르를 쓰다듬어 주었다.

"원인이랑 마족도 사이가 안 좋았나? 전쟁에서 원인의 편을 들면 어때? 원인이 이기면 처우가 개선될지도 모르잖아."

"개굴?"

"야!"

씬이 소스라치게 놀랐다.

사실 용사단에서 걱정하고 있는 부분이기도 했다. 만약에 원대륙과의 전쟁이 그들이 원한 것처럼 아무도 모르게 끝나지 않을 경우, 정말 크게 전쟁을 치르게 될 경우, 마족과 키메라를 포함한 소수종족들이 우리대륙이 아니라 원대륙의 편에 서지 않을까?

엘프나 오골족은 확실히 우리대륙의 편이었다. 그리고 드워프는 원인과 우리대륙인의 편으로 반씩 갈라서 있다. 그러나 키메라나 마족, 돌연변이의 경우에는 오랜 시간 인간들에게서 멸시당해 왔기 때문에 원인의 편에 들지 않으리라는 보장이 없었다.

만약 마족과 키메라라는 전력이 돕지 않더라도 우리대륙인은 충분히 원인을 상대할 수 있었다. 그러나 마족과 키메라가 원인의 전력이 된다면 상대하기 어려울 수 있었다. 그 와중에 마족에게 좀 더 기울어진 드래곤이(인간의 시각으로는 드래곤은 마족의 편이었다) 그들의 편에 붙는다면 최악의 상황이 일어나리라는 것은 불 보듯 뻔했다.

그러나 씬은 다음에 이어진 구르의 말에 조금 안심했다.

"우리는 이제 전쟁 같은 건 안 한다 개굴. 괜히 그러다가 동족 잃으면 치명적이다 개굴. 개체 보존에만 주력해야 한다 개굴."

"아, 그렇구나. 그럼 전쟁이 일어나든 말든 우린 그냥 봉인이나 해제하자."

"응! 나하도 전쟁 같은 거 신경 쓰지 말고 나 우유 좀 더 따라 줘라 개굴."

긴장하고 있던 씬에게는 다행히도 이 개구리 마족은 전쟁보다 지금 당장의 우유 한 컵이 더 소중한 것 같았다. 와중에 진은 주먹을 불끈 쥐었다.

"나는 전쟁에 나갈 거다. 우리대륙의 인간과 원대륙의 인간 모두에게 내 힘을 보여 주지. 제 2대 마와……!"

"하, 하하. 그, 그래. 진은 분명 전쟁 나가서도 최고의 쓰잘족으로 인정받을 거야. 아자!"

나하사가 삐질삐질 웃으며 진의 입을 막았다. 덕분에 씬은 제2대 마왕이란 말은 듣지 못했다.

"뭐. 어차피 마족의 힘은 기대하지 않았어. 그런데 지랄도 제대로 알고서 떨어라, 좀. 원인이 뭐가 인간이냐? 듣고 있는 인간 기분 잡치게."

씬은 진심으로 기분이 나빠서 말했다.

원인은 분명 인간(우리대륙인)과 아주 유사한, 거의 같은 생김새다. 마족을 대할 때와는 다른 그 몹시 이질적인 기운만 아니라면 누구라도 인간으로 착각할 것이다. 그러나,

"그것들은 이칼리노한테서 저주받은 새끼들이잖아. 우리와 같은 취급하는 게 말이 되냐? 숨 하나 제대로 못 쉬는 새끼들인데."

원인의 기운은 굉장히 기괴하며 이질적이었고, 그들은 신의 축복인 마법을 쓸 수 없을뿐더러 이 땅 위에서는 숨조차 제대로 쉴 수 없었다. 씬은 아직까지 원인을 만난 적이 없지만, 한 번이라도 원인을 만나 본 사람들은 모두 이렇게 말했다.

마치 우리대륙 자체가 원인을 배제하고 있는 느낌이라고.

"절대 아닙니다. 원인도 같은 인간입니다!"

여태 가만히 있던 네라가 외쳤다.

"이칼리노는 모든 인간을 차별하지 않습니다. 원인이 이칼리노에게서 저주받았다는 것은 대체 어디서 나온 헛소문인지 모르겠습니다. 이칼리노를 믿는 사람으로서 무척 억울합니다."

"이 존만이는 이칼리노 신관 맞냐? 저주받았으니까 그 새끼들이 숨 못 쉬고 깔짝깔짝대다 뒤지는 거 아냐."

"그건 저주가 아닙니다!"

네라는 정말 억울한 듯이 소리쳤다.

"이칼리노의 대신관과 제사장 중 누구 한 명이라도 잡고 물어보십시오. 저주라고 답하는지!"

"까고 있네. 내가 대신관 꼰대 두 명 아는데, 둘 다 저주라고 하거든?"

씬 노르가 비웃었다. 네라는 충격받아서 입을 벌렸다. X, 그 영감탱이들이…… 하는 중얼거림이 들린 것도 같다.

"저주가 아니라면 대체 무엇이라고 생각하는 거지?"

이칼리노에 대한 비난이라면 대놓고 좋아하는 진이 끼어들지 않을 리가 없었다. 네라는 진을 똑바로 보았다.

"이건 배려입니다. 애초에 떠나길 원한 건 그들이니까요."

"배려해 주고 있는 건 이곳의 인간들이지. 돌아오고 싶어 하는 그들을 무시하고 있을 뿐."

"……축복이 저주가 될 수 있는 건 인정합니다. 하지만 그것이 결코 사랑하지 않아서는 아닙니다."

"이런 방식도 있다는 건가? 재미있군. 이칼리노가 인간을 하나의 생명으로서 존중하고 있다면 축복도 저주도 내리지 않았겠지."

진은 느긋하게 다리를 꼬았다.

"이칼리노는 인간을 살아 있는 객체라고 여기지 않아. 창조주인 자신의 뜻에 어긋나는 행동을 하는 걸 눈감아 주지 못하지. 즉 이칼리노에게 인간은 그의 피조물 중 그나마 제일 나은 쓰잘족에 지나지 않는다는 것이다."

"그…… 그런 게 아닙니다. 말이 심하시군요!"

"이해를 못 하는 것은 아니다. 자신이 만들어낸 것을 생명체로 여겨 손에서 놓아 주기는 쉽지 않겠지."

"……진 님!"

느긋한 진과는 다르게 네라는 궁지에 몰린 듯 다급해 보였다.

"진 님의 방식과는 다른 것뿐입니다! 결국 인간이 이렇게 번성한 걸 보면 모르시겠습니까?"

"이칼리노가 창조한 것은 인간뿐이었나 보군."

"……!"

"인간이 이렇게 번성한 걸 보면 모르겠나? 이칼리노는 자신이 만든 것 중 가장 쓰잘족인 것을 마음에 들어 하고 있을 뿐이야."

그러면서 그는 나하사와 씬 노르, 이 테이블에 앉은 인간의 아이 둘을 보았다.

"혹시 모르지. 만약 인간들이 이칼리노의 눈에서 벗어난 짓을 하면…… 이칼리노는 인간을 버리고 다음 쓰잘족을 만들지도."

진의 눈이 날카롭게 빛났다. 마치 나하사와 씬에게 '너희의 끝도 머지않았어!' 하며 경고하는 듯했다.

그런 그를 보며 씬과 나하사는 조그맣게 속삭였다.

"이 새끼들 지금 뭐라는 거냐?"

"몰라. 가끔 이래. 무시해."

"「사랑의 신은 죽었다」……이보십시오. 로맨스 연극이라
하지 않았습니까."

"왜. 로맨스 맞잖아."

"칼리프스 얘기잖습니까."

"장난하냐? 칼리프스 얘기니까 로맨스 맞잖아."

네라와 씬이 연극장 안에 들어서며 투닥거렸다. 둘은 함께
심야 연극을 보러 왔다. 씬이 계속 달라붙어 같이 보자고 졸랐
기 때문이었다. 나하사에게 만약 같이 안 가면 현재 위치를 용
사단에게 까발려 버릴 거라며 협박까지 했다.

귀찮은 나하사는 네라에게 밥값을 하라며 떠넘겼고 네라는
로맨스 연극이라는 말에 혹해서 따라왔다.

"이칼리노 교도가 칼리프스를 어떻게 생각하는지 몰라서 이
러는 겁니까?"

"모르는데? 왜 지랄이야, 갑자기."

"칼리프스는 특정 인간을 사랑해서 벌을 받은 신입니다. 그
런 신의 이야기 따위 보고 싶지도 듣고 싶지도 않습니다!"

그러나 사실 그들은 이미 팝콘에 달콤한 주스까지 챙겨서
자리 잡고 앉아 있었다.

씬은 팝콘을 한 주먹 덜어 우걱우걱 먹으며 말했다.

"전부터 궁금했는데 특정 인간을 사랑하는 게 왜 안 된다는 거냐?"

"신은 모든 인간을 평등하게 사랑해야 합니다."

"왜?"

"신의 사랑은 무섭기 때문입니다. 그들은 전지전능하지요. 무엇이라도 할 수 있습니다."

"그게 왜?"

"뇌가 없습니까? 머리는 장식입니까? 스스로 생각해 보십시오."

네라가 차갑게 답한 순간 객석 조명이 꺼졌다. 무대 중앙으로 진행 요원이 나와서 몇 가지 주의 사항을 말하고 들어갔다. 암흑 속에서 연극의 시작을 기다리던 네라가 문득 물었다.

"그런데 이걸 왜 보는 겁니까? 연극 좋아합니까?"

"학교 숙제야. 감상문 써 오기."

"……"

"티켓 확인까지 한다잖아, 시팔. 난 잘 테니까 니가 잘 보고 이따가 감상 말해 줘."

씬은 정말로 연극 시작 5분 만에 자 버렸다.

그리고 바로 일어나서 나가 버리려고 했던 네라는, 연극이 시작해 버리는 바람에 민폐를 끼치고 싶지 않아 그대로 앉았다가 끝까지 보고 말았다.

칼리프스는 크림이 탄생하기 전, 새벽에만 부는 바람 이후 두 번째로 탄생한 신으로 알려져 있다. 힐본세의 토속신임에도 우리대륙의 신으로 커질 정도로 유명하고, 그를 소재로 한 연극과 노래는 크림 여신만큼이나 많은데 그 이유는 바로 이 신에게 얽힌 사랑 이야기 때문이다.

칼리프스 신화로는 두 학설이 가장 힘을 얻고 있다. 모두 크림 신화와 마찬가지로 하늘에서 내려온 천인과 곰, 호랑이를 소재로 한 설화에서 출발한다. 크림 신화에서 곰과 호랑이가 맺어지는 것과 달리, 천인과 곰이 맺어져 그 사이에서 난 자식이 칼리프스라고 가정하는 게 첫 번째 학설이고, 크림 신화에서 곰과 호랑이를 맺어 주는 하늘에서 내려온 천인이 바로 칼리프스라는 게 두 번째 학설이다. 칼리프스교에서 채택한 학설은 바로 후자, 천인 칼리프스설이다.

천인은 인간이 되어 맺어진 곰과 호랑이를 보고부터 사랑이란 감정에 대해 생각하게 된다. 본래부터 인간에게 관심이 많았던 천인은 곰과 호랑이의 혼인 후로 인간들 사이에 머물며 하늘로 올라가기를 망설인다. 천인의 현명하고 어진 친구인 새벽에만 부는 바람은 하늘에 돌아오지 않는 천인을 우려하여 인간이 된 곰과 호랑이를 하늘로 부른다. 천인은 부부를 따라 하늘로 돌아오지만 인간들을 지켜봄에는 변함이 없다. 그때 부부의 아들은 백성을 괴롭히는 폭군이 되어 원망 소리가 하늘까지 닿았다. 천인의 현명하고 어진 친구인 새벽에만 부는 바람은 고통에 울부짖는 아이들을 두고 볼 수가 없어서 여러 번 손을 뻗으려 한다.

"저들은 우리에게 도움을 요구하고 있네. 우리를 간절히 기다리고 있어."

"인간은 그들의 힘으로 극복해야 하네. 그게 아니라면 의미가 없네."

오랜 시간 인간 속에서 인간을 보아 온 천인은 인간들 스스로 극복할 것이라고 믿으며 새벽에만 부는 바람이 간섭하려 할 때마다 말렸다. 얼마 지나지 않아 폭군은 조그만 마을의 소녀를 만나게 되고 인간 세상은 평화를 되찾는다. 백오십 년이 지나 소녀가 하늘로 올라왔을 때 천인과 새벽에만 부는 바람은 소녀를 자비의 신으로 만들고자 하나 소녀는,

"사랑하는 사람이 이제 어디에서 어떤 삶을 살게 될지 알지도 못하는 제게 어찌 자비의 이름을 주시려고 하십니까."

하며 거절한다. 새벽에만 부는 바람이 폭군이었던 왕이 하늘로 오르는 것을 허락하고 나서야 소녀는 크림의 이름을 받아들인다.

자비의 여신의 탄생 후 천인은 전보다 더 자주 인간 세상에 내려가 더 길게 머무르기 시작한다. 정체를 숨기고 인간의 여성을 품는 일이 잦아서 신의 씨앗이 여기저기 잉태되기 시작하자, 새벽에만 부는 바람도 더 이상 두고 볼 수 없었다. 하늘로

올라오지 않는 천인을 위해 직접 내려가 어찌 이리 지내는가 연유를 묻자 천인은, 새벽에만 부는 바람이여, 하며 답한다.

"나도 곰과 호랑이의 사랑을 하고 싶네. 새벽에만 부는 바람이여, 나도 왕과 소녀의 사랑을 하고 싶네. 인간에게만 허락된 사랑이라는 감정을 나도 겪어 보고 싶네. 뜨겁고, 아프고, 설레는 감정을, 고통과 행복을 느껴 보고 싶네."

새벽에만 부는 바람은 천인을 안타까이 바라보며 우리에게 사랑은 위험하다고 말렸으나 천인은 친우의 경고를 무시하고 눈앞에서 사라진다.

그 후로 천인은 인간이 있는 곳이라면 어디든 다닌다. 번화한 수도에도 한적한 시골에도, 산과 숲과 정글, 바닷가와 섬 어디든 인간이 있는 모든 곳에 발길이 닿았으나 어느 곳에서도 천인은 사랑을 겪을 수 없었다. 인간의 왕이 바뀌고 바뀌고 또 바뀌어 누구도 인간이 된 곰과 호랑이를, 왕과 소녀를 기억하지 못할 때쯤, 천인은 시골 마을의 농부가 되어 있었다. 그곳에서 천인은 이칼리노의 신관인 인간의 여성을 만났는데 아름다운 백금발에 볼우물이 깊은 여인이다. 천인은 여인을 본 순간 천 년의 방황을 끝낼 때가 왔음을 깨닫는다. 추수감사절 축제의 밤, 천인과 여인은 들판에 앉아 대화를 나눈다.

"가을이 깊어졌군요."

"그러네요. 바람이 참 시원해요."

"이슬이 내릴 것 같은데 춥지 않소?"

"괜찮아요. 당신은 춥지 않나요?"

"제법 춥군요. 하지만 이런 것도 좋은 것 같소. 당신과 함께라면."

사랑은 천인이 생각한 대로 신비롭고 아름다운 감정이었다. 또한 천인이 생각한 것보다 고통스러웠고, 또 슬픔보다 깊었다. 사랑하는 여인에게서 자식을 보고 그 자식에게서 손주를 보고 그 손주를 혼인시킬 때쯤 여인의 죽을 날이 다가왔다. 천인은 여인을 새벽에만 부는 바람의 품으로 보내고 싶지 않았다. 이 사랑하는 사람을 품에서 떠나보내야 한다는 현실이 천인에게 두려움을 일으켰다. 그건 천인이 사랑이 하고 싶어서 사랑을 찾아다닌 천 년 동안 전혀 예상치 못한 공포였다.

"떠나지 말게."

여인은 천인의 손을 잡았다.

"이칼리노의 품에서 기다릴게요."

"당신을 보내고 싶지 않네."

"당신을 사랑해요. 이제 더 이상 당신을 보지 못하는 게 벌써부터 두려워요. 당신은 행복한 삶을 보내고 나를 찾으러 와요."

죽음을 앞둔 여인의 마지막 말을 듣는 순간 천인은 이대로 떠나보내지 않으리라 결심했다. 떠나는 영혼을 붙잡은 천인은 여인을 아무도 모르는 곳에 숨겼다. 새벽에만 부는 바람은 자신의 신관을 감춘 천인에게 분노하여 하늘의 신들을 불러 천인에게 형벌을 내릴 것을 명하였다. 그리하여 천인은 지금도 세계의 끝에서 고통스러운 형벌을 받고 있고, 새벽에만 부는 바람은 자신의 신관을 끝내 찾지 못했다.

연극은 칼리프스가 이칼리노와 다툰 후 인간 속을 헤매는 것부터 시작해 숨진 여인을 감추고 이칼리노에게서 형벌을 받는 장면에서 끝났다.

울면서 나오는 사람들도 있었고 씬 노르처럼 기지개를 켜며 나오는 사람도 있었다. 네라는 학회의 학설을 듣고 온 것처럼 비판적이었다.

"각색 투성이군요. 칼리프스가 형벌을 받은 건 그만한 이유가 있어서입니다. 이칼리노의 신관 하나를 빼앗았다고 신에게 형벌을 내리진 않습니다."

"하암, 그러냐? 아으, 잘 잤다."

"재미있긴 하더군요. 나하사도 함께 왔으면 좋았을 겁니다."

"이제 배우 인터뷰 해야지. 나 덕분에 음유시인 만나는 줄 알아."

씬은 무대 뒤의 대기실로 들어갔다. 성공적인 무대를 축하하며 지인들과 배우 음유시인들이 꽃다발을 주고받고 있었다.

"난 남주인공 인터뷰 할 테니까 넌 여주인공 해."

"잠시만요."

"왜? 남자 하고 싶냐?"

"눈곱이나 좀 떼십시오."

"……."

네라는 꽃다발에 둘러싸인 금발의 여인에게 다가갔다.

극중 명은 다프네 유리아(칼리프스의 연극은 대체로 역을 맡은 배우의 성을 연극에 갖다 쓴다. 다프네라는 이름은 동일하다)인 미나 유리아. 칼리프스가 사랑한 순박한 여인을 연기한 음유시인이었다.

"안녕하십니까."

"아, 이바노브 아시오 학교 학생이니? 인터뷰를 한다고 했었지?"

미나 유리아는 반갑게 웃으며 맞아 주었다.

"무척 귀여운 아이가 왔구나. 혹시 음유시인을 꿈꾸고 있니?"

"그럴 리가 있습니까. 저는 이칼리노의 신관입니다."

"어머, 그러니?"

"연극은 잘 보았습니다. 연기를 잘하시더군요."

"이야기가 좋아서 몰입했어. 참 아름다운 러브 스토리지?"

미나 유리아가 자리에 앉기를 권했다. 네라는 단정하게 앉으며 말했다.

"아름다운 이야기인지는 어느 시점에서 보느냐에 따라 다릅니다. 이칼리노의 품으로 돌아가지 못한 다프네의 시점에서 보아도 과연 아름다울까요?"

"……응?"

"칼리프스는 사랑이라는 자신의 욕망을 위해 한 인간의 삶을 농락한 것뿐입니다."

네라는 비판적으로 말했다. 미나 유리아는 눈을 깜박였고 주위의 사람들이 민감한 종교 논쟁을 피해 슬금슬금 자리를 비웠다. 미나 유리아는 당황한 듯 보였다.

"저기……."

"신은 전지전능하기 때문에 누구도 사랑해서는 안 됩니다. 결국 한 인간의 혼이 어디에도 가지 못한 비극적인 결말을 보면 모르겠습니까? 이런 아름다운 이야기로 포장할 만한 게 아니란 말입니다."

"저……."

"게다가 가을이 깊어졌군요, 바람이 시원해요가 어떻게 사랑 고백이 되는 겁니까? 진짜 사랑을 고백할 때 가을이니 바람이니 그런 단어 쓸 것 같습니까?"

네라가 여기까지 말했을 때 미나 유리아가 아, 하고 손뼉을 쳤다.

"네가 칼리프스를 이해하지 못하는 이유를 알 것 같아."

"예?"

"너…… 사랑을 해 본 적이 없구나."

"……."

네라는 그렇지? 사랑한 적 없지? 하며 묻는 미나 유리아가 어이없었다. 왜냐면 자신은 사랑을 하고 있었다. 모든 사람을. 모든 생명체를. 진심으로 사랑하고 아끼고 있었다.

"그래서 그렇게 생각하는 거야. 신은 누구도 사랑해서는 안 된다고. 그렇게 말할 수 있는 거야."

"당신이 제 뜻을 이해하지 못하는 것 같습니다. 신은 무엇이든 할 수 있기 때문에―."

"그런데 말이야, 꼬마 아가씨."

미나 유리아는 웃으며 말했다.

"사랑이란 건, 하지 말라고 해서 안 할 수 있는 것도 아니고, 앞으로 사랑을 해야지라고 해서 할 수 있는 것도 아니야. 칼리프스에게 천 년 만에 사랑이 찾아온 것처럼."

"……"

"정말 불현듯 찾아오는 거지. 인간에게도, 신에게도. 그리고 이칼리노의 신관에게도. 거부할 수가 없는 거야."

네라는 아무 말이 없었다. 미나 유리아는 화장대 위에 놓인 꽃병을 바라보았다. 장미꽃 한 송이가 꽂혀 있었다. 그녀는 품 안에 가득한 여러 개의 풍성한 꽃다발을 내려놓고 꽃병의 장미 한 송이를 꺼내 입을 맞추었다.

"나는 저 화려한 꽃다발들보다 이 장미 한 송이가 더 좋아. 내가 사랑하는 사람이 준 거거든."

웬 애인 자랑이냐며 네라가 눈을 뾰족하게 뜰 때 미나 유리아는 미소 지으며 말했다.

"꼬마 아가씨도 언젠가 느끼게 될 거야. 이 아름답고 신비로운 감정을."

"……"

"분명 말할 날이 올 거야. 밤하늘을 볼 때나 바람에 흔들리는 잎사귀를 볼 때 문득. 정말이지 문득이라고밖에 말할 수 없는 상황에서 가을이 깊어졌군요, 바람이 시원해요라고. 분명 꼬마 아가씨도 그렇게 말하게 될 거야."

미나 유리아의 선언이었다. 너는 반드시 사랑을 하게 될 거라는.

네라는 자기 자신을 잘 알고 있기 때문에 그 말이 전혀 두렵지 않았다. 그것보다 미나 유리아의 얼굴이 오래 가슴에 남아 있었다. 장미 한 송이를 보는 그녀의 눈이.

그 눈과 미소가 너무나 행복해 보여서 네라는 여관에 돌아와 잠들기 전에 문득, 생각했다.

그 아이도 그런 행복한 미소를 지을 수 있게 되면 좋겠다고.

티끌 하나 없이 그 어떤 어둠 없이 행복하게 웃을 수 있게 되면 좋겠다고.

제5장
마이아와 팜의 선택

다음 날 아침,

"여기 빵은 별로다 꼬꼬. 블루베리 스테이크 아님 안 먹을래 꼬끼오."

잠에서 깨어난 나하사가 처음으로 본 것은 돌 처맞을 소릴 하는 암탉이었다.

"니가 왕이라고? 개굴족인지 개골족인지 불쌍 터지네."

"너는 나하랑 동갑이라면서 완전 겉늙었다 개굴. 피부 나쁜 것 좀 봐라 개굴."

"저기 우리 여보는 지금 몇 살이야? 열여덟이라는데 안 믿겨. 여보야가 그런 아저씨일 리가 없어."

그 옆에는 각자 자기 얘기만 하는 마족과 인간들도 있었다.

"X, 그 새끼가 너무 어려 보이는 거잖아! 그러는 지는 벌레 같은 거나 먹고사는 개구리면서!"

"자고로 사내라면 나하처럼 무엇이든 잘 먹어야 하는 거다 개굴. 딱 보니 넌 편식 심해서 부모님 속 썩일 상이다 개굴."

"니네 내 말 무시해? 참고로 나는 뭐든 잘 먹어. 여보야가 매운 걸 좋아한대서 같이 먹으려고 매일 힐본세 고추 먹으면서 훈련도 했어."

"이런 빵을 주다니 내가 무슨 맛도 모르는 서민으로 보여 꼬꼬? 크림소스 듬뿍 넣은 파스타나 먹을 거야 꼬끼오."

"이 개구리 새끼가 난 그냥 단 거만 좀 좋아할 뿐이라고! 그래도 요즘은 고쳤다고 엄마가 칭찬해 줬다고!"

"너 지금 우리 나하 엄마 없다고 무시하냐 개굴!"

"너희 내 말 무시해? 참고로 나는 여보야가 어머니 없어도 괜찮아. 우리 아빠는 그런 거에 편견 없어."

씬 노르와 구르, 팜과 마이아가 다섯 살짜리보다 수준 낮은 말다툼을 하고 있었다.

마이아는 대체 언제 왔는가. 씬 노르는 어제 과제도 끝냈으면서 왜 계속 달라붙어 있나…….

나하사는 모든 것을 외면하며 조용히 방을 나왔다.

씻은 후 식당에 내려가자 그곳에는 진과 네라와 칼이 있었다.

"통일시대 이후로 인간의 문화는 이전의 경건함을 지향하는 이념적 관점을 탈피하여 다양한 양상으로 변화를 시도하는 추세지."

"그러나 연극계는 달라진 시각을 수렴하지 못하고 소극적인 태도로 일관하고 있습니다. 아직 신시대 전기 수준에서 발전하지 못한 것 같더군요."

대체 봉인되기 전의 기억이 없다는 진은 뭘 알고 저러고 있는 것이며 육백 년 전의 신시대를 네라는 어떻게 알고 말하는 걸까…….

"내 생각엔 새로운 해석을 해 보는 것이 좋을 것 같소. 다프네는 칼리프스를 거부하고 싶었지만 칼리프스가 그녀의 옷을 숨겨 강제로 혼인을 했던 거지."

칼 더 그레이트는 호위 대상에게서 떨어져 여기서 뭘 하고 있는 것인가…….

게다가 저건 이미 있는 설화잖아. 신과 인간이 서로 바뀐 것일 뿐이잖아?

"흠, 그거 괜찮군. 거기에서 칼리프스가 맹인이 되어 다프네가 우리해에 바쳐졌다가 블루베타(우리해 해저에 있다고 여겨지는 드래곤의 이름)가 그녀를 인어족으로 만들어 구해 주는 스토리가 좋겠군."

"다프네가 칼리프스에게로 돌아가고 싶어서 다시 인간이 되고 싶어 하는 것도 재미있을 것 같습니다. 블루베타와 계약해서 목소리를 잃는 대신 두 다리를 얻는 겁니다."

"그렇게 돌아와 보니 칼리프스는 이미 다른 여자와 바람이 나 있어서 다프네는 점을 찍고 복수를 선언하는 거요. 마무리는 복수에 성공한 다프네가 평화롭게 살다가 우연히 어느 노파를 만나 이계로 강제 송환되는 장면이 좋겠소."

몇 개의 설화와 소설이 섞인 건지 다 세지도 못하겠다.

다섯 살 수준의 대화보다 더 알맹이가 없었다. 나하사는 이

번에도 외면하고 싶었지만 갈 곳이 없었다. 무엇보다 배가 고
파서 떡볶이를 시키고 자리에 앉았다.

"이제 일어나신 겁니까? 푹 주무셨습니까?"

"응, 뭐."

네라의 인사는 건성으로 답하고 칼을 향해 물었다.

"왔으면 깨우지 그랬어요. 마이아 바쁘지 않아요?"

"아가씨가 신랑 자는 걸 깨우지 말라고 하셔서 말입니다."

"왜 존댓말 쓰세요?"

"아가씨가 부군 될 분께 존대를 하라고 하셔서 말입니다."

칼이 이를 바득 갈았다. 그로서는 해제범이나 마족과 같은
자리에 있고 싶지도 않았을 것이다. 나하사는 자신의 탓인 것
같아 괜히 미안했다.

칼은 마이아를 데리고 오겠다며 올라갔다. 그 사이 떡볶이
가 나왔다. 나하사는 당연히 특제 소스를 뿌려 먹었는데 그것
을 보고 네라가 눈살을 찌푸렸다.

"아침부터 그렇게 먹으면 속이 상합니다."

"이 정도 가지고 뭘."

"흥, 놔둬라. 피똥을 싸 봐야 아, 내가 내 위장을 너무 과신
했구나, 하는 거지."

떡볶이 먹는데 똥 얘기하는 진이었지만 비위가 강한 나하사
에게는 전혀 상관없었다.

나하사는 포크로 떡 하나를 찍어서 네라에게 너도 먹을래?

하며 내밀었다. 소년으로서는 아주 드문 호의였지만 차마 이 독 처바른 떡을 삼킬 수가 없어서 네라는 저, 그, 하며 머뭇거렸다.

"지금 뭐하는 짓거리들이야!"

그때 앙칼진 고함이 들려왔다.

"내가 두 눈 시퍼렇게 뜨고 살아 있는 동안엔 딴 여자한테 떡볶이 먹여 줄 생각은 꿈에도 하지 마!"

모자를 푹 눌러쓴 마이아가 사냥하는 멧돼지처럼 저돌적으로 달려와서 포크까지 씹어 먹을 태세로 떡을 삼켰다.

진, 네라, 칼, 구르, 씬 노르, 팜…… 모두의 눈이 가엾은 소녀에게로 향했다. 나하사도 마이아를 보았다. 기대감 어린 눈으로.

"역시 우리 자… 콜록, 자기. 저, 정말 맛있어."

마이아는 코끝이 당기는 매콤함에 눈물까지 흘리며 좋아했다. 나하사는 모처럼 칭찬에 기분이 좋아서 떡볶이 접시를 내밀었다.

"너 매운 거 좋아해? 그럼 같이 먹자."

"……으, 응? 나, 나야 좋지!"

그렇게 마이아는 좋아하는 사람에게서 아침부터 고문당했다.

나하사 일행에 마이아 일행, 거기에 따라 붙은 씬 노르까지 포함하니 총 여덟 명이나 되었다. 대인원에 다들 시선을 끄는 생김새인 데다가 말하는 닭과 토끼까지 있으니 더 이상 사람 많은 식당에 있기 곤란해서 나하사가 빌린 방으로 올라왔다.

"좁다 개굴."

"붙지 마라."

"썅, 너 돈 없냐? 존나 좁아."

"침대는 내 거 찜!"

"냄새가 심합니다. 좀 씻고 사십시오."

"이거 내 냄새 아니거든 꼬꼬!"

"큼, 크흠! 아가씨, 여기 앉으세요."

각자 한마디씩만 해도 벌써 일곱 마디였다. 사람 다섯 명에 커다란 동물 두 마리가 한곳에 있으려니 안 그래도 좁은 방이 더 좁았다.

"야, 어제는 깜빡해서 안 물어봤는데 그 아저씨네 봉인은 뭐였냐? 키아의 꽃."

와중에 썬 노르가 칼과 마이아 앞에서 대놓고 주요봉인소 일을 물었다.

"그거 이미 풀려 있었어."

"뭐?"

"무슨 주요봉인소 관리를 그딴 식으로 하냐? 제대로 조사해서 해제된 건 주요봉인소에서 내렸어야지. 괜히 헛걸음만 했네."

"범죄자가 바라는 것도 많다, X. 그 아저씨 그렇게 안 봤는데 개새끼네. 해마다 관리비로 20억 받아 처먹고선."

대화를 듣던 마이아가 눈을 동그랗게 떴다.

"너 키아의 꽃 훔쳤어? 모도 드키아 아저씨 꺼?"

"응. 몰랐어?"

신문에도 대서특필 되었는데 어째서 몰랐던 건지, 나하사가 칼을 보자 칼은 어깨를 으쓱했다.

"아가씨는 요새 바쁘셔서 말입니다. 곧 학교 입학 예정이라서요."

"어, 맞아. 나 곧 학교 다녀. 우리 자기는 어디 학교야?"

학교 얘기가 나오자 키아의 꽃은 금방 잊어버린 마이아가 순진하게 물어왔다. 나하사가 답하기 전에 씬이 말했다.

"멧돼지 너 어디 학교 가는데?"

"이바노브 아시오 학곤데 멧돼지라고 하지 말랬지! 아, 짱나. 노와 때문에 해바라기 신관님처럼 완전 이상한 별명 만들어졌어."

"나도 그 학곤데."

씬이 자기가 학교 선배라며 존댓말을 쓰라고 했지만 물론 마이아는 말을 듣지 않았다. 그동안 네라가 나하사에게 귓속말했다.

"2학기 다녔다더군요. 어제 저한테 숙제 해 달라고 부탁했는데 완전 엉터리로 감상문 써 줬습니다. 칼리프스의 사랑을 감탄하는 식으로 말입니다. 후후."

아마도 모든 선생님들이 바라고 있을 감상을 써 놓고선 잘
했죠? 하며 은근 칭찬을 바라는 시선을 보냈다. 그 말을 들은
구르는 흥, 하며 바닥을 탁탁 쳤다.

"우리 나하는 워낙에 똑똑해서 학교 같은 거 안 다녀도 된
다 개굴!"

"너 말이 이상하다 꼬끼오? 그럼 마이아는 안 똑똑하다는
거냐 꼬꼬?"

"나는 자기 자식은 천재일 거라고 막연히 생각하는 그런 마
족 아니지만 우리 나하는 다른 아이들과는 진짜 떡잎부터가
다르다 개굴!"

"나도 자기 자식 감싸기는커녕 사자 새끼처럼 험하게 키우
는 그런 마족인데 마이아는 다른 아이들과는 생각하는 거 자
체가 다르다 꼬끼오!"

두 마족이 사람 쪽팔리게 엄마 놀이를 시작했다. 나하사는
자주 겪는 일이라 그러려니 했는데 마이아는 얼굴이 빨개져
있었다. 그래도 싫지는 않은지 말리지는 않았다.

"야, 너 학교 안 다니냐?"

씬 노르가 나하사에게 물었다.

"응. 안 다녀."

씬은 네 맘 다 이해한다는 인자한 표정을 짓더니 나하사의
어깨를 두드렸다.

"야, 인마. 기죽지 마. 윙 녀석도 학교 안 나왔는데 지금 잘 살고 있잖아."

"어, 그래……."

시크릿 보이의 비밀이 또 하나 더 밝혀졌다.

"이봐. 언제까지 시답잖은 친목질을 하고 있을 생각이지? 더 이상 이곳에서 시간 끌거면 나 혼자 떠나게 내게 건 마법이나 풀어라."

혼자 떨어져 창가에서 우아하게 폼 잡고 있던 진의 말에 나하사는 정신을 차렸다. 솔직히 잠시 풀어져 있었다. 요즘 들어 계속 이렇다.

"마이아. 할 말이 있다고 했지? 지금 해."

"……."

그 할 말이라는 게 무엇인진 몰라도 마이아도 계속 염두에 두고 있었던 모양인지 대번에 고개를 끄덕였다.

"우리 둘만 있어야 돼."

"그럼 나가자."

나하사는 두말없이 일어났다. 방을 나가려는 소년을 네라와 구르가 쪼르르 따라갔으나 나하사는 둘을 나오지 못하게 했다. 그러나 마이아의 호위기사인 칼은 제재하지 않았다. 마이아도 그것에 대해 별말을 하지는 않았다.

복도에 선 마이아는 심각한 표정으로 아래를 내려다보았다.

대체 할 말이 무엇인지. 나하사는 칼을 슬쩍 보았으나 칼은 주위만 살피고 있었다.

"저…… 나하사."

한참이 지나서야 마이아는 간신히 입을 열었다.

"나하사, 너는 그 개굴족이랑 친구인 거야?"

그 질문이 좀 의외였으나 나하사는 답해 주었다.

"응. 친구야."

"그 잘생긴 마족이랑도?"

"……응, 뭐……."

"마족이랑 어떻게 친구가 된 거야? 무섭지도 않아? 막 협박당하거나 그런 거 아냐?"

나하사는 살짝 기분이 나빠졌다. 설마 이 아이가 마족은 쓰레기니 어울리면 안 된다는 그런 말을 하고 싶어서 둘만 부른 걸까? 그냥 뒤돌아 방으로 들어가고 싶었지만, 마이아는 아주 진지한 눈을 하고 있었다. 그래서 소년은 성심성의껏 대답해 주었다.

"전혀 안 무섭고 협박당한 것도 아니야. 그냥 똑같은 사람이야. 너도 함께 있었으니까 알잖아."

"……응. 맞아."

마이아는 쉽게 수긍했다. 그리고 다시 한동안 입을 열지 않았다. 나하사는 끈기 있게 기다려 주었다.

또 시간이 얼마나 흘렀을까.

"나하사, 난 모르겠어."

마이아의 눈이 흔들리고 있었다. 혼란스러운 것처럼 보였다.

"아빠랑 어머니는 마족이 나쁜 놈들이라고 했어. 쓰레기라고 가까이 하면 안 된다고 했어. 그런데 팜은 자기 자식을 인간한테 잃었대. 인간이 팜의 집을 빼앗아서 이천 년간 돌아가지 못했대."

"……."

"나는 솔직히 아직 어려서 이천 년이 얼마나 긴지 모르겠어. 난…… 팜이 쓰레기인지, 잘 모르겠어."

마이아는 팜이 있는 방 쪽을 살짝 보았다. 눈에 눈물이 고인 것도 같았다.

"팜은 툭하면 인간 욕하고 나보고 맨날 인간 멧돼지라고 놀려. 신경질도 잘 부리고 입도 졸라 비싸. 꼭두새벽에 일어나 시끄럽게 해서 진짜 짜증 나."

"……."

"팜은…… 가끔 혼자 밤하늘을 보며 앉아 있을 때가 있어. 너무 슬픈 뒷모습으로 혼자서 달을 바라보고 있어. 나는 그럴 때 무슨 말을 해야 할지 모르겠어. 팜을 어떻게 대해야 할지 모르겠어. 나는 그냥……."

"……."

"그런 모습 보고 싶지 않아. 팜이 차라리 날 인간쓰레기라고 욕하는 게 더 나아. 구린내 쩌는 닭 주제에 혼자 쓸쓸해하는 거 진짜 짜증 나."

마이아가 말하며 눈시울을 훔쳤다. 칼은 이 아이가 이런 말을 할 것을 예상하고 있었는지 착잡한 얼굴이었다.

나하사는 방 쪽을 슬쩍 보았다. 마족인 팜은 이 정도 거리라면 아마 다 듣고 있을 것이다. 지금 어떤 반응일지는 모르겠지만······.

마이아는 이어서 말했다.

"나 사람들 앞에서 팜이 말 못 하게 해. 사람들한텐 팜이 마족이라고 말하지도 않았어. 말하면 나는 모든 걸 잃게 될 거라고 노와랑 칼이 말렸어. 그래서 말 안 했어."

"······잘 했어. 그런 건 숨겨야 돼."

나하사의 말에 마이아가 왈칵 울음을 터뜨렸다. 무척 억울한 듯 흘리는 눈물이었다.

"팜이 뭘 잘못했는데 숨겨야 돼? 팜은 내 목숨을 구해 줬는데! 그냥 입맛 좀 까탈지고 잠 좀 없고 하늘 보는 거 좋아하는 사람일 뿐인데, 왜 마족만이라는 이유로 말도 제대로 못 해?"

마이아의 목소리가 커지자 칼이 조용히 말렸다.

"아가씨······."

"칼! 칼, 너도 생각해 봐. 그리고 알려 줘. 팜이 우리랑 뭐가 다른지 알려 줘!"

마이아는 주저앉아 엉엉 울었다. 나하사는 난감해서 함께

쭈그려 앉아 소녀를 달래 주었다. 소년도 마음이 아팠다. 다정
하고 착한 개구리가 떠올라서 속상했다.

"난 팜이 마음껏 말하게 해 주고 싶어."

"……."

"팜이 인간을 싫어하는 게 슬퍼. 인간이 팜을 싫어하는 게
기분 나빠."

"……."

"그냥 팜이 더 이상 외로워하지 않았음 좋겠어."

"……나도 그래."

구르가 마음껏 말하게 해 주고 싶어. 구르가 인간을 싫어하
는 게 슬퍼. 인간이 구르를 싫어하는 게 기분 나빠.

그냥 구르가, 더 이상 외로워하지 않으면 좋겠어.

"나하사."

마이아는 붉어진 눈으로 나하사를 바라보았다.

"나는 뭘 할 수 있어? 나는 팜을 위해서 뭘 할 수 있어?"

"……."

나하사는 입술을 달싹였다.

그런 거,

없어.

우리 같은 게 아무리 애써 봐야 아무것도 변하지 않아.

"……."

마이아의 눈엔 아직도 눈물이 가득 차 있었다. 신기했다. 팜

과 마이아가 함께 지낸 지는 보름도 채 안 됐는데. 어린아이라서 그런지 순식간에 팜과 정이 들었다. 이것은 마이아를 위해서는 좋지 않은 일이었다. 마이아는 어차피 인간. 인간 세상 속에서 살아야 하는, 가진 것도 많고 잃을 것도 많은 그런 인간의 아이니까.

"나하사! 답을 알려 줘. 너는 마족과 친구잖아. 마족과 함께 살고 있잖아!"

"……답 같은 건……."

없어.

나하사는 방 쪽을 보았다. 구르도 기다리고 있을까? 내가 무슨 대답을 할지. 나하사는 생각했다. 만약 인간과 마족이 뒤바뀌어 있었다면. 이곳은 마계이고 인간은 마계에서 쓰레기로 불리고 있는 그런 세상이라면. 그런 곳에서 누군가 구르에게 똑같은 것을 물어본다면.

구르는 뭐라고 답할까?

"아가씨, 보세요. 나하사 군도 곤란해하지 않습니까. 이제 그만하고 집에 가죠."

칼이 울먹이는 마이아를 다독거렸다. 그러나 위로가 되는 말은 전혀 아니었다. 아마 마이아는 칼에게 제일 먼저 상담했을 것이다. 그러나 그는 마이아가 원하는 대답을 해 주지 않았을 것이고. 뻔했다.

하지만 마이아는 사실은 자신 같은 범죄자가 아니라 언제나 옆에 있어 준 든든한 호위기사가 이해해 주길 바랐을 것이다.

"그쪽은 어떻게 생각해요?"

나하사는 칼에게 물었다. 마이아는 눈물이 그렁그렁한 채로 칼을 올려다보았다.

"어떻게 생각하냐니……."

"우리 아가씨에게 헛된 생각 품게 하지 마라, 이런 생각 합니까?"

"……정확히 맞히는군요. 우리 아가씨는 소냐르를 통치하실 몸입니다. 쓸데없는 생각 일으키는 건 자제해 주십시오."

"쓸데없는 생각이라고요?"

칼은 한숨을 한 번 내쉬고는 단호한 눈으로 말했다.

"그래, 쓸데없는 생각이다. 가뜩이나 아가씨는 대놓고 암탉한테 말 걸고 저 새끼는 조심하지도 않고 사람들 있는 자리에서 소리쳐대고 그래서 시선이 좋지 않은데, 여기에서 더한 일은 좀 자제해 줘."

나하사는 눈을 깜빡였다. 칼이 비판하는 부분이 나하사의 예상과는 달랐다.

"그러니까, 마이아의 생각 자체가 틀렸다는 건 아니고요?"

"……."

칼이 다시 한 번 한숨을 내쉬었다.

"나도 나름 보름 동안 저 암탉과 같이 지낸 놈이라 말입니다. 저놈은 마족치고는 좋은 놈이더군요. 아가씨가 그런 생각을 하는 건 어쩔 수 없죠. 진짜 나쁜 마족을 만나게 되면 어차피 원래대로 돌아올 거고."

"진짜 나쁜 마족을 만난 후에는 마족을 나쁘다고 생각하는 게 당연하단 겁니까?"

"아주 당연한 걸 묻는군요."

"나는 자기 친아들을 제물로 바친 아버지를 만난 적이 있어요. 그럼 나는 앞으로 만날 모든 아버지를 그런 식으로 생각해도 당연한 거군요?"

"……"

칼은 할 말을 잃었는지 입을 다물었고 마이아는 딸꾹거리며 놀랐다. 나하사는 칼을 보면서 말했다.

"나쁜 마족이 있는 거 알아요. 하지만 처음 본 인간의 아이를 위해 뛰어들어 다치는 마족도 분명 있습니다. 그걸 알고 있어서 이제부터 달라지려는 마이아를 그쪽은 어떻게 생각하고 있는 거죠?"

칼은 마이아를 보았다. 마이아는 칼과 나하사를 번갈아 보면서 누구에게서든지 답을 바라고 있었다. 아직 어린아이였다. 주입받은 편견과 보고 겪은 현실 사이의 괴리에 혼란스러워하는.

"나는 아가씨가 지금까지 살던 대로 살았으면 좋겠다."

이윽고 칼이 입을 열었다.

"그래야 살기 편한 세상이니까. 이 꼬맹이는 너처럼 당장 마족의 편이 된다고 해서 잃을 게 하나도 없는 그런 신분이 아니다."

그 점은 나하사도 알고 있었다. 마이아는 귀족이었다. 소냐르를 통치할 제1공작의 후계자였다.

나하사는 마이아를 보았다.

"모든 건 네 선택에 달렸어."

"……"

"팜과 친구가 되면 넌 많은 걸 잃게 될 거야. 지금보다 훨씬 더 많은 적을 만들게 되겠지. 친구였던 사람들이 하루아침에 돌변하는 걸 볼 수 있을 거야. 가시밭길을 걷게 될 거고, 무척 괴로운 일만 일어날 수도 있어."

마이아의 얼굴이 일그러졌다. 나하사는 알고 있었다. 이것은 마이아가 원하는 대답이 아니었다. 이 아이에게 필요한 것은 확인이었다. 마족인 팜과 친구 해도 된다는 확인.

이 아이에게는 단 한 마디의 용기를 주는 말이 필요한 것이다.

"나한테 이득은? 내가 얻는 건 없어?"

마이아가 다급히 물었다.

그러나 그 용기는 스스로 내지 않으면 의미가 없는 것이다.

나하사는 천천히 입을 열었다.

"모든 것을 다 잃은 후에 네가 얻는 건……."

나하사는 문 쪽을 바라보았다.

"팜, 하나야."

단지, 팜 하나.

마이아의 물기 어린 금색 눈동자가 바람 앞의 촛불처럼 흔들렸다. 나하사는 그런 아이를 위로하기는커녕, 팜과 친구가 되면 모든 것을 잃을 텐데 넌 그럴 수 있어? 하며 묻고 있었다.

팜 하나 때문에 네가 가진 모든 걸 포기할 수 있느냐고.

무거운 침묵이 감도는 그때였다.

"칼 경, 아가씨!"

아래층에서 갑옷을 입은 기사가 뛰어 올라왔다.

"무슨 일이지?"

칼이 기사에게 물었다. 젊은 기사는 마이아를 슬쩍 보았다가 난감한 기색으로 답했다.

"지금 식당 앞에 사람들이 몰려들었습니다. 이대로 나가는 건 좀 위험합니다."

"이 앞에?"

칼이 제길, 욕설을 내뱉었다.

"아가씨가 여기 있는 건 어떻게 알고?"

"모르겠습니다. 다른 쪽에서 정보를 흘린 건지……."

"뭐야? 뭔데?"

마이아가 영문을 몰라 물었다. 칼은 마이아를 빤히 바라보다가 무언가를 결심했는지 작정한 얼굴로 마이아에게 챙이 긴 모자를 씌워 주었다.

"직접 보시는 게 좋을 것 같군요."

그는 마이아를 데리고 기사와 함께 계단을 내려갔다. 그러면서 나하사를 힐끗 돌아보았는데 마치 따라오라는 것 같았다.

나하사는 조금 고민하다가 그들을 따라갔다.

1층 식당은 텅 비어 있었다. 부서진 식당 출입문을 제1공작가의 기사들이 가로막고 있었고, 그 바깥에는 사람들이 몰려들어 한 소리로 외치고 있었다.

"마이아 소냐르를 수도에서 쫓아내라!"

"마족이 인간과 같은 곳에 있다니 그게 말이 되는가!"

"그 마족을 공개처형 해라!"

사람들은 '마족 없이 안전히 살자', '마족 타도' 등의 피켓을 들고 있었다. 수십은 되어 보이는 사람들이었다.

"이게 대체……?"

마이아가 놀라서 칼을 돌아보았다. 어제는 볼 수 없었던 광경에 나하사도 놀라서 칼을 보았다. 칼은 머리가 아픈지 관자놀이를 꾹꾹 누르고 있었다.

"마족 놈이 오고 일주일 후부터 저 난리입니다. 주로 성 뒷문 쪽에서 저 짓을 벌였는데 오늘 마족과 함께 수도의 여관에 들어온 것을 알고 다들 흥분했나 보군요."

"난 그런 줄 전혀 몰랐어……."

마이아는 황망히 중얼거렸다. 칼은 모자를 쓴 마이아의 머리 위에 손을 턱 올렸다.

"공작님께서 아가씨가 모르게 하려고 그간 얼마나 애쓰셨는지 모릅니다."

"아빠가?"

"예. 그런데 오늘은 정보가 샌 것 같군요. 아가씨가 이 여관에 오신 걸 아는 사람은 몇 없는데."

칼은 제3공작인지 아니면 신흥 귀족인지 가만 안 두겠다며 이를 갈았지만, 마이아는 지금 그런 것에는 관심이 없었다.

소녀는 지금 식당 앞 사람들의 순수한 적의와 악의에 충격을 받은 상태였다. 또한 나하사도 충격을 받았다. 이 정도일 줄은 몰랐다. 저렇게 귀족 앞에서 대놓고 쫓아내라고 외칠 줄은.

"팜은 우리가 데려갈게."

나하사가 한숨을 쉬며 말했다. 마이아는 깜짝 놀라며 고개를 들었다.

"……."

그런데 목소리는 나오지 않았다.

아니야, 데려가지 않아도 돼. 팜과 계속 있을 수 있어.

그 말이 입 밖으로 나오지 않았다.

마이아가 소리 없이 눈물을 흘렸다.

"아가씨."

칼이 위로하듯 마이아의 어깨에 손을 올렸다. 마이아는 서둘러 눈물을 닦았다. 소녀는 입술을 질끈 깨물고서 나하사를 올려다보았다.

"……팜은, 팜은……."

"……."

나하사는 담담하게 마이아를 보았다. 재촉하지도 않고 자르지도 않았다. 마이아는 입술을 가늘게 떨었다.

그때였다.

"저기 마이아 소냐르다!"

식당 밖에서 누군가가 소리쳤다. 기사들 사이로 마이아가 보인 모양이었다.

"마이아가 있다! 마족은 안 보여!"

"이렇게 당당하게 모습을 드러낼 줄은 몰랐군!"

"마이아 소냐르를 쫓아내라!"

사람들의 아우성이 심해졌다. 마족에 대한 반감은 마이아 소냐르에 대한 반감으로 진화했고, 이대로라면 제1공작가에 대한 반감으로 이어질 것이 뻔했다.

"아가씨, 이대로는 공작님께도 영향이 있을 겁니다. 책잡힐 일은 하지 말죠."

칼이 말했다.

"이대로 마족을 넘기고 성으로 돌아갑시다."

그 말에 마이아는 무심코 모자를 더욱 눌러 쓰며 나하사를 보았다. 어떻게 좀 해 달라는 눈이었다.

"선택은 네가 하는 거야."

나하사는 그 도움을 바라는 눈길을 가로막았다.

마이아는 기사들이 간신히 막고 있는 사람들을 보았다. 분노에 찬 사람들. 아무 잘못도 하지 않은 팜을 쫓아내라고 하는 사람들. 더러는 마이아가 흑마법사가 아니냐며 함께 화형시켜야 한다고 말하는 사람들. 마이아는 저렇게 순수하게 악의와 적의에 가득 찬 사람들을 처음 보았다. 그들이 무서웠다.

열두 살 마이아가 듣기에는 너무나 가혹한 비난이었다.

"내가 팜을 데려갈까."

나하사가 확인하듯 다시 한 번 말했다. 마이아는 그저 그대로.

고개를 떨어뜨렸다.

마이아는 저들이 무서웠다. 편견만 가득 차서 아무 잘못도 하지 않은 이를 당장 죽이라고 아무런 주저 없이 말하는 그들이.

아이는 한 걸음, 또 한 걸음 뒤로 물러났다.

칼이 보셨죠? 눈빛으로 말하곤 사람들의 시선에서 마이아를 숨겼다.

마이아는 고개를 숙인 채 칼의 뒤로 숨었다.

이 아이는 선택을 한 것이다.

"마족을 내쫓아라!"

"마이아 소냐르와 마족은 당장 모습을 드러내라!"

사람들이 소리쳤다. 나하사는 시위 중인 사람들을 묵묵히 응시했다. 누군가 구르를 보고 키메라냐고 물었을 때 그렇다고 대답하는 자신은 어쩌면 저들과 다를 바가 없는 인간인지도 몰랐다.

"아가씨, 밖에 나가죠. 그 마족과 우리는 전혀 상관없는 사람이라고 합시다."

"……."

"우리를 적대하는 쪽에서 퍼뜨린 악의적인 루머라고 하면 됩니다. 우리가 쌓아둔 이미지가 있으니 아예 안 믿진 않을 겁니다."

칼이 마이아의 어깨를 감쌌다. 나하사는 그들을 위해 한 걸음 옆으로 비켜섰다. 그때 1층으로 내려오는 계단에 검붉은 털의 마족이 서 있는 것을 보았다.

"재미있는 상황이 일어났군."

"……!"

"……!"

칼은 놀라서 돌아보았고 마이아는 흠칫 하며 고개를 숙였다. 아이는 칼의 등 뒤에 얼굴을 파묻고 보이지 않았다.

팜은 암탉 상태가 아니었다. 틸라 영지에서 헬렌의 옆에 있었을 때처럼 2미터가 넘는 마족의 모습을 하고 있었다.

팜의 뒤로 구르를 안은 네라와 진, 씬 노르가 줄지어 따라 내려왔다. 구르는 나하사와 눈이 마주치자마자 점프해서 튀어 왔다. 나하사는 구르를 품에 안았다.

"저게 뭔 지랄들이냐."

씬이 식당 앞의 사람들을 보며 혀를 찼다.

"팜 님, 신경 쓰지 마십시오. 인간들이 아무것도 모르고서 저러는 겁니다."

팜은 네라의 말은 듣지 못한 것처럼 마이아의 옆을 지나쳐 성큼성큼 문 앞으로 걸어갔다.

"팜!"

당장에라도 밖으로 나갈 것 같아서 마이아가 자기도 모르게 소리쳐 불렀다가, 눈이 마주치자 다시 칼의 뒤로 숨었다.

칼은 마이아의 변명을 대신해 주었다.

"너는 이해해라, 아가씨는 이 나라를 다스릴 분이야. 잃을 것도 많으시고……."

"누가 뭐래?"

팜은 샛노란 눈동자로 그들을 보았다.

"내가 닭대가리라도 이 정도는 이해해."

팜은 말했다.

"다 알고 있고, 전부 이해하고 있어. 한두 번 겪은 일도 아니고 말이지."

위층에서 모든 대화를 듣고 있었던 팜이었다. 혼란스러워하던 복도에서의 대화도, 끝내 자신을 부정하는 결론을 택한 지금의 상황도 팜은 모두 알고 있었다.

"스테이크가 너무 질기더군. 저 녀석은 잠꼬대도 심해서 밤에 잠도 제대로 못 잤어. 솔직히 신발이라고 신긴 그 노란색 닭신은 최악이었고."

"……."

"흥, 이제야 여길 떠나게 되는군. 지긋지긋했는데 잘됐어."

팜이 식당 입구 앞에 섰다. 입구를 막고 있던 기사들이 우왕좌왕하며 칼을 보았다. 칼이 고개를 끄덕이자 기사들이 들고 있던 창을 내렸다.

"팜, 지금 무슨 생각하는 거야?"

나가려는 팜에게 나하사가 물었다.

"여길 나가면 너 무사하지 못할걸."

"저딴 나약한 인간들은 조금도 두렵지 않아."

"그냥 조용히 뒷문으로 나가. 나가서 뭘 어쩌려고."

팜은 칼을 보았다. 아니, 칼 뒤의 작은 소녀를.

"내가 해결해 줘야지. 나 때문에 일어난 일이니까."

팜은 주저 없이 밖으로 나갔다. 나하사는 말리려고 했으나 구르가 그냥 두라고 말해서 가만히 있었다.

"마, 마족이다!"

"키메라같이 생긴 놈이야!"

사람들은 진짜 마족이 앞으로 나오자 뒤로 주춤 물러섰다.

"역시 마이아 소냐르와 함께 있었어!"

"같은 패거리였어. 제1공작가는 흑마법을 하는 게 분명해!"

식당 안의 사람들은 조용히 상황을 지켜보았다. 진은 아니꼬운 얼굴로, 씬은 그답지 않게 진지한 얼굴로, 네라는 안타까운 눈으로.

"멍청한 놈들."

팜이 인간들을 향해 나직이 말했다.

저, 저 쓰레기가 지금 뭐라는 거야, 마족 새끼가 감히 지금 뭐라고…… 사람들이 수군거렸다. 기사들과 경비가 마족인 팜을 붙잡기 위해 다가왔다.

팜은 5미터가 넘는 날개를 활짝 펼쳐 그들이 더 이상 다가오지 못하게 했다.

"어리석은 것들아. 마이아 소냐르와 한 패라고? 내가 저런 역겨운 인간의 아이와 함께해서 무슨 이득을 얻는단 말이냐."

"뭐…… 무슨?"

"다친 날개를 치유하기 위해 저 인간의 아이를 협박해서 이용하고 있었을 뿐이다."

팜의 말에 칼의 등 뒤에 있던 마이아가 번쩍 고개를 들었다.

"인간과 한 패라니 그런 식으로 나를 모욕하는 건 용납할 수 없어."

"마이아 소냐르와 한 패가 아니었다고?"

"나를 돕지 않으면 수도의 인간들을 하루에 하나씩 피를 빨아먹고 버리겠다고 협박했지. 그 나약하고 어리석은 인간의 아이는 ……내 말에 강제로 따르고 있었다."

팜은 뒷모습을 보이고 있어서 마이아도 나하사도, 그 마족의 얼굴은 볼 수 없었다. 그러나 목소리로 어렴풋이 알 수 있었다.

"내게 한 패 따위는 필요 없어. 나는 혼자서 살아간다. 인간 따위와는 손을 잡지 않아. 인간은 질색이야."

슬픔을.

안타까움과 분노도.

배신감과 회한도.

"그렇구나! 마이아 소냐르는 협박당했던 거였어."

"영애는 아직 어리니까 마족의 말에 따를 수밖에 없었던 거야."

"저 더러운 마족 새끼! 잡아서 죽여야 해, 당장!"

사람들의 증오는 모두 팜에게 향했다.

혼란에 잠긴 식당 밖과는 다르게 식당 안은 아주 조용했다. 아무도 없는 것처럼 고요했다.

"나하야, 우리는 이제 그만 여기를 떠나자 개굴."

구르가 말했다.

"팜도 같이 데려가야지. 저대로 두고 갈 순 없어."

"이건 팜이 선택한 거다 개굴. 그 책임도 팜이 진다 개굴."

"하지만 이대로는…… 너무 불쌍합니다."

네라가 안타까워하자 구르는 불쌍할 거 없다고 답했다. 그러나 나하사도 네라도 움직이려 하지 않았다.

"저 녀석도 마족이야. 어차피 잘 빠져나갈 거다."

진도 구르와 같은 의견이었다. 나하사는 머뭇거릴 뿐 좀처럼 결정을 내리지 못했다. 여기서 끼어들면 상황은 더욱 심각해질 것이고, 그렇다고 아무것도 안 하고 사라지기에는 찝찝한 상황이었다.

씬 노르는 한 발짝 뒤로 빠져서 모든 광경을 보고 모든 대화를 듣고 있었다. 같은 마족을 두고 가라는 마족과 두고 갈 수 없다는 인간의 대화를.

"전후 사정도 그 진실도 아무것도 모르고서 무턱대고 단정 짓는 너희들에게 마이아 소냐르도 질색하겠군."

"이……! 이게 모두 너 때문이잖아, 마족 새끼!"

"어떻게 협박할 상대가 없어서 그 어린 분을 협박하는가!"

인간을 감싸고 욕을 먹는 마족의 모습도.

"팜……."

그저 뒤에서 가녀리게 떨고만 있는 아이의 모습도.

씬은 머리를 긁적였다. 재수 없는 걸 봐 버린 것 같았다. 인간과 마족의 우정이라는 영원히 알 필요 없는 것을 알아 버렸다.

"칼 경은 무엇을 하는가! 어서 저 마족을 붙잡지 않고!"

"마족을 잡아라! 화형시켜라!"

기사들은 칼의 명령을 기다리고 있었다. 칼은 지금 저 마족을 붙잡으라고 명령을 해야 했다. 그렇지 않으면 팜이 저렇게 앞에 나서서 연기를 해 준 의미가 없었다.

"칼 경."

기사 한 명이 칼에게 다가왔다. 어떡할까요? 라는 얼굴이었다. 칼은 마족의 뒷모습을 보고서 이윽고 결심했다.

"저 마족을 붙잡아서…."

"안 돼!"

그때 마이아가 소리쳤다.

"안 돼!"

마이아는 모자를 벗어 던졌다. 검청색의 머리카락이 물결치며 흘러내렸다.

"아가씨?"

마이아는 칼의 손을 뿌리치고 식당 입구의 사람들 쪽으로 뛰어 들어갔다.

"아가씨!"

놀란 칼이 뒤따라갔으나 한발 늦었다.

마이아는 날개를 활짝 펼친 마족의 허리를 껴안고 있었다.

모든 사람들이 아연히 마이아와 팜을 보았다. 나하사도, 구르도. 진과 네라도. 씬 노르도.

"마이아……."

팜이 황망히 마이아의 이름을 불렀다.

마이아는 금방 얼굴을 들었는데 울고 있지 않았다. 조금 붉어진 눈가로 팜을 보았다. 그리고 팜을 향해, 모두를 향해 말했다.

"아니야."

"……."

"협박당해서 강제로 같이 있었던 게 아니야!"

"……!"

"팜이 좋아. 팜이 좋아서 함께 있었던 거야. 팜을 내 친구라고 생각해. 그래서 함께 있었던 거야!"

마이아는 경악하는 사람들을 보았다. 한 명 한 명 단호하게 눈을 마주쳐 주었다.

"팜은 아무 잘못도 하지 않았어. 내 목숨을 구해 주었고, 내가 심심해하면 노래도 불러 주고 옛날이야기도 해 주었어. 밤에 화장실도 같이 가 주고 날 위해 키메라라고 정체도 속여 줬어."

칼은 마이아를 말리지 않았다. 대신 문가에 기대 이마를 짚었다.

"당신들이 왜 이러는지 모르겠어. 팜은 아무 잘못도 하지 않았어. 전쟁이 끝나고 계속 숨어 지냈어. 그렇게 이천 년이야. 다들 팜한테 왜 이러는 거야? 내가 아무리 어려도 이 상황이 불공정한 건 알아!"

마이아의 목소리에 물기가 어렸다. 이 어린아이가 진정으로, 필사적으로 이야기하고 있는데도 사람들의 시선은 그저 냉담하기만 했다. 그래서 나하사는 안타까웠다.

그러나 마이아에게 그런 사람들의 시선은 상관없었다. 지금 마이아에게 필요한 것은 저런 아무 상관없는 사람들의 수긍 따위가 아니었다. 마이아는 팜을 올려다보았다.

"팜, 부정하려 해서…… 외면당하는 걸 무서워해서 미안해."

"……."

"그런 말 하게 해서 미안해."

팜은 마이아의 작은 어깨에 손을 올려 가만히 바라보았다.

"이러면…… 안 된다. 너에게도, 네 가문에게도……."

"우리 아빠는 정의가 무엇인지 아는 분이야. 아무 죄도 없는데 단지 마족이라고 내치는 분이었다면 이렇게 오래 팜과 함께 있을 수 없었을 거야."

"그런 아버지에게서 외면을 받을지도 몰라……."

"팜."

검붉은 털의 커다란 마족과 조그만 인간의 아이는 서로를 따뜻하게 응시했다.

"맞아. 나하사 말대로, 네 말대로 나는 많은 것을 잃을지도 몰라."

식당 안의 사람들도 식당 밖의 사람들도 모두가 이 남겨진 마족과 인간의 어린아이를 보고 있었다. 그러나 당사자 둘은 오직 상대만 보이는 것처럼 대화했다.

"그 말은 즉 내가 많은 걸 가졌다는 거야. 나는 지금 귀족이고, 제1공작가의 하나뿐인 후계자야. 나는 평범한 사람들은 꿈도 꾸지 못할 것을 할 수 있어."

"......"

"아직은 잃은 게 아니잖아. 내가 가진 이 권력을 이용해서 팜이 다시는 이런 취급당하지 않도록 노력할 거야."

마이아의 말을 들은 나하사는 생각했다.

분명 무리라고. 무엇도 바뀌지 않을 거라고. 이곳은 마족인 것 자체가 죄가 되는 인간의 세상이니까.

"마이아, 그건……."

팜도 마찬가지인지 만류하는 듯했다. 그러나 마이아가 단호하게 가로막았다.

"마족은 이런 취급을 받는 게 당연하니까 포기해, 이렇게 말하려고?"

마이아는 둘러싼 사람들을 보았다. 마족을 쫓아내라는 피켓을 든 사람들, 창을 든 기사와 경비들. 그리고 마이아는 식당 안으로 눈을 돌렸다. 착잡한 얼굴의 칼, 놀란 얼굴의 씬 노르와 네라, 표정을 알 수 없는 진을 지나 토끼를 안고 있는 마법사 소년에게로 향했다.

"내 생각엔…… 그렇게 말하는 사람이나 마족을 그런 취급하는 사람이나 똑같은 것 같아."

"……."

"아무리 애를 써도, 무슨 짓을 하더라도 어차피 변하지 않는 게 아니야."

마이아는 나하사를 보고 있었다.

"그렇게 말하면서 아무것도 안 하기 때문에 무엇도 변하지 않는 거야."

나하사의 눈이 흔들리는 것을 본 후 마이아는 다시 시선을 돌렸다.

피켓을 든 사람들은 여전히 냉담한 얼굴이었으나 아무 말도 하지 않았다.

뒤늦게 정신을 차린 칼이 기사들을 추스르게 해 마이아의 귀가를 재촉했다. 팜은 마지막으로 식당 안의 구르와 나하사에게 눈으로 인사를 한 후 암탉 모습으로 변했고, 마이아는 자연스레 팜을 안았다.

"……신기하군요."

"뭐가?"

네라의 중얼거림에 씬이 물었다. 네라는 밖을 보세요, 했다.

"아무도 막지 않는 게 신기합니다."

그랬다.

성으로 돌아가는 마족과 아이를 사람들 누구도 막지 않았다.

마족을 쫓아내라는 피켓을 들고 있는 사람들이 모두 가만히 있었다. 마치 마법에라도 걸린 것처럼. 이상하기도 하고 괴상하기도 한 광경이었다. 그러나 한편으로는 당연하기도 했다.

거대하고 징그러운 마족과 아주 작고 여린 어린아이의 깊은 유대감을 본 인간의 어른들로서, 아주 당연한 반응이기도 했다.

"나하야, 우리도 가자 개굴."

얼어붙은 듯한 나하사를 구르가 툭 건드렸다. 나하사는 응, 답하면서도 움직이지 않았다.

"어리석군."

진이 말했다.

"둘 다 똑같이 어리석어."

그 말에 나하사가 웃었다.

"그러네, 진짜."

"……"

"저런 모습을 보고도 마족과 함께 있으려는 인간이나, 저런 말을 듣고도 인간의 곁에 있으려는 마족이나…… 둘 다 똑같네."

마이아는 팜을 데리고 있는 것만으로도 그 신분이 위험해질 수도 있었다. 팜은 마이아의 곁에 있으면서 목숨이 위험해질 수도 있었다. 그럼에도 그 둘은 그런 결론을 내렸다.

"이제 가자 개굴."

"……응."

나하사는 구르를 보았다. 구르는 토끼 모습이었다.

소년은 그대로 뒤돌아섰다.

그렇게 말하면서 아무것도 안 하기 때문에 무엇도 변하지 않는 거야.

나하사도 알고 있는 사실이었으나 다른 이의 입에서 들으니 기분이 묘했다.

앞으로 마이아는 자신이 내뱉은 말을 책임지기 위해 필사적으로 노력해야 할 것이다. 많은 사람들의 앞에서 행한 선언을 이루기 위해서.

마이아의 당돌한 경고는 그게 이루어진 후에야 의미가 있는 것이라고, 나하사는 생각했다.

제6장

이바노브 아시오

「영웅의 나라에 오신 것을 환영합니다.」

커다란 현수막을 늘어뜨린 비행선 여덟 대가 하늘에 떠 있었다.

「이곳부터는 엘프의 도시입니다.」

그 하늘 아래 높은 산에는 엘프 도시의 알림 문구가 먼 거리에서도 보이도록 수놓아져 있었다.

스스로 영웅의 나라라는 칭호를 쓰는 오만함에 비행선 여덟 대를 띄우는 재력, 산 하나를 입구 표지판으로 만드는 대담함은 보는 이들로 하여금 위압감을 느끼게 했다.

그러나 이 경이적인 환영에는 손톱만큼도 관심이 없는 이가 한 명 있었다.

"지, 지금 함께 있다니까요! ……아니, 지금 있다는 게 아니라, 지금은 같이 없고 아, 아무튼 지금 같이 있다니까요!"

아무도 없는 방에서 씬 노르가 통신 구슬을 앞에 두고 허둥지둥 소리치고 있었다.

『그러니까 해제범 일행과 같이 있기는 한데 지금은 떨어진 곳에 있다, 이건가?』

동그란 구슬에선 굵은 저음이 흘러나왔다.

"그, 그럼요. 이 대화 들키면 안 되는 거잖아요."

『역시 총명하구나. 하하.』

"가, 감사함뉘닷!"

남자의 칭찬에 씬 노르는 자랑스러워하며 얼굴을 붉혔다. 상대가 무슨 말을 하더라도 씬은 아마 얼굴을 붉혔을 터였다.

왜냐하면 그가 니스너 실 누소즈기 때문에.

『최서쪽 엘프 도시라고 했지. 흠, 그 근처의 경비는 미리 빼놓을 테니 최대한 편한 여행을 하게 만들어라.』

"네, 넷!"

『매운 걸 좋아한다니까 같이 먹어 주고. 식사 한 번 같이하는 게 친해지기에는 최고야.』

"네, 넷!"

『앞으로도 잘 부탁한다. 언제까지라고 했지?』

"네, 넷!"

긴장한 씬이 저도 모르게 차렷 자세로 앵무새처럼 네네거렸다. 니스너는 화를 내기는커녕 짧게 웃어 넘겼다.

『그래, 잘 알고 있구나. 겨울이 되기 전까지다.』

니스너의 말에 씬은 침을 꿀꺽 삼켰다. 우리대륙의 가을은 짧다. 앞으로 보름만 지나면 겨울이 온다.

『잘할 수 있을 거라 생각한다. 비슷한 나이 대는 쉽게 친해질 수 있으니까 널 보낸 거야.』

은근히 무서운 말이었다. 씬은 보이지도 않는 통신 구슬 앞에서 가슴을 팡팡 쳤다.

"거, 걱정 마시라니까요! 안 그래도 지금 존나 완전 친해졌어요. 꼭 데려가겠습니다!"

그렇다. 사실 씬은 지금 막중한 임무를 부여받고 이곳에 있었다.

그것은 바로 나하사를 이바노브 아시오 백양의 영웅 아지트로 데려가는 것.

음흉한 음모가 있는 것은 아니었다. 오히려 그 반대였다.

『씬 노르, 이걸 꼭 기억해야 한다. 우리에게 필요한 건 백 명의 전쟁 용병도 아니고 백 명의 마탑 마법사도 아니야.』

니스너가 진지한 목소리로 말했다.

『우리에게 필요한 건, 단 한 명의 대마법사.』

전쟁에 이기기 위해서는.

『고대마법을 자유자재로 쓸 수 있는 단 한 명의 마법사. 나하사 그 아이가 필요해. 반드시 데려와야 한다.』

나하사가 같은 편이 되어야 한다.

통신을 끊은 씬 노르는 근심에 잠겼다. 니스너 실 누소즈를 실망시키고 싶지는 않은데 저번의 대화를 들어 보면 나하사 그 녀석은 완전히 마족의 편인 것 같아서 어떻게 구슬려야 할지 고민이었다.

'반드시 데려와야 한다.'

니스너의 마지막 말을 떠올린 씬 노르는 부르르 어깨를 떨었다. 험한 표현 한 번도 쓰시지 않는 친절한 분인데 왜 이렇게 무서운지 모르겠다.

고추 튀김이나 같이 먹자, 같이 비빔밥 먹으러 안 갈래? 등의 멘트를 생각한 후 해제범 일행이 있는 곳으로 돌아갔다. 개구리 마족의 배를 간질이며 괴롭히고 있던 나하사가 놀라며 물었다.

"어, 뭐야. 너 간 거 아니었어?"

"병신아, 화장실 간다고 했잖아."

"아니 오래 지나도 안 오길래 돌아간 줄 알았지. 너 설마…… 변비냐?"

"X…… 아니거든? 내 괄약근 졸라 건강하거든? 날 뭘로 보고."

"어쩜 여자가 있는 곳에서 너무 무례한 대화들이군요."

둘의 저렴한 말싸움에 네라가 끼어들었다.

"그리고 솔직히 당신 변비 맞습니다. 지금 벌써 몇 분이 지났는지 압니까?"

"아니라고, 화장실 줄이 길었다고! 내 앞 사람이 변비였던 거라고!"

"그렇게 변명하지 않아도 됩니다. 변비는 부끄러운 일이 아닙니다."

"아, 측은한 눈으로 보지 말라고 X, 변비 아니라고. 화장실 가면 슴풍슴풍 싼다고!"

발끈해서 소리치던 씬 노르가 아차 싶어 말을 멈추었다. 대체 고추 튀김이나 비빔밥은 어디로 가고 변비에 괄약근 이야기나 씨부리고 있는 건가.

씬은 크흠, 목소리를 고르고서는 나하사의 옆에 앉았다.

"야, 너 시간 있으면…… 같이 고추장 비벼서 밥 먹지 않을 래?"

"고추장? 내 고추장?"

"어, 그, 그래. 네가 만든 것도 한 번 먹어 보고 싶어서."

"진짜?"

나하사가 무척 좋아하면서 가방에서 특제 고추장 튜브를 꺼냈다. 씬은 저 빨간 것의 악명을 이미 알고 있었다. 마이아 소냐르가 저것에 당하는 장면을 보았기 때문에.

"솔직히 고추장이랑 안 어울리는 음식은 거의 없어. 너 오렌지 주스에 섞어 먹어 본 적 있냐?"

"오, 오렌지 주스에 고추장을!?"

"완전 맛있어! 오렌지 주스를 2/3 정도 따르고 고추장을 2 티스푼 넣고 섞어 주면 맵고 새콤한 주스가 돼."

천진난만하게 독약 제조법을 설명하는 나하사였다.

"말 나온 김에 지금 당장 마셔 봐."

그러면서 나하사가 고추장 오렌지 주스를 머그컵에 제조하

기 시작했다. 매운 것에 대해서 묘한 승부욕이 있는 마족 진이
자기 몫도 만들라고 주문했다. 나하사는 신 나서 세 컵을 제조
했다.

땀을 뻘뻘 흘리는 씬을 보며 구르가 말했다.

"싫으면 안 마셔도 된다 개굴."

"그, 그럼 나는 그냥……."

"나하는 실망하겠지만 개굴."

"……."

이윽고 그것이 완성되고 말았다. 노을색의 액체가 담긴 머
그컵을 나하사가 즐거운 얼굴로 내밀었다. 머그컵 안에는 뭔
가 알갱이 같은 게 떠 있었다. 냄새도 심상치가 않았다.

'비슷한 나이 대는 쉽게 친해질 수 있으니까 널 보낸 거야.'

니스너 실 누소즈의 그 말이 '그러니까 안 친해져서 실패하
면 다시 돌아올 생각하지 말렴, 하하.'로 자연스레 번역되어
머릿속을 맴돌았다.

결국 씬은 모든 것을 감내하는 겸허한 얼굴로 머그컵을 받
아 드는 수밖에 없었다.

이바노브 아시오 서쪽에는 드워프 도시와 엘프 도시가 있
다. 이 중 드워프 도시는 전에 나하사 일행도 온 적이 있는 날
개협곡이 있는 곳이다. 그 아래 엘프가 모여 사는 도시인 휘트
니스에는 주요봉인소가 있는데, 전에 왔을 때 니스너와 마주

치는 바람에 들르지 못하고 떠났었다. 이제는 어차피 이바노브 아시오 학교 가는 길이기도 하니 해제할 때가 되었다.

"넌 왜 봉인을 깨고 다니냐? 재미있냐?"

씬 노르는 봉인소 바로 앞에까지 따라와 집적대었다.

"너는 왜 날 따라다니는데? 재미있냐?"

"심심해서 그렇다니까 왜 이렇게 사람을 못 믿어. 네 그 오렌지 주스도 먹어 줬구만."

하면서 씬은 뒤쪽의 머리 하나 더 튀어나온 진을 가리켰다.

"저 녀석도 못 먹은 거잖아."

"……"

사실이었다. 진은 자기가 만들어 달라고 해 놓고 마시지 못했다.

"뭘 보는가. 눈깔 치워라, 깐따삐아해 버리기 전에."

진이 지레 찔려서 으르렁거렸다.

나하사는 피식 웃고는 프런트에 갔다.

"총 몇 분이십니까?"

"다섯 명이요."

"대기 시간 삼십 분 되시겠습니다. 앉아서 기다려 주세요."

엘프가 상냥하게 말했다.

휘트니스의 주요봉인소는 바다의 섬처럼 시간을 정해 관람시켜 주는 형태였다. 해제범이 쑤시고 있는 와중에도 이곳은 경비에 자신이 있는 건지 계속 문을 열어 두고 있었다.

"야간이라서 그런지 대기시간이 짧군요."

"아, 배고파. 뭣 좀 먹으면서 기다리면 안 되냐?"

"나하사에게 고추 튀김이 있지 않습니까?"

"응, 지금 몇 개 있는데 씬 좀 줄까?"

"그러고 보니 오늘부터 다이어트를 하기로 한 걸 깜빡했네, 하하."

그렇게 아이들 셋이 옹기종기 앉아서 대화를 나누는데, 구르는 멀찌감치 진의 옆에서 말없이 그 셋을 보고 있었다.

"구르, 뭐 해?"

진이야 본래 떨어져서 고독 씹는 걸 좋아하는 놈이지만, 구르 같은 경우는 나하사 옆에 딱 달라붙어서 떨어지려 하지 않는 스타일이었다.

"이리 와."

"시끄럽다 개굴. 나는 시방 위험한 짐승이다 개굴."

삐친 목소리에 나하사가 눈을 동그랗게 떴다.

"왜 그래? 우유 줄게. 이리 와."

"나하가 와라 개굴!"

나하사가 순순히 일어나려는데 씬이 잡았다.

"야, 어딜 가. 버릇 들이면 안 돼. 애완동물이 존나 건방지네."

"구르는 애완동물 아니야."

"새끼, 친구라 이거지? 저 개구리는 동면 안 하냐?"

나하사는 씬 이 녀석이 구르가 마족인 걸 까먹었나, 생각하며 한심한 눈으로 보았다. 씬은 그런 나하사의 어깨에 팔을 걸치고 얼굴을 가까이 대고 귓속말했다.

"너 마족이랑 너무 가까이 지내지 마. 마이아 꼴 난다, 그런다."

"지금 와서 뭘. 나는 마이아랑 다르게 잃을 것도 없으니까 괜찮아."

"앞으로는 어떻게 될지 모르잖아. 너의 것이 많아질지도 모른다고. 요즘은 평민도 귀족이 될 수 있는 길이 많잖아."

"내가 그럴 리가 있겠냐. 마다스 할렘 출신인데."

"아, 그래도 혹시 모르는 거잖아!"

"왜 소리를 질러?"

"답답해서 그런다, 답답해서!"

씬은 정말 답답한지 가슴을 팡팡 쳤다. 그 후로도 어깨동무를 한 채 놔주지 않고 계속 말을 걸어서 나하사는 본의 아니게 구르를 까먹고 말았다.

시간이 되어 봉인소의 입구로 걸어가는 두 열여덟 살 소년들을 보면서 네라와 진이 심상치 않은 얼굴로 대화를 나누었다.

"저 소년이 나하사와 마족을 이간질하고 있는 것 같습니다."

"그건 곤란하군. 내게 건 마법을 풀기 전에는 허튼 생각 하면 안 돼."

"그러게 왜 오렌추장 주스를 안 마셨습니까? 그걸 마셨다면 당신의 점수가 좀 올랐을 겁니다."

"로빼이대뿅 치카치카치."

"불리할 때만 그러는 거 정말 치사합니다!"

그때 앞서 가던 나하사가 돌아보며 소리쳤다.

"뭐 해, 다들? 빨리 와, 구르."

"놔 둬. 우리나 가자."

씬 노르가 나하사의 목에 팔을 두르며 말했다.

"느림보 새끼들. 빨리 봉인 해제해야 되는 마당에."

"……고양이 쥐 생각해 주냐?"

"저기까지 누가 더 빨리 도착하는지 겨뤄 보자. 셋 하면 출발이야, 하나, 둘 셋!"

"야!"

씬이 먼저 뛰기 시작하자 얼결에 나하사도 같이 달렸다. 이번에도 나하사가 씬 때문에 구르를 잊고 만 것이다.

구르는 멀어져 가는 나하사의 뒷모습을 보며 씁쓸히 중얼거렸다.

"또래의 인간과 있으니까 나하가 참 밝아 보인다 개굴."

"그건 아닙니다, 구르르무. 나하사는 당신과 함께 있을 때도 저렇게 활짝 웃지 않습니까."

"난 잘 모르겠다 개굴. 그냥 역시 인간의 아이는 인간들과 함께 있어야 하는 것 같다 개굴."

"……."

그 말에 불안함을 느낀 네라가 눈을 찌푸렸다.

"쓸데없는 생각을 하는 건 아니겠지요?"

"……네라야, 팜은 마이아와 함께 있는 것을 선택했지만 나는 그런 선택을 하진 않을 거다 개굴. 팜이 내린 결정은 자신을 위한 것이지, 마이아를 위한 것이 아니다 개굴."

구르가 나지막이 말했다.

정말 나하사를 위한 선택은 나하사를 인간들의 품에서 자유롭게 살아갈 수 있게 하는 것이다.

남겨진 마족으로서 이천 년을 살아온 구르는, 인간들의 마족에 대한 적대감이 어느 정도인지 잘 알았다. 나하사는 지금 마왕님의 부활을 위해 어쩔 수 없이 마족과 함께 다니고 있지만, 앞으로 더 많은 인간을 만나게 되면서 생각이 달라질 수 있다. 그런 아이에게 걸림돌이 될 수는 없었다.

'그냥 팜이 더 이상 외로워하지 않았음 좋겠어.'

'……나도 그래.'

나도 그래.

구르는 그 말이 무척 고마웠다. 그리고 구르도 그렇게 생각했다.

그냥 더 이상 나하사가 외로워하지 않았으면 좋겠다고.

그리고 구르는 그 방법을 잘 알고 있었다. 그것은 바로 나하사가 인간의 품으로 들어가는 것이었다.

봉인소의 경비는 생각보다 적었다. 물론 해제범이 나타나기 전에 비해서는 늘어난 것이지만 그래도 적은 건 마찬가지였다.

"내가 그렇게 만만한가?"

엘프 경비들을 모두 재운 후 나하사는 허무함에 젖었다.

"그게 아니라 이들이 위험불감증인 겁니다."

"아무리 그렇다고 해도 이건 진짜 싱겁다."

"설마 이것도 넙치 인간 때처럼 이미 해제된 건 아닌가 개굴?"

"그건 아니야. 봉인진이 정상인 거 보니까."

"흥, 하여튼 인간들이란."

"얘넨 엘프야, 진."

"흥, 인간이나 엘프나."

그런 대화를 나누는 나하사 일행의 한 걸음 뒤에서 씬은 쓰러져 잠든 엘프들을 보면서 속으로 외쳤다.

그게 아니라 네가 존나 센 거거든?!

슬립sleep 한마디에 경비들이 풀썩풀썩 쓰러지는데 진짜 얼마나 놀랐는지 모른다. 한두 명도 아니고 그렇다고 십수 명도 아니고 무려 수십 명이나 되는데! 거기다가 마력에는 인간보다 면역이 높은 엘프를 단 한 마디로 제압하다니! 그래 놓고 뭐? 누가 만만해 보여? 이쯤 되면 엘프에 대한 모욕이야!

"씬, 용사단한테 좀 말해 봐. 경비 좀 늘리라고."

"……어, 그래. 휘트니스의 엘프들이 좀 방심한 것 같긴 하네."

그러나 씬은 자존심 때문에 아무렇지 않은 척했다.

"봉인 풀 거니까 뒤에 가 있어."

"알았다 개굴!"

구르와 진, 네라가 씬을 데리고 나하사와 거리를 두고 떨어졌다.

봉인소는 마법진이 덩굴처럼 가득히 새겨진 커다란 기둥이었는데 나하사가 그 앞에 서자 작은 몸이 더욱더 작아 보였다.

"와이아 · 온 · 라이야 · 온 · 마이야 · 온 · 리피르타 · 온."

씬은 나하사가 봉인을 푸는 모습을 처음 보았다.

"구이르 · 이구 · 초그 · 도에 · 샴."

경이적인 광경이었다.

씬 노르도 마법을 공부하고 있는 마법사이기 때문에 잘 알았다. 저 작은 몸에 얼마나 많은 마력이 담겨 있는지. 지금 외우는 주문이 얼마나 많은 마력을 필요로 하는 주문인지. 자신이었다면 첫마디를 외우는 순간 몸이 비었을 것이다.

"프 · 나이르 · 리 · 오이르 · 리."

나하사의 몸에서 엄청난 양의 마력이 빠져나가 기둥으로 스며들었다. 정말 무지막지한 양이었다.

씬 노르는 니스너 실 누소즈가 다른 이들의 반대를 무릅쓰면서도 나하사를 영입하려고 했던 이유를 이제야 실감했다.

나하사는 강하다.

자신의 아버지보다.

이 정도라면 용사단에선 누구도 상대할 이가 없다. 니스너 실 누소즈를 제외하고는.

기둥의 마법진이 풀린 후 나하사가 어깨를 풀며 말했다.

"간단하네. 별거 아닌가 보다."

뭐 저런 미친…….

"나하야, 몸 좀 괜찮나 개굴?"

"응. 바다의 섬 정도였던 것 같아."

"이번에도 실패군. 역시 이런 짓 그만하고 나를 제 2대 마….”

"진! 여기 고대어가 적혀 있는데 이것 좀 읽어 주라. 나는 키가 안 닿아서."

쓰잘족이 무언가를 말하려고 했는데 나하사가 가로막았다. 그들은 봉인이 풀린 기둥을 둘러쌌다. 씬도 호기심을 느끼고 다가갔다.

"파짐 수이즈 호미데뷰…….”

고대어 공부 따위는 예전에 손을 놓은 씬은 가늠할 수도 없는 시기의 고대어가 적혀 있었다.

"음, 이건 서시 같은데."

"무슨 뜻인가 개굴?"

"이건 그러니까……."

나하사는 천천히 고대어를 번역했다.

"아무도 모르는 땅의 기억.

바람은 인간을 사랑했고

저기 어딘가 하늘 저 위에선

해가 뜨고 또 다시 지네.

이것은 인간을 사랑한 신의 노래.

모든 피는 당신의 나라.

놓지 못한 것의 간 곳은

폭풍을 헤치고 파도를 넘어서 그곳에……."

뒷부분은 흐려서 잘 보이지 않았다. 그러나 이 정도까지만 읽어도 이 문구의 목적은 알 수 있었다.

"바람이 등장하는 걸 보니 이칼리노 찬가인가 보다 개굴."

"그냥 유적 보호 차원에서 봉인한 거였나 봐."

나하사가 허무한 한숨을 내쉬자 씬이 타박했다.

"재수 없게 젊은 게 왜 한숨질이냐."

"너는 왜 괜히 따라와서 시비야?"

"시발, 누군 따라다니고 싶어서 따라다니는 줄 아냐?"

"그럼 꺼지든가."

"병신아, 그 정도 실력이면 아무것도 안 해도 편하게 살 수 있을 텐데 왜 범죄자가 돼 가지고 사서 고생하고 있냐."

"야, 너는 방금 내가 고생한 것처럼 보이냐?"

"……."

사실 아니었다. 주요봉인소라는 이름이 무색하게 간단하게 깨 버렸다. 거기다가 지금 이렇게 땀 한 방울 흘리지 않고 멀쩡히 서 있는 모습은 두렵기까지 했다.

씬은 공략 루트를 바꿔 보았다.

"너 다 봉인 해제하고 그 원하는 걸 얻은 다음에는 뭘 할 건데? 계획 있냐?"

차라리 나하사가 원하는 걸 들어준 다음에 용사단 섭외를 꾀하려는 의도였는데 그 질문을 들은 나하사는 마음이 편치 않았다. 저쪽(?) 사람들은 왜 이렇게 그 후의 일에 집착하는지. 그게 뭐가 중요하다고.

"몰라, 시끄러워."

나하사는 대놓고 얼굴을 찌푸렸다. 씬은 울컥했지만 나하사의 심기를 거스르면 안 되기 때문에 심호흡을 하며 참았다.

"네라, 시커먼스. 얼른 와라 개굴."

구르가 아직 유적에 붙어 있는 네라와 진을 불렀다. 다들 이 이칼리노 찬가가 적힌 유적에 대해 흥미를 잃었는데 그 둘은 아주 심각한 얼굴로 그것을 보고 있었다.

"흥미롭군."

진이 말했다.

"굉장히 직설적으로 이칼리노를 비판하고 있어."

나하사는 눈만 깜빡였다. 대체 어디가 그렇게 보이는 걸까? 진이 이칼리노가 너무 싫은 나머지 모든 것을 반이칼리노적으로 해석하는 스킬을 익힌 모양이다.

"이칼리노교로서 이런 시를 보니 마음이 좋지 않군요. 이 시의 내용은 물론 사실이긴 하지만, 그렇게 된 과정 또한 중요한데 그것을 무시하고 있습니다."

네라는 진의 해석을 무려 긍정하고 있었다. 아무리 시가 해석하는 사람 마음이라지만 이건 너무한다 싶었다.

"나하사, 이것을 파괴하고 떠나는 건 어떻습니까?"

어지간히 마음에 들지 않는지 네라가 제의했다. 물론 나하사는 거부했다.

"살인은 안 되고 문화 유적 파괴는 되냐?"

"당연한 것 아닙니까. 생명보다 중요한 것은 없습니다."

"글쎄, 내 생각엔 문화 유적도 그만큼 중요한 것 같은데……."

"싫으면 마십시오. 그냥 한번 해 본 소리였습니다."

그러나 네라는 말과는 달리 매우 아쉽고 찜찜한 눈으로 유적을 보았다. 그와는 반대로 진은 아주 만족스러워 보였다.

"이것을 누가 남겼는지 궁금하군. 엘프가 이런 것을 남겼으리라곤 생각할 수 없어."

"진, 엘프는 본래 이칼리노를 좋아해."

진은 한쪽 입꼬리를 들어 올리며 비웃었다.

"넌 지금까지 무엇을 듣고 있었던 거지? 이것은 이칼리노에게 적대적인 시다."

그러니까 대체 어떤 점이!?

"시커먼스야, 이게 왜 이칼리노 비난인가 개굴?"

구르도 궁금한지 대신 물어 주었다.

진은 현재 기분이 좋아서 그런지 친절히 설명해 주었다.

"첫마디부터 마지막 마디까지 전부. 이칼리노의 이기적이고 좁은 배포를 보여 주는군. 첫 소절은 이 사실을 숨기고 있는 것에 대하여, 두 번째 소절은 그의 방식에 대하여, 세 번째 소절은 그의 집착에 대해, 네 번째 소절은 반어법으로 역시 그의 방식을 비판하고 있고, 마지막 소절의 경우에는 노골적으로 그의 잔혹함을 비난하고 있어."

드물게 친절한 모습이었다. 무슨 말인지 전혀 알아들을 수 없는 것은 문제였지만.

"엘프가 이 시를 남겼을 것 같진 않습니다. 저자가 궁금하군요."

"나중에 니네가 가서 물어보든지. 일단 나가자."

쓰러진 엘프들을 피해 모두 밖을 나가는데 네라만은 마지막까지 주저하며 유적을 돌아보았다. 소녀는 처음엔 기분이 나쁜 것처럼 보였지만, 나중의 시선에는 안타까운 빛이 들어 있었다. 서글퍼 보이기도 하고 섭섭해 보이기도 하는.

나하사는 그날을 정확히 기억했다.

눈이 내리는 겨울이었고 아주 깊은 밤이었다. 벽난로에서는 나무 장작이 타닥타닥 타들어 갔고, 그 사람은 흔들의자에 앉아 뜨개질을 하고 있었다. 나하사는 그 사람 옆에 앉아 고대어 사전을 보는 척하면서 관심을 가져 주기를 기다렸다.

"나하사, 많이 아프니?"

선잠이 들 무렵 그 사람이 말을 걸었다. 나하사는 고개를 저었다.

"그러니? 다행이구나."

"……."

"……."

나하사는 그 사람과 좀 더 긴 대화를 나누고 싶었다. 그 사람과 좀 더 많이 말을 주고받고 싶었다. 그러나 사람 대하는 방식을 모르는 나하사는 옆에 앉아 뜨개질하는 모습만 말없이 볼 뿐이었다. 언제나처럼.

잠이 들었다가 깨어났을 때 흔들의자는 비어 있었다. 뜨개질하다 만 스웨터와 고대어 사전만이 놓여 있었다. 나하사는 그 사람을 찾아 집을 헤맸다. 이 넓은 저택은 복도가 복잡하고 방이 많았지만, 나하사는 그 사람을 잘 찾을 수 있었다.

"모르겠네. 반응이 안 와. 내가 잘못 찾은 걸까?"

그 사람은 3층 복도 끝 방에 있었다. 서성거리면서 구슬을 들고 누군가와 대화를 나누고 있었다.

"나는 너무 오래 살았어. 더 이상은 실패하고 싶지 않아. 이젠 끝내고 싶어."

나하사는 방 앞에 쭈그려 앉았다.

"강제로라도 해야겠어. ……어쩔 수 없지. 그래도 그 아이는 나를 무척 따르고 있어. 도망칠 일은 없을 거야……."

상대가 어이없는 말을 했는지 그 사람은 살짝 웃었다.

"나는 그 아이를 잘 알아. 절대로 나를 떠나지 않을 거야. 이 늙은이에게 말 한마디 더 붙이고 싶어서 안달 난 아이니까. …… 내가 당장 아이의 등에 불을 지져도 반항하지 않을걸? …… 글쎄, 너보다는 내가 더 잘 알아, 그 아이에 대해선……."

나하사는 발소리가 나지 않게 조심하며 긴 복도를 걸었다.

벽난로는 아직도 따뜻하게 타오르고 있었다. 그 사람의 흔들의자에 앉아 아직 만들어지지 않은 스웨터를 만져 보았다. 그 옆에는 고대어 사전이 있었다. 그 사람은 모르지만 사실 나하사는 이미 알고 있었다.

자기 이름의 뜻을.

그 사람은 종종 바다를 얘기하면서 너도 바다 같은 아이가 되렴, 하고 말하곤 했지만 나하사는 사실 알고 있었다.

자신은 절대로 바다가 될 수 없음을.

그 어떤 발버둥을 친다 해도 결코 제물에서 벗어날 수 없음을.

그리고 언제나 생각했다.

당신이 원한다면 내가 제물이 되겠다고.

나하사는 스웨터를 만져 보았다. 아직 덜 짜진 스웨터지만 따뜻하고 포근했다. 나하사는 그 사람이 좋았다. 앞으로도 말 한마디 거는 것은 여전히 어려울 것이고 그 사람과의 긴 대화는 손에 꼽겠지만, 그래도 괜찮다. 그 사람이 원하는 것이면 무엇이든 할 수 있다.

나하사는 자신보다 그 사람이 더 좋았다. 그저 그뿐이었다.

마차 안에서 선잠을 잔 나하사가 하품을 하며 일어났다. 그 모습을 보고 네라가 말했다.

"졸리면 더 자십시오."

"아니야. 다 깼어."

사실 아직 좀 더 졸렸지만 나하사는 일부러 눈을 비비며 졸음을 떨쳐냈다. 다시 잠들면 또 옛날 꿈을 꿀 것 같아서.

그 사람을 꿈속에서라도 만날 수 있다면, 하면서 바라다가도 막상 그 사람이 정말로 꿈에 나오면 언제나 끝은 악몽이 되고 만다. 악몽이어도 좋으니 다시 보고 싶다고 간절히 바랄 때도 있지만 지금은 그 사람보다는 울긋불긋한 가을 풍경이 더 보고 싶었다.

"아직 한참 멀었나?"

"중간쯤 온 것 같습니다."

일행은 엘프 도시에서의 짧은 밤을 뒤로하고 이바노브 아시오의 더욱 안쪽으로 향하고 있었다. 이 나라는 마탑을 포함하면 주요봉인소가 무려 일곱 개나 있는 곳이고, 그중에서도 나하사의 다음 목적지는 주요봉인소가 있는 로틸라 호수였다. 사실은 정말 정말 이바노브 아시오 학교로 바로 가려고 했는데 이번 엘프 도시에서의 봉인소가 싱겁게 끝나 마력도 남는 데다가 멀지 않는 거리에 또 다른 주요봉인소가 있다고 생각하니 지나치기가 찜찜했다.

"야, 우리나라 진짜 살기 좋지 않냐? 거리도 깨끗하고 사람들도 친절하고 역시 평화로우니까 좋다."

씬은 계속 나하사 일행을 따라다니며 해제범 포섭 작전에 열 올리고 있었다.

"우리나라 사람들은 대단해. 우리대륙 완전 짱! 원대륙은 좆밥이지 역시."

엄청 노골적으로.

"넌 언제까지 쫓아다닐 거냐?"

"또 그 소리냐? 학교까지만 같이 가자니까."

"그냥 비행선 타고 가."

"그만 좀 튕겨. 니가 계집애냐?"

틈만 나면 투닥대는 그들이었다. 그러나 나하사는 적극적으로 씬 노르를 쫓아내려 하지는 않았다. 사실 마음만 먹으면 얼마든지 씬을 따돌릴 수 있었으나 꽤 봐주고 있었다.

"좀 춥군요. 아주 싸늘합니다."

그 둘의 사이에 앉은 네라가 툴툴거렸다. 그들은 말이 아니라 드워프가 만든 전력으로 움직이는 마차에 타고 있었는데, 돈 많은 이바노브 아시오에서는 아주 작은 마을에서도 이것을 교통수단으로 사용하고 있었다.

"겨울도 아닌데 벌써 추워?"

"제 말은 그런 뜻이 아닙니다."

네라는 분위기 좀 읽으라며 눈짓했다. 평소에 나하사의 무릎을 차지하고 있는 구르였으나 지금은 마차 구석 자리에서 차게 식어 가고 있었다.

"아저씨, 온도 좀 높여 주세요."

그러나 눈치 없는 나하사는 마부에게 난방을 요청하고 있었다.

"너 바로 가는 거냐? 좀 안 쉬어?"

씬은 저 마족 개구리의 심기가 불편한 걸 알아채고서 일부러 나하사에게 계속 말을 걸어 눈치를 못 채게 했다.

"뭐하러 쉬어. 가까운데."

"아니, 너 바로 어제도 봉인 하나 해제했……던 건 물론 아무런 영향이 없겠지만, 근처에서 해제범이 출몰했다는 소식이 퍼질 테니까 로틸라에선 경비가 꽤 있을걸?"

그러자 나하사가 눈을 갸름하게 떴다.

"니스너 실 누소즈도 온대?"

"뭐!? 아니, 그분은 다른 할 일이 있으셔서."

놀라서 무심코 답해 버린 씬이 아차 싶어 입을 다물었다. 나하사는 또 이런 데에선 발군의 눈치 실력을 자랑했다.

"너 그 사람 형이라고 불렀던 거 아니었어?"

"……."

"……."

"무, 물론이지! 니, 니스 형이랑 나는 호형호제하는 사이야. X, 그 인간 별거 아냐. 되게 실없는 형이야."

그 실없는 형이 듣고 있었다면 자신의 미래는 없을지도 모르지만, 허세를 위해서는 못 할 말이 없었다.

"진짜? 별로 안 그래 보이는데. 속으로 꿍꿍이 많을 것 같은 타입 아니었어?"

"야, 야. 넌 암것도 모르잖아. 나야 그 형이랑 친하니까 다 알거든. 완전 소심한 인간이야. 내 동생 같다니까. 파인 아저씨도 만만한 사람이고."

"그랬구나. 의외네. 어른스러운 줄 알았는데."

순진하게 고개를 끄덕이는 나하사를 보며 콧대가 높아진 씬 노르는 점점 감당치 못할 말까지 꺼내었다.

"음, 어른스러운 건 레타 형이지. 침착하고 차분한 형이야."

"레타? 레타라면……."

"아, 그 형 풀네임이 뭐더라. 씬 레타 이바노브 아시오던 가—?"

나하사는 놀라서 눈을 크게 떴다.

"설마 이바노브 아시오의 황태자 말이야!?"

그 말에 네라도 깜짝 놀랐다.

"그분을 아십니까? 일개 피어스 중독자가 대체 어떻게 그분을 아는 겁니까?"

못 믿는 것이 당연했다. 이바노브 아시오 황태자는 황제와 마찬가지로, 우리대륙을 지배하고 있는 실세자이다. 그런 자를 알고 있다는 건 대경실색할 만한 일이었다.

"어. 그냥 좀 알아. 그 밖에도 마탑 할아범이라든가 필리아 누나랑도 좀 아는 사이고. 이칼리노 대신관 그 할아버지는 자꾸 만나자고 연락해서 귀찮아 죽겠어."

씬 노르의 입에서 입증하지 못할 말이 쏟아져 나왔다. 물론 씬 레타 이바노브 아시오와 안다든가, 필리아 넥터와 안다든가 하는 건 말도 안 되는 거짓말이지만, 마법사의 탑의 수장이

나 이칼리노 대신관 중 하나와는 아는 사이가 맞았다. 그러니까 전부 거짓말은 아니야!

씬은 아주 뻔뻔했다.

"당신은 생각보다 대단한 사람이었군요. 놀랐습니다."

"에이— 뭘. 니스 형이랑 레타 형 정도 가지고."

한껏 콧대를 높인 씬은 어깨를 으쓱으쓱하더니 비웃음을 가득 담아서 나하사를 보았다.

"야, 넌 뭐 누구 아는 사람 있냐?"

"내가 뭐 있겠어……. 마다스 할렘 출신에 학교도 안 나왔는데."

아무렇지 않게 자기 비하를 하는 나하사를 대신해서 구석에 박혀 있던 구르가 벌떡 일어났다.

"우리 나하 무시하나 개굴!"

구르가 자랑스럽다는 듯이 말했다.

"나하는 개굴족의 왕과도 아는 사이고, 마계 대공작과도 아는 사이고, 마계 사천왕과도 아는 사이다 개굴!"

"그렇습니다!"

네라도 발끈하면서 소리쳤다.

"나하사는 이칼리노 신전의 대……!"

"응?"

"개굴?"

나하사와 구르가 동시에 네라를 돌아보았다.

"나 이칼리노 쪽에 아는 사람 없는데."

"……"

"왜?"

"아니, 생각해 보니 그렇군요. 실언했습니다. 나하사는 마족들하고만 아는 사이입니다."

네라는 하고 싶은 말이 있는데 그것을 하지 못한 아주 찝찝한 얼굴로 입을 다물었다.

"뭐 그래도…… 꽤 많이 아네."

씬이 떨떠름하게 말했다. 사실 좀 놀랐다. 마계 대공작에 사천왕과 아는 사이라고? 그건 좀 제법…….

"에이, 그냥 한 번 본 것뿐인데. 모르는 거나 다름없어."

나하사는 씬과는 달리 허세도 안 부리면서 겸손했는데 오히려 그게 더 쿨하고 멋져 보였다.

"흠, 그 외에도 아주 높은 자를 알고 있지 않나."

잠자코 있던 진이 끼어들었다. 불길함을 느낀 나하사는 잽싸게 말을 가로챘다.

"너 설마 예의 그 미래의 일을 말하려는 건 아니겠지?"

"흥, 내가 너를 아는 사이라고 해 줄 것 같나. 이건 내 얘기가 아니다."

진은 시크하게 말하고는 마차의 창을 열었다. 바람이 추운데 왜 여냐고 말하려는 그때 갑자기 마차가 멈춰 섰다.

"저자를 말하는 것이지."

"그게 무슨……."

진은 뜬구름 잡는 얘기만 하고, 마차는 갑자기 멈추고, 이게 뭔지 얼떨떨한 사이에 마부석의 마부가 문을 두드리며 나하사 일행에게 말을 걸었다.

"손님들, 죄송한데 앞쪽에 쓰러진 아이가 있어서 같이 좀 데려가도 되겠습니까?"

"네? 쓰러진 아이가 있단 말입니까?"

네라가 가장 먼저 반응했다. 네라는 재빨리 마차에서 뛰쳐나갔다. 정말로 길가에 한 어린아이가 쓰러져 있었다.

"……."

"네라? 뭐 해?"

따라 나온 나하사는 아이에게 다가가지 않고 멈춰 선 네라를 보고 놀랐다.

"헉, 뭐야. 죽은 거 아냐?"

"설마……."

"죽은 거면 곤란한데 말입니다."

씬과 나하사, 마부는 급히 아이에게 달려갔다. 아이는 정신을 차리지 못하고 있었으나 다행히 죽은 건 아니었다.

"급히 신전으로 가야겠는데요. 호수는 나중에……."

마부가 손님인 나하사의 눈치를 살폈다. 나하사는 뒤쪽의 네라를 보았다.

"괜찮아요. 신관이 있으니까. 네라, 너 뭐 해?"

"······."

"야! 치유 안 해 줄 거야?"

"······그럴 필요 없을 것 같습니다."

"뭐?"

지금 저 분홍괴생명체가 무슨 헛소리인가 싶어서 눈을 찌푸리는데 품에 안은 아이가 꿈틀 움직였다.

"헉!"

"으악!"

나하사와 씬, 마부가 일제히 비명을 지르며 어린애를 땅에 처박고 뒤로 물러났다.

"아아, 못쓰겠구마. 아를 이리 처내삐면 어째쌌노?"

선명한 황금색 눈의 어린아이가 뒷목을 잡고 몸을 풀면서 투덜대었다.

"앗, 그 사투리는?"

구르가 반가워하며 뛰어왔다.

"아, 구르르무. 오랜만이네. 아직도 아 옆에 붙어 있었노?"

끄긱. 끄기긱. 어린아이의 신체가 기괴한 소리를 내며 비틀리기 시작하더니 나하사의 눈앞에서 곧 전에 보았던 녹색 머리에 황금색 눈의 청년으로 변해 갔다.

"허, 헉, 괴, 괴물이다!"

이 괴기스러운 모습을 보고 평범하게 살아온 마부가 가만있을 리가 없었다. 마부는 비명을 지르며 마차고 손님이고 내버려 놓고 도망갔다.

"뭐야, 어떻게 신체가 이렇게⋯⋯."

씬은 벌벌 떨면서 말했다. 마법을 공부한 그가 보기에는 있을 수 없는 광경인 것이다. 마족조차도 시전어 없이 모습을 변화할 수 없는데, 이 아이, 아니 이 사내는 대체 뭐기에⋯⋯!

"등장 한 번 요란하십니다 개굴."

"으하하, 엄청 고민했다 아이가. 머리 빠지는 줄 알았데이."

"흥, 왜 이제야 나타났지?"

"진 님! 절 기다렸습니꺼? 지도 무진장 뵙고 싶었습니더."

"놀라게 왜 그런 모습으로 나타납니까?"

"신관님은 여전히 그 모습이네예. 반갑습니더."

일행과 차례차례 인사를 나누고 나서 천연덕스럽게,

"니도 참말로 내가 보고 싶었제? 잘 안데이. 늦어서 미안타. 앞으로 내가 잘 도와줄게."

나하사에게 말을 거는 녹색 머리의 그는 바로 쥬피터.

현재 나하사가 아는 사람 중 가장 급이 높은 사람이었다.

"쥬피터 님!"

놀라기는 했지만 사실 정말로 진심으로 엄청나게 쥬피터가 보고 싶었던 나하사였다. 소년이 반갑게 이름을 부르자 쥬피터는 고개를 끄덕였다.

"그래, 안다, 안다. 무지 보고 싶었제."

"궁금한 게 너무 많아요. 얼마 전에 이블레아와 시아타민을 만났는데⋯⋯."

"그래, 그래. 다 안다 안 카나. 근데 그 전에 내가 먼저 할 말이 있는 기라."

쥬피터는 나하사의 어깨를 잡고 가볍게 두드렸다.

"우선 같이 어디 좀 가 줘야 쓰겠다."

"네? 무슨, 어딜?"

"일단 가서 말하겠데이. 가제, 하나 둘 셋 출발!"

그 말이 끝나자마자 풍경이 확 바뀌었다. 나하사는 가벼운 어지럼증을 느껴서 몸을 비틀거렸는데 쥬피터가 어깨를 잡아 주었다.

"나가 여기서 참 잼난 걸 발견했다 아이가."

나하사는 주변을 둘러보았다. 전처럼 안개에 휩싸인 이상한 공간은 아니었고, 사람이 사는 평범한 마을인 것 같았다. 평화와 사랑 보육원이라는 낡은 간판이 달린 원대륙식 회색 건물이 눈앞에 있었는데 주위에는 다행히 구르와 네라, 진 거기에 씐 노르까지 모두 함께 있었다.

"여긴 어딥니까 개굴?"

"이바노브에 있는 고아원이지. 마다스 근처라 마다스 아들이 많데이."

"마다스 근처라니⋯⋯."

나하사가 아연히 중얼거렸다. 그들이 있던 곳은 이바노브 아시오 최서쪽이었다. 그리고 마다스는 우리대륙의 동쪽에 있는 나라다. 쥬피터는 특별한 마법 주문도 없이 여섯 명을 최서쪽에서 최동쪽으로 이동시킨 것이다.

어이가 없어서 웃음밖에 안 나왔다.

"당분간 여기서 일을 좀 해 줘야 쓰겠다."

"네?"

"니 내한테 궁금한 게 많제? 여기 일이 끝나면 다 답해 주겠구마."

여기 일이 뭔데? 나하사와 구르와 네라가 나란히 눈을 치켜 뜨자 쥬피터는 지레 찔렸는지 부연했다.

"별거 아니데이. 그냥 쪼까 해결해 줄 일이 있는 기라."

그리고 나서 쥬피터는 덜덜 떨고 있는 씬 노르로 화제를 넘겼다.

"이 푸르딩딩은 뭐꼬? 하이고, 얼굴에 구멍을 만들어싸 보기 싫구마. 뭐 이딴 아를 데꼬 다니노? 설마 라이벌 관계란 건 아니제? 허락 몬 한데이. 니 라이벌은 그 빨강머리 정도는 돼야 한다카이."

쥬피터가 가차 없이 씬 노르를 도발해 왔다.

씬은 이것(?)의 정체가 심상치 않은 걸 알면서도 못된 자존심 때문에 똑같이 도발을,

"저는 나하사와는 아무 상관없는 사람인데요. 잘못 데려오신 것 같습니다."

하기는커녕 공손하게 말했다.

"아, 절 다시 데려다 달라는 말은 아니고요. 그냥 제 갈 길 갈게요. 안녕히 계세요."

허리를 구십 도 숙여 보이고 뒤도 안 돌아보고 걸어가는 씬 노르였다.

"에이, 아닌 것 같구마. 아 이름도 제대로 알고 있쓰면서 먼 소리하노. 어서 일루 오래이."

그러나 쥬피터는 잔인하게도 씬의 목덜미를 잡아채고선 씬 이 나하사에게 그랬던 것처럼 친한 척 어깨에 팔을 둘렀다.

"아 친구면 내 친구도 된다 아이가. 다 한배를 탄 기라."

"저기 전 진짜 친구 아닌데요. 우연히 합승한 사람인데요."

"무슨 소린가 개굴! 쥬피터 님, 그 아이는 씬 노르라는 이름 으로 나하사의 친구입니다 개굴."

씬 노르를 골려 먹을 기회를 잡은 구르가 몹시 즐거워했다.

"참고로 씬 노르의 아버지는 안 노르로, 현재 인간들의 대 마법사입니다 개굴. 그리고 씬은 마법과 검술 양쪽에 능한 천 재 캐릭터로 인간 세상에서 아주 높은 위치에 있는 아입니다 개굴."

구르는 쥬피터 공략법을 굉장히 잘 알고 있었다.

"아, 그란교? 몰랐구마. 맞네, 그름 라이벌 말고 친구해라. 솔직히 니도 인정하제? 라이벌 되기엔 니가 쪼까 딸린다 아이 가."

당신이 나에 대해 뭘 아는데!? ……라고 소리치고 싶었으나 씬 노르는 얌전히 고개를 끄덕였다. 이자의 정체는 아직 짐작도 안 가지만 도저히 꼬투리를 잡을 수 없었다. 일단 저 황금색 눈을 보면 그냥 야수 앞의 토끼처럼 기가 죽었다.

"저기요. 그 녀석은 됐고…… 여긴 대체 왜요?"

"나가 보여 줄 게 있구마. 따라오라."

쥬피터가 씬을 옆구리에 끼고 성큼성큼 걸었다.

"잘됐다, 나하야. 뭔진 몰라도 빨리 해결하고 마왕님에 대한 걸 물어보면 되겠다 개굴."

"응. 좀만 더 일찍 나타났으면 좋았을 텐데."

"이제 나도 좀 더 수월하게 마왕이 될 수 있겠군."

"그래도 등장 장면이 너무 악랄했습니다. 전 어린아이가 쓰러졌다길래 정말 깜짝 놀랐습니다."

"나도 놀랐어. 아니라서 다행이지 뭐. 우리도 가자."

나하사는 대수롭지 않게 답하고 쥬피터를 따라갔다. 그 뒤에서 네라는 혼자 놀란 표정을 짓고 있었다.

아니라서 다행이라고? 게다가 너무 아무렇지도 않게 우리라고 말하는 소년을 보니 미소가 나왔다. 아마 나하사는 자신이 무슨 말을 했는지 모를 것이다. 네라는 웃지 않을 수가 없었다. 처음 만났을 때에 비해서 나하사가 얼마나 변했는지. 얼마나 솔직해지고 따뜻해졌는지 매순간 느끼고 있었다.

쥬피터가 나하사 일행을 데리고 들어간 고아원은 그냥 평범하고 좀 작은 곳이었다. 원장 선생님은 이칼리노의 신관이었고, 아이들은 15살 이하로 총 서른 명이었다.

"아, 또 오셨군요. 어서 오세요."

40대 중반으로 보이는 좋은 인상의 통통한 원장 선생님이 쥬피터를 보면서 반가운 듯 인사했다.

"옆에 분들은……?"

"내가 전에 말한 그 사람들이다."

"예? 이 일을 해결해 준다던……?"

"맞다."

"하지만 너무 어린 거 같은데……."

원장이 못미더운 듯하자 쥬피터는 나하사와 네라 두 명을 툭 앞으로 밀었다.

"여기 잘생긴 분이 일을 해결해 줄 탐정 분이고, 그 외 애들은 고아 애들로 조수인 기라."

"아, 그렇군요."

나하사는 고아가 맞지만 졸지에 두 번 고아가 되었다.

"고아라면 너희들은 혼자서 살아온 거니?"

원장이 나하사와 네라를 보면서 상냥하게 물었다. 나하사는 지금 이 상황이 어떻게 된 건지 아무것도 몰랐지만 일단 쥬피터의 장단에 맞춰 주어야만 했다.

"네. 저흰 마다스인이고요. 여기서 의뢰를 하셨다고 해서요."

"어린 나이에 일을 하는구나. 몇 살이니? 열다섯?"

"열여덟 살입니다. 애는 열셋이고요."

"이곳의 일은 저희가 해결할 테니 걱정하지 마십시오."

네라가 눈을 말똥말똥 빛내며 말했다. 원장 선생님은 귀여운 듯 웃으며 고개를 끄덕이고 진을 보았다.

"요 근래 빈번히 일어나는 행방불명 납치 사건 때문에 아이들이 무서워하고 있어요. 꼭 좀 해결해 주세요."

진은 대답도 하지 않았다. 대신에 나하사가 말했다.

"안 그래도 그 소리 듣고 다들 분노했어요. 꼭 반드시 해결할게요."

방금 원장의 입에서 처음으로 들었으면서 침도 안 바르고하는 말이었다.

"믿음직하구나. 내 이름은 소피야. 저기 이런 거 말고 이왕이면 이름을 불러 줘. 밥은 먹었니?"

"……!"

이름을 들은 순간 나하사는 하, 짧은 숨을 내쉬었다. 고개를 돌려 보니 얄미운 드래곤은 싱글벙글 웃고 있었다.

소피는 흔한 이름이다. 당장 이 마을에도 소피라는 이름의 여인이 십수 명은 살고 있을 것이다. 그러나 누군가에게는 이흔한 이름이 평범하게 다가오지 않기도 한다.

특히 나하사에게는.

자신의 삶을 붙잡고 있는 그 사람의 이름이니까.

깊어 가는 가을. 봄에 출발하면서부터는 올해 안에 주요봉
인소를 반 이상 해제하자고 생각했으나 아직 다섯 개밖에 깨
지 못했다. 키아의 꽃을 포함하면 여섯 개고, 빼앗긴 황혼의
눈물까지 합해도 일곱 개밖에 안 된다. 그래도 나하사는 주요
봉인소 해제에 대해서는 초조한 마음이 없었다. 어쩌면 마왕
의 부활에 있어서 중요한 것은 주요봉인소가 아닐지도 모른다
는 생각이 들었기 때문이다. 그래서 오늘 드래곤의 로드를 만
난 것은 굉장히 좋은 일이었다. 지금 이 고아원에서의 일이 어
떻게 될지는 모르겠지만 일단 쥬피터가 옆에 있다는 것에 마
음이 놓였다.

"너 왜 계속 있어? 가려면 가."

기분 좋은 나하사가 착잡함의 오오라를 내뿜고 있는 씬에게
말했다.

"쥬피터 님 안 계실 때 얼른 가라 개굴. 그렇게 싫어하면서
왜 계속 붙어 있나 개굴?"

쥬피터가 원장 소피와 할 말이 있다며 자리를 비웠는데, 씬
은 5초에 한 번씩 한숨을 내쉬면서도 뛰쳐나가지 않았다.

씬은 탁자를 탁 치면서 벌떡 일어났다.

"지금 나보고 도망가라는 거냐?"

"응."

"맞다 개굴."

"지금 아니면 기회가 없습니다."

세 명이 정색하며 답했다. 씬은 약간 자존심이 상했다.

"대체 그 인간 누구냐? 뭐 하는 사람이야?"

"드래곤."

"……."

"진짠데 안 믿어도 별수 없고."

"네가 드래곤이랑 아는 사이라고?"

"응. 드래곤 로드."

대수롭지 않게 답하며 수프를 떠먹는 나하사를 보니 믿고 싶어도 믿을 수가 없었다.

"아무튼 휘말리기 전에 가."

"……그래. 솔직히 내가 지금 튀어야겠지? 그게 맞겠지?"

씬 노르는 자신에게 묻듯 말했다. 드래곤인지 뭔지 모르겠지만 이 자리는 피해야 한다는 것만은 분명했다. 하지만!

씬의 머릿속은 그 황금색 눈의 괴생명체보다는 붉은 머리의 그분의 말씀만이 가득했다.

'잘할 수 있을 거라 생각한다. 비슷한 나이 대는 쉽게 친해질 수 있으니까 널 보낸 거야.'

'반드시 데려와야 한다.'

씬은 결심할 수밖에 없었다.

"야, 넌 이걸로 나랑 완전히 한배를 탄 거다?"

어깨에 팔을 걸치며 말하자 나하사는 눈살을 찌푸렸다.

"안 가려고?"

"이 형아가 그래도 의리가 있지. 해결할 때까진 같이 있어
줄게."

"웃기는 인간이다 개굴. 그런다고 나하가 따라갈 것 같냐
개굴?"

"야, 내가 그 독약 탄 주스까지 먹고 여기서도 함께 있어 주
는데 당연히 따라와야지."

구르와 씬의 대화에 네라가 고개를 갸웃했다.

"나하사가 어딜 따라간다는 겁니까?"

그러게?! 설마 그 대화를 들은 것인가. 씬은 나하사의 눈치
를 살폈는데 나하사는 대수롭지 않은 듯 웃었다.

"니스너 실 누소즈랑 대화를 하고 있더라고. 날 용사단에
데려간다나."

"무, 무, 무슨 헛소리야. 내, 내, 내가 언제."

"너 진짜 한심하다. 바로 옆방에서 통신해 놓고 내가 못 듣
기를 바랐냐?"

나하사는 구르와 진을 가리켰다.

"여기 마족이 둘이나 있는데?"

듣고 보니 맞는 말이었다.

이왕 들킨 김에 씬은 뻔뻔하게 나가기로 했다.

"알고 있었음 진작 말할 것이지. 암튼 그렇게 됐으니까 여

기 일 끝나면 같이 가는 거다?"

"내가 거길 왜 가냐?"

"참전하면 넌 많은 걸 얻게 될 거야. 작위와 땅과 돈과 명예. 말만 해!"

"그런 건 필요 없어."

"지금은 그렇게 쿨한 척하지만 한 번 맛보고 나면 솔직히 필요할걸?"

나하사는 말도 안 된다고 생각하며 콧방귀를 뀌었다. 씬이 보기에는 그런 나하사의 행동이 오히려 말도 안 된다고 생각했다. 인간이라면 누구나 욕망이 있다. 분명 이 녀석에게 곧 갖게 될 권위의 아주 작은 부분을 체험시켜 주면 그 후에는 수월하게 따라올 것이다.

"어서 데리고 꺼져 주면 좋겠군. 나는 자유로워지겠지."

드래곤은 언제 다시 오나 문만 쳐다보고 있던 진이 툭 내뱉었다. 나하사는 고개를 저었다.

"그래서 더 안 되는 거야. 이바노브 아시오의 황궁에 마족은 못 들어가니까. 널 어떻게 풀어 주냐."

"빵꾸는 자유롭게 두고서 왜 대체 내게 건 마법은 안 푸는 거냐."

"풀어 주면 너는 지금 당장 밖으로 나가 아무 인간이나 죽일 것 같아서."

"흐, 흥. 나 그렇게 나쁜 사람 아니다."

"……"

나하사는 푸석푸석한 빵을 뜯어 먹으며 말했다.

"아무튼 나는 갈 일 없으니까 씬 넌 포기하고 이만 학교나 가."

"야…… 너도 들었으니 알 거 아냐."

씬이 약간 소심하게 말했다.

"그분이 널 데려오랬다고."

"가서 실패했다고 죄송하다고 해. 다 용서해 줄 것 같은데 뭐가 그리 겁나?"

"몰라…… 왜 이렇게 그분이 무섭지?"

목소리에 두려움이 묻어 있었다. 힐본세에서 자신의 고대마법을 가뿐히 풀었던 그 남자를 떠올린 나하사는 왠지 공감이 되었다.

"황궁에 간다는 건 나하가 전쟁에 참가한다는 소리가 아닌가 개굴. 나는 나하사가 다시는 살인 따위 하지 않았으면 좋겠다 개굴."

예쁜 소리를 하는 구르의 머리를 나하사가 쓰다듬었다. 씬은 숟가락으로 탁탁 식탁을 두드렸다.

"야, 근데 생각해 봐. 이 녀석이 참가하면 진짜 수십 수백 아니, 수천이 넘는 용병들이 살아남을 수도 있다고. 솔직히 그 몫은 하는 마법사니까. 그런데 이놈이 없으면 그 많은 사람들이 다 죽을걸? 살인자가 아니라 오히려 영웅이 되는 거라고."

따지고 보면 맞는 말이었다. 그러나 구르는 완강했다.

"그런 수천의 인간들보다 나하가 사람 한 명을 죽이지 않는 게 더 소중하다 개굴."

"미친 새끼, 누가 마족 아니랄까 봐 생각이 썩었구만. 당연히 수천의 목숨이 더 중요해야지!"

"사람마다 중요한 건 다른 법이다 개굴."

오랜만에 어른스러운 태도의 구르였다. 그러나 나하사의 생각은 사실 좀 달랐다. 씬의 말도 일리가 있었다. 아니, 어쩌면 씬의 말이 더 옳은 것일지도 몰랐다.

이런 생각을 하는 것은 자신이 변해 가고 있다는 증거였다. 소년은 이런 작은 변화가 달갑지 않았다. 왜냐하면 어차피 자신이 선택할 수 있는 것은 단 하나뿐이기 때문이었다.

소년에게는 수천의 목숨보다, 자신이 살인을 하느냐 마느냐 하는 것보다 마왕을 부활시키는 게 더욱 중요해야 했다.

소피.

처음으로 다정하게 손을 내밀어 준 그 사람을 위해서.

『나하사』 5권에서 계속

협계가 주목한 작가

권인호 신무협 장편소설

天極之書

권인호 신무협 장편소설

ORIENTAL FANTASY STORY & ADVENTURE

일류가 삼류에게 패하는 강호 초유의 사태.
모든 것은 한 소년이 쓴 무공서에서 시작됐다!

재미 삼아 쓴 23권의 얼치기 무공서.
세상에 나타나자마자 천하 무림에 파란을 일으키다!

dream books
드림북스

"사람을 돕는 데 무슨 이유가 필요하다는 거야!?"
임동욱 현대판타지 장편소설

『나이트 워커』

세상만 탓하며 행동하지 않는 패배주의는 가라!
부조리한 세상에 맞서는 소년 영웅이 왔다!

시니어 신무협 장편소설
ORIENTAL FANTASY STORY & ADVENTURE

일보신권

문피아 골든 베스트 1위, 그 빛나는 영광!
시니어 신무협 장편소설.

천하를 놀라게 한 파격적인 소림무공,
그 비밀은 배고픔과 절제!

이제 무공도 근검절약의 시대,
최소한의 움직임으로 최대의 효과를 얻는다!

★
dream
books
드림북스

ROYAL DOOM

파천의 군주

태제 판타지 장편소설

FANTASY STORY & ADVENTURE

문피아 선호작 1위! 골든베스트 1위! 『리버스 담덕』, 『역천의 황제』의 작가

태제 판타지 장편소설

『파천의 군주』

제국을 향한 야심, 9번의 환생, 뒤틀린 운명.
새롭게 태어난 군주 카빌론의 대륙정벌이 시작된다.
라이나프 신이 되고픈 자들에게 내리는 신들의 저주!
9개의 삶이 끝나는 순간 제국을 집어삼킬 군주가 태어난다.

dream
books
드림북스